LE SERMENT

Tom Clancy est né en 1947 à Baltimore. Il poursuit des études d'anglais puis tente d'intégrer l'US Army. Mais sa mauvaise vue l'empêche de participer à la guerre du Vietnam. Il écrit alors un roman inspiré de l'histoire vraie de sous-mariniers russes désireux de passer à l'Ouest : *Octobre rouge*... C'est ainsi que débute la carrière de Tom Clancy, dont les thrillers, ultradocumentés et souvent prémonitoires, sont tous des best-sellers. Tom Clancy est décédé en 2013.
Mark Greaney est né en 1967 à Memphis. Diplômé en sciences politiques et en relations internationales, il a coécrit avec Tom Clancy plusieurs romans mettant en scène Jack Ryan, et a publié *The Gray Man*, adapté en film par Netflix.

Paru au Livre de Poche :

LE CARDINAL DU KREMLIN
CHEF DE GUERRE (2 vol.)
CODE SSN
DANGER IMMÉDIAT
LES DENTS DU TIGRE
DETTE D'HONNEUR (2 vol.)
JEUX DE GUERRE
MORT OU VIF (2 vol.)
OCTOBRE ROUGE
L'OURS ET LE DRAGON (2 vol.)
RAINBOW SIX (2 vol.)
RED RABBIT (2 vol.)
SANS AUCUN REMORDS
LA SOMME DE TOUTES LES PEURS
SUR ORDRE (2 vol.)
SUR TOUS LES FRONTS (2 vol.)
TEMPÊTE ROUGE

Avec Mark Greaney :
Chef de guerre (2 vol.)
Commandant en chef (2 vol.)
CYBERMENACE
LIGNE DE MIRE (2 vol.)

Tom Clancy et Steve Pieczenik présentent :

NET FORCE
5. Point d'impact
7. Cyberpirates

TOM CLANCY
avec Mark Greaney

Le Serment

Tome 2

TRADUIT DE L'ANGLAIS (ÉTATS-UNIS)
PAR JEAN BONNEFOY

ALBIN MICHEL

Titre original :

TRUE FAITH AND ALLEGIANCE

AVERTISSEMENT :

Ce livre constitue la suite du roman *Commandant en chef* et contient moult allusions à l'ensemble des volumes de la saga Jack Ryan-John Clark, tous parus chez ce même éditeur, mais il peut bien sûr se lire indépendamment.

Cartes réalisées par Jeffrey L. Ward.
978-2-253-24280-2 – 1re publication LGF

35

Tard dans l'après-midi, à Bucarest, dans un bureau d'angle au deuxième étage d'un triste immeuble en béton sur la Strada Doctor Paleologu, Alexandru Dalca regardait sur son ordinateur les infos en direct en provenance des États-Unis.

Il venait juste d'examiner l'état de ses comptes bancaires à l'étranger, ce qui lui avait confirmé qu'il s'était nettement enrichi au cours de la semaine écoulée. Deux virements de cinq millions de dollars en échange de vingt-quatre cibles américaines.

Il sourit. Avant ces virements il avait environ un million sur son compte, de l'argent gagné au cours de l'année passée en travaillant sur une commande de l'ARTD mais ici, pour un célibataire vivant à Bucarest, cela suffisait à mener une existence de multimilliardaire, et du reste son compte en banque reflétait bien son mode de vie.

Mais s'il était satisfait de contempler l'étendue de sa fortune, il l'était plus encore de constater les conséquences des actions menées en Amérique. Il goûtait cette vengeance exercée contre les États-Unis, la nation qui l'avait envoyé en prison bien des années plus tôt. Et il était également ravi d'avoir évalué correctement celui avec qui il était en correspondance depuis le début. On faisait déjà la connexion entre l'État islamique et les agresseurs. Non pas parce que les Américains étaient futés – Dalca ne croyait pas qu'ils le soient tant que ça. Non, la connexion avec les trois premiers attentats n'avait pu être établie qu'après la diffusion par Daech des vidéos de propagande prouvant leur complicité.

Les gars de l'EI, comme il se plaisait à les baptiser, avaient éliminé Barbara Pineda et Michael Wayne, et même s'ils s'étaient royalement plantés avec leur tentative d'assassinat de Todd Braxton, ils avaient eu un coup de bol en tuant une personnalité sans doute encore plus célèbre pour le public américain.

Dalca n'était pas vraiment porté sur l'introspection ou l'autocritique, aussi ne s'attarda-t-il pas à ruminer le fait qu'il était en partie responsable de l'erreur de ciblage concernant l'attentat contre Braxton. Ses recherches sur ses activités quotidiennes lui avaient révélé que l'homme se rendait tous les jours sur le lieu de tournage en compagnie de Danny Phillips, mais n'étant pas trop fan de cinéma, il n'avait pas envisagé le fait que l'acteur ait pu changer son apparence physique pour mieux ressembler à Braxton.

Il avait trouvé les détails permettant de localiser Braxton bien plus facilement que pour la plupart des autres cibles. Plus précisément, il avait surtout exploité les réseaux sociaux comme Twitter, Facebook, Snapchat et autres. Juste trois jours avant l'attentat, Braxton avait posté une photo de lui assis à l'arrière d'un gros SUV noir, en précisant que son équipe était en route vers le lieu de tournage en extérieur situé dans le désert de Mojave. À l'arrière-plan, Dalca avait reconnu l'enseigne d'un Starbucks, et en exploitant les coordonnées géographiques des métadonnées de l'image numérique, il avait pu localiser la cafétéria : à Los Angeles, à l'angle de Laurel Canyon Boulevard et de Riverside Drive. Sur le cliché, Braxton arborait les grosses côtelettes qu'il portait sur les centaines d'autres photos de lui que Dalca avait pu recenser ces trois dernières années, et le Roumain en avait donc inclus plusieurs au dossier de ciblage transmis aux gars de l'EI.

Le lendemain à six heures dix-huit du matin, un post de Danny Phillips sur Facebook citait Braxton en disant que les deux hommes venaient de prendre leur café et se dirigeaient vers le lieu de tournage. En plus du hashtag « #BloodCanyon », Phillips ajoutait « #cafépourlaroute ».

Ces crétins d'Amerloques lui avaient facilité la tâche, avait alors pensé Dalca. Les métadonnées révélaient que c'était le même site que la fois précédente.

Dalca avait étudié des photos du Starbucks de Laurel Canyon sur un site d'évaluation en ligne et vu qu'il proposait un service au volant, mais d'après la première photo postée sur Twitter, le véhicule semblait garé sur un parking, preuve qu'ils comptaient se faire servir à l'intérieur du café.

Puisque Braxton semblait faire de sa pause café un rituel quotidien, le Roumain décida que ce pourrait être un bon site pour permettre à ses clients, les gars de l'EI, de liquider leur cible.

C'étaient des données solides mais il avait négligé de consulter des photos récentes de Danny Phillips. S'il avait pris le temps de le faire, il en aurait trouvé des masses ; c'était un acteur populaire, et tous les jours on l'arrêtait pour prendre avec lui des selfies qui se retrouvaient sur les réseaux sociaux comme Flickr, dans le Cloud ou sur des dizaines de sites de photos en ligne. Il aurait alors pu constater que Phillips s'était laissé pousser d'imposants favoris, noter la ressemblance physique des deux hommes, et alors avertir ses clients des risques de confusion en identifiant leur cible.

Il se demanda si son contact, un homme qui s'exprimait en un anglais au fort accent moyen-oriental, allait tenter de faire retomber sur lui l'échec de l'opération.

Sans doute pas, décida-t-il, pour la simple et bonne raison que l'assassinat de Braxton devenu assassinat de Phillips avait été revendiqué comme un succès par le groupe.

Bon sang… pas un seul gars de l'EI n'avait été tué dans cette opération, au contraire de la plupart des autres.

Et voilà que sur le direct d'Amérique qu'affichait son ordi venaient d'apparaître les premières dépêches annonçant la fusillade et l'explosion d'Alexandria en Virginie. Dalca devina aussitôt que la victime devait être Edward Laird, l'expert du Moyen-Orient à la direction de la CIA. Sans aucun doute une cible facile pour son client et pourtant, le reporter de CNN annonçait que trois voire quatre terroristes avaient été tués lors de l'assassinat.

Il se demanda si ces djihadistes étaient vraiment si nuls ou bien si Laird avait bénéficié d'une forme quelconque de protection qui lui aurait échappé lors de ses recherches approfondies sur ses activités quotidiennes.

Dans l'ensemble, Dalca se montrait déçu par le déroulement des événements outre-Atlantique. Pas à cause du carnage d'innocents – Dalca ne faisait aucune distinction entre innocence et culpabilité – mais bien plutôt du carnage parmi ses clients.

Ces quatre assassinats avaient coûté à Daech six de ses tueurs, un lourd tribut, et si l'on considérait que les quatre cibles étaient situées relativement bas sur le totem, comparées à certains autres candidats qu'il leur avait procurés, Dalca se dit que le bilan dans les rangs des terroristes allait sérieusement s'alourdir à brève échéance.

Si les gars de l'EI ne se reprenaient pas, Dalca risquait de ne pas tirer de cette entreprise autant d'argent qu'il l'avait espéré, ce qui voulait dire qu'il allait devoir en fin de compte s'en retirer et trouver d'autres clients.

Il regardait à présent la chaîne d'info américaine récapituler les événements des deux derniers jours, avec l'image floutée d'un corps baignant dans une mare de sang sur le carrelage d'une cuisine. Le reporter indiquait que Michael Wayne était un Béret vert de l'armée.

« Force Delta », corrigea tout haut Dalca en hochant la tête. Et d'ajouter en roumain : « Ces putains de journalistes ne sont même pas fichus d'avoir des infos correctes. »

Une voix retentit, venue de la porte du bureau dans son dos.

« Qu'est-ce qu'il y a ? »

Dalca se retourna brusquement et découvrit son patron, Dragomir Vasilescu, appuyé au chambranle, comme s'il se tenait là depuis un bout de temps.

« Oh. Salut, Drago. »

Vasilescu entra dans le petit bureau, ramena d'un angle une chaise à roulettes et vint s'asseoir juste à côté de son principal chercheur. Il gardait les yeux rivés sur l'écran. « C'est quoi, cette histoire de journalistes qui ont tout faux ? »

Personne ne retombe sur ses pieds aussi vite qu'Alex Dalca. Tribut d'avoir dès l'enfance gagné sa vie à mentir aux gens dans la rue comme au téléphone. « Oh… j'avais juste mis CNN pendant que je bossais. Ça m'aide à peaufiner mon anglais. Il y a eu une fusillade près de Washington. Et en l'espace de deux minutes, ils ont attribué deux âges différents à l'une des victimes. » Avant d'ajouter : « Sauf erreur de ma part. À vrai dire, je n'y prêtais pas trop attention. »

Vasilescu regardait maintenant le moniteur sur lequel on voyait un journaliste devant une bouche de métro, quelque part en Amérique. Le directeur d'ARTD parlait anglais, mais pas assez bien pour suivre entièrement le reportage. Quand l'image passa à la vidéo de l'État islamique revendiquant les attentats précédents, il quitta des yeux l'écran pour regarder son employé. « Putain de Daech, hein ? »

Dalca acquiesça distraitement. « Ouais, c'est sûr. Quels enculés. Il vous fallait quelque chose ?

— Oui. Le Seychelles Group. Tout se passe bien avec eux ? »

La question surprit Dalca. C'était la société-écran du renseignement chinois, celle à l'origine de tout avec ce piratage de la base de données contenant les archives personnelles d'Américains qui avait permis à Alexandru d'accéder à vingt-cinq millions de dossiers de demandes d'habilitation sécuritaire. Dalca avait supervisé le projet pour trouver les espions que recherchaient les Chinois mais c'était l'équipe de jeunes chercheurs sous ses ordres qui avait fait le plus gros du travail quotidien.

Dalca était le seul autorisé à pénétrer dans la salle qui abritait l'ordinateur parfaitement isolé contenant cette véritable mine de données brutes, mais il déléguait une bonne partie de la tâche pour mieux pouvoir consacrer ses journées à sélectionner des cibles susceptibles d'être revendues aux gars de l'EI.

Ce qui ne l'empêchait pas de s'attribuer le crédit de l'ensemble de l'opération. « Absolument. Tout va pour le mieux concernant ce contrat avec le Seychelles Group. D'ailleurs, pas plus tard qu'hier, j'ai localisé à Canton une femme agent américaine dont je viens de transmettre le dossier complet, y compris les dernières mises à jour sur son lieu de travail et l'identité de ses associés. J'y ai ajouté une description complète de ses activités d'espionnage contre la Chine. Il nous a fallu une semaine entière pour rassembler le dossier. Pourquoi cette question ?

— Parce qu'ils passent nous voir lundi matin pour nous rencontrer », répondit Vasilescu.

Dalca était intrigué. « Les Chinois vont passer ? *Ici* ? Vous voulez dire… ils viennent *en personne* ?

— Oui. C'est plutôt bizarre, hein ? De toute évidence, nous savons qui, au sein du Seychelles Group, est en liaison avec le ministère chinois de la Sécurité d'État – nous ne sommes pas idiots. On peut espérer qu'ils nous accorderont assez de crédit pour comprendre que nous ne sommes pas dupes de leur identité réelle. Je ne vois donc pas vraiment de raison à un contact personnel.

— Dans ce cas… pourquoi une rencontre en personne ?

— Parce qu'ils sont l'un de nos plus gros clients et qu'ils ont beaucoup insisté.

— Non, je veux dire… au sujet de quoi viennent-ils discuter ? » D'inquiétude, il en chevrotait presque.

« Aucune idée, convint Vasilescu. Ils n'ont pas voulu dire. J'espérais que tu aurais une explication à ce besoin urgent de prendre l'avion jusqu'en Roumanie. Ça pourrait nous aider à préparer la réunion. Tu leur as bien envoyé le matériel en temps opportun, n'est-ce pas ? »

Dalca reporta son attention sur l'écran qui continuait de diffuser les nouvelles d'Amérique. *Ça ne sent pas bon du tout.* « Je… euh… bien sûr. Je veux dire, nous avons, enfin, mon équipe et moi, pu identifier plusieurs agents de la CIA à l'ambassade des États-Unis à Pékin et au consulat de Shanghai. D'autres encore, dans des sociétés basées à Hong Kong. Et nous leur avons procuré des dizaines d'autres noms d'individus des deux sexes en relation avec ces agents. Comme cette femme à Canton que je viens juste de mentionner. Nous avons fait ce qu'ils demandaient. Tout cela prend du temps. » Il fit mine de sourire. « Des piles de dossiers à éplucher, même avec l'automate que j'ai conçu pour accélérer la procédure. »

Vasilescu considéra un long moment son employé. Puis il mit fin au duel de regards pour lui donner une petite tape sur la jambe, ce qui le fit sursauter. « Oh, très bien. Peut-être qu'ils veulent étendre notre rôle, nous donner de nouvelles tâches. Ça me conviendrait parfaitement.

— Ouais… pareil pour moi », répondit Dalca, mais il réfléchissait déjà à toute vitesse, essayant de deviner ce qui se passait. Il réprima son malaise. « Ne vous en faites pas pour ça, Drago. Je leur parlerai, j'apaiserai leurs craintes éventuelles.

— Excellent. On doit se rencontrer dans la grande salle de conférence. Dix heures du matin, ce lundi. »

Dragomir Vasilescu laissa Dalca dans son bureau, seul devant son moniteur qui présentait maintenant des images des combats en Syrie.

« *Dracul mă ia* », grommela-t-il. C'était la version roumaine de « Et merde », littéralement : « Que le diable m'emporte. »

Il essaya de trouver une raison anodine à cette visite inopinée des Chinois mais la seule qui lui vint à l'esprit n'avait rien d'anodin. Constatant l'épidémie soudaine d'attentats outre-Atlantique survenue juste ces trois derniers jours, ils n'auraient pas tardé à soupçonner que les informations à leur origine provenaient du vol massif de fichiers de l'OPM – un vol qui, en théorie du moins, pourrait désigner la Chine. Alors que Dalca n'avait pas imaginé que les Chinois puissent relier la vente de renseignements aux données brutes que l'ARTD avait dérobées pour le compte du Seychelles Group, il devait bien reconnaître que le ministre de la Sécurité d'État était un acteur majeur de l'espionnage et qu'il était du domaine du possible qu'ils aient des éléments infiltrés en Corée du Nord, en Iran, en Indonésie, dont les informations leur auraient permis de comprendre que ces dossiers d'identité hautement sensibles avaient été transmis depuis plusieurs semaines par un groupe mystérieux.

Cela, couplé au timing des attentats de l'EI, Dalca le comprenait maintenant, pouvait avoir suffi à inquiéter les Chinois. Et alors qu'il leur avait transmis des preuves d'espionnage US en Chine, le MSE était fondé à s'inquiéter de l'exploitation de celles-ci par des tiers, de crainte d'être plombés par les autres fuites orchestrées à l'encontre des Américains.

Si par exemple ils arrêtaient cette femme à Canton, cela ne révélerait-il pas aux Américains qu'ils faisaient partie de la fuite que Daech et d'autres acteurs exploitaient contre les États-Unis ?

Il y avait pas mal d'animosité entre la Chine et les États-Unis mais Dalca n'imaginait pas les Chinois prêts à se voir associés d'aucune manière à l'assassinat d'espions américains ou d'analystes et de personnels militaires sur le territoire des États-Unis.

« *Dracul mă ia* », répéta-t-il. Dès le premier moment, des mois plus tôt, où il avait décidé de monnayer la moisson de données de l'OPM grâce à son talent unique pour les transformer en informations ciblées exploitables, Dalca avait su qu'il risquait d'être démasqué et qu'il devrait peut-être fuir. Il avait élaboré des plans pour s'éclipser rapidement du pays, accompagné d'un certain nombre de comptes bancaires offshore garnis de plusieurs millions de dollars, sans oublier quelques millions de plus en bitcoins.

Oui, il avait une porte de sortie, une excellente, même, mais qui demeurait théorique. Il aurait pour ce faire besoin de la complicité d'un vieil ami, or il ne voulait vraiment pas lui demander quoi que ce soit.

Dalca réfléchit encore. Le temps était-il réellement venu pour lui d'activer le bouton panique ? Si le Seychelles Group avait réclamé une réunion, cela signifiait-il forcément que les Chinois allaient venir l'enlever et le tuer ? Ou étaient-ils simplement préoccupés et cherchaient-ils quelque part l'assurance que les données dont ils avaient demandé le traitement pour aider les agents du contre-espionnage sur leur territoire n'aient pas été exploitées – en fait détournées et transmises à des terroristes djihadistes et d'autres malfaiteurs ?

Dalca se força à examiner les faits sans passion et se convainquit bien vite qu'il n'y avait pas vraiment de danger. Du moins pas encore. Oui… ces membres du renseignement chinois allaient venir, ils seraient sans doute préoccupés, mais ils n'avaient aucune preuve que quiconque, et surtout pas Alex Dalca, ait cherché à les baiser.

Il allait falloir toutefois bien les embobiner, leur servir une histoire convaincante. Et s'il y avait une chose pour laquelle Alexandru était passé maître, c'était bien d'embobiner le client.

Il resterait à Bucarest, il continuerait de venir travailler, il parlerait aux gens du Seychelles Group, mais il garderait néanmoins un sac avec ses affaires, prêt à filer s'il jugeait que la nasse se refermait sur lui.

36

Il était huit heures trente à Dubaï quand Sami Ben Rachid arriva à son bureau pour un dimanche matin de travail. Il n'avait pas regardé les nouvelles avant de venir mais sitôt après avoir ôté son pardessus et s'être assis, il s'était connecté sur une chaîne d'infos internationales en anglais.

Les coudes posés sur le bureau, il regardait un résumé des attaques en Amérique. Il était déjà au courant des trois premières ; même si elles n'avaient pas fait tout de suite les gros titres de la presse internationale, il s'était spécifiquement intéressé aux infos concernant les villes où résidaient les cibles et avait ainsi appris chaque attentat presque aussitôt après sa survenue.

D'après ses recherches de la veille, il savait que deux des hommes d'Al-Matari avaient été tués par les forces de l'ordre en Caroline du Nord. Perdre deux hommes pour en tuer un l'avait rendu furieux car c'était là de toute évidence un taux d'attrition insupportable et parce qu'il avait misé gros sur cette opération. Aussi quand ce matin-là la couverture médiatique se porta sur Alexandria en Virginie, pour ce qui était décrit comme une fusillade de grande ampleur, Ben Rachid avait retenu son souffle.

Il savait que la cible serait Edward Laird, un ancien directeur de la CIA chargé des opérations au Proche-Orient. Laird était un homme âgé qui vivait seul, sans doute la cible la plus facile qu'il ait confiée à Al-Matari, et il avait présumé que l'assassinat se déroulerait au domicile de l'individu. Mais quand Ben Rachid vit la vidéo tressautante prise par un Smartphone de la station de métro et entendit ce qui lui parut être une demi-douzaine d'armes à feu tirant simultanément, il comprit aussitôt que quelque chose avait dû horriblement mal tourner.

« La police indique que deux des neuf victimes étaient des membres de la police des transports et quatre autres des terroristes, dont l'un pilotait un Nissan Pathfinder de location immatriculé dans le Michigan. »

Quatre morts ?

Il sentit des gouttes de sueur rouler sur sa nuque épaisse.

Quatre morts !

Sami Ben Rachid regarda le moniteur mural qui lui affichait l'heure sur tous les fuseaux des États-Unis. C'était le soir dans la zone du district fédéral. Il ne savait pas si Al-Matari se trouvait en personne aux États-Unis ou même s'il était au nombre des victimes mais il saisit néanmoins son téléphone, les mains tremblant de fureur.

Il fallut une bonne minute à l'homme au bout de la ligne pour répondre.

Assis seul dans sa chambre dans l'immeuble en meulière à Chicago, Moussa Al-Matari contemplait son téléphone en train de sonner dans sa main. C'était un appel via *Silent Phone* et il avait changé les réglages par défaut de l'application pour que les appels ne passent sur la messagerie vocale qu'au bout de la vingtième sonnerie, sachant que quiconque avait ce numéro devait avoir quelque chose d'important à lui communiquer. Al-Matari ne voulait surtout pas rater le moindre appel pendant toute la durée de l'opération aux États-Unis.

Mais là, c'en était un qu'il n'avait pas envie de prendre.

Il était seul dans sa chambre. Deux membres de la cellule de Chicago, plus Alger et Tripoli, étaient en bas, et quatre autres, à l'extérieur, étaient occupés à préparer une opération qui devait démarrer sous peu.

Al-Matari poussa un gros soupir et à la quinzième sonnerie, il décrocha, redoutant d'avance la conversation qui allait suivre.

« Oui ?

— Tu as perdu quatre hommes à la chasse d'un retraité ! Tu peux m'expliquer ? »

Al-Matari n'allait pas laisser le Saoudien lui faire la leçon. « Nous ne savons pas ce qui s'est passé. À l'évidence, Edward Laird bénéficiait d'une protection que vos putains d'informations n'étaient pas fichues de spécifier.

— Ah oui, bien sûr ! Maintenant, tu vas me reprocher tes échecs.

— Et avec Todd Braxton, alors ? Toutes ces infos que vous avez balancées et vous oubliez de signaler que non seulement il a changé d'apparence physique mais que de surcroît, il se déplaçait avec un quasi-sosie ?

— Tes gars sur place doivent identifier leurs cibles. Je ne peux pas y aller à leur place liquider les gens pour ta cause, mon frère. Je dois rester ici me carrer le plus dur du boulot. »

À quoi Moussa Al-Matari répondit du tac au tac : « Nous, nous sommes ici en territoire ennemi. À courir les risques. À opérer sur la seule base des informations que vous nous envoyez pour poursuivre la tâche. Quoi qu'il ait pu se produire aujourd'hui entraînant la mort de quatre hommes ou auparavant l'erreur d'identification de la cible en Californie, toutes ces erreurs proviennent du renseignement, pas du niveau opérationnel.

— Vous ne vous êtes même pas encore attaqués aux objectifs importants, répondit le Saoudien d'une voix glaciale. Ceux-là étaient des cibles faciles. Et malgré tout, six hommes sont morts. Vingt pour cent de tes effectifs. » Le Saoudien avait été informé que trente agents au total seraient en Amérique au début de la mission.

« Je le sais bien. Vous pensez que je l'ignore ? Mais ce qu'on sait depuis le début, c'est qu'il y aurait des pertes et que le nombre d'opérateurs serait fluctuant. Des hommes mourront en martyrs et du sang neuf viendra sous la forme de nouvelles recrues.

— Quelles nouvelles recrues ? Le succès appelle le succès. Nous devons d'abord remporter des victoires pour attirer des recrues. »

Moussa Al-Matari avait prévu depuis le début de tenir le Saoudien en dehors des détails opérationnels. Mais il enfreignit alors sa propre règle. « Nous engagerons une multitude d'actions le même jour. L'une d'elles concernant une cible de haut niveau.

— Laquelle ?

— Je ne vais pas révéler des informations opérationnelles à quelqu'un qui, franchement, n'a pas besoin de les connaître. »

Au bout d'un moment, Ben Rachid reprit : « Fort bien. Qu'il en soit ainsi. Nous sommes tous ici du même côté, mon frère. Je veux juste te rappeler ceci : il nous faut une victoire. Une grande victoire. Tu dois montrer au monde que ta cause est forte.

— Vous n'aurez qu'à regarder la télévision, Saoudien. Vous y verrez du grand spectacle. *Inchallah.* » Et il lui raccrocha au nez.

Adara et Midas rejoignirent en voiture la ferme de John Clark à Emmitsburg, dans le Maryland, peu après vingt-deux heures. Tous avaient décidé que la voie était libre après la débâcle du matin à Alexandria, en particulier après une téléconférence confidentielle entre Gerry Hendley, Dan Murray et Mary Pat Foley. Cette dernière et son mari Ed étaient des amis de très longue date d'Eddie Laird, et tout comme Dan, elle était heureuse que des agents du Campus aient tué les quatre terroristes avant qu'ils ne risquent de nuire à nouveau, même s'ils devaient bien admettre qu'ils auraient de loin préféré qu'un des terroristes eût été capturé vivant.

Le crime proprement dit était passé sous la juridiction fédérale dès le moment où il était apparu évident qu'il s'agissait d'un attentat terroriste, aussi Dan rassura-t-il Gerry : les deux tireurs survivants que plusieurs témoins avaient vus s'enfuir à bord d'un Range Rover noir seraient identifiés comme appartenant à la sécurité personnelle de l'ancien officier de la CIA et que l'on en resterait là. Gavin Biery n'avait trouvé nulle part sur la Toile de photos exploitables par les enquêteurs, de sorte que tous convinrent que de ce côté-là, le Campus était à l'abri.

John Clark avait rejoint sa ferme trois heures avant Midas et Adara, il les attendait donc sous son porche en compagnie de Sandy son épouse quand les deux agents arrivèrent, leurs sacs de voyage en bandoulière.

Pour des raisons de sécurité, il avait été décidé qu'Adara et Midas séjourneraient dans cette ferme reculée pendant deux nuits, tandis que des caméras de sécurité seraient discrètement installées chez eux et aux alentours pour voir s'ils faisaient l'objet d'une surveillance quelconque par des agents d'Al-Matari, voire par la police locale après ce qui s'était produit le matin même. Sandy montra aux deux stagiaires leurs chambres au premier, chacune avec sa salle de bains, puis elle alla se coucher.

Adara et Midas redescendirent et l'ex-aide-soignante de la marine nota que l'ex-Force Delta se déplaçait lentement en se tenant à la rampe pour ménager sa hanche douloureuse, mais elle s'abstint de tout commentaire. Elle le savait un patient difficile ; tout au long de la journée, chaque fois qu'elle lui avait demandé si ça allait, il l'avait rabrouée pour lui rappeler inutilement qu'il s'était fait heurter par un SUV lancé à pleine vitesse juste quelques heures plus tôt. Mais elle était prête à le prendre à rebrousse-poil tant qu'elle pourrait s'occuper de ses blessures et que jouer les durs n'affecterait pas ses capacités opérationnelles.

Ils trouvèrent Clark dans la cuisine avec trois bouteilles de bière déjà ouvertes et ils discutèrent un moment de sa vieille ferme avant de ressortir sous le porche arrière où ils s'assirent pour écouter coasser les rainettes au loin.

« Eh bien, commença Clark, ça ne s'est pas vraiment goupillé comme on le souhaitait mais j'en ai parlé ce soir à Gerry. On va devoir redoubler d'efforts dans les jours et semaines à venir, pendant que tous les services de renseignement essaient d'appréhender ce qui peut bien se passer. Jack et Gavin s'emploient à cerner qui est le récipiendaire des informations destinées à localiser les cibles ici même aux États-Unis, et nous avons bon espoir que cela nous permettra de définir à notre tour une cible. De surcroît, Gerry pense que ça pourrait nous offrir l'occasion de régler en même temps le volet interne du problème. »

Adara et Midas restèrent silencieux.

« Dans ce but, poursuivit Clark, nous allons suspendre votre stage de formation. On vous intègre séance tenante au personnel d'active pour une période, dirons-nous, d'essai. Bon sang… vous avez fait tous les deux du sacré bon boulot aujourd'hui. On a perdu Eddie mais compte tenu que vous vous êtes retrouvés embarqués dans une fusillade sans avoir d'armes sur vous et que vous en êtes ressortis avec quatre terroristes à votre tableau de chasse, je dirai que vous êtes largement au niveau de n'importe quel test auquel on aurait pu vous soumettre. »

Si Adara et Midas étaient l'un et l'autre ravis d'être admis dans l'équipe, il n'y eut toutefois aucune célébration.

Midas se contenta de répondre : « Merci de nous faire confiance. Pour ma part, je suis prêt à me lancer aux trousses de ces types. C'est OK pour qu'on retourne au bureau demain ? »

Clark hocha la tête. « Moi oui, mais vous, non. Même si on ne va pas être impliqués dans l'enquête sur l'attentat du métro, il reste toujours possible qu'un habitant du quartier vous ait vus tous les deux échanger des coups de feu dans la station. Ce qui pourrait nous attirer des ennuis. Vous vivez l'un et l'autre à l'extérieur d'Alexandria, donc vous pourrez retourner chez vous après-demain, dès qu'on aura eu l'assurance que personne n'a placé sous surveillance vos domiciles respectifs. Pour ce qui est de demain, vous pouvez traîner ici. J'ai aménagé un stand de tir rudimentaire près de la rivière et je devrais pouvoir vous dégoter quelques armes, vous pourrez ainsi vous occuper utilement. » La remarque avait été assortie d'un clin d'œil qui sous-entendait qu'il n'aurait aucun problème à revenir avec tout un arsenal permettant aux deux nouvelles recrues du Campus de s'entraîner au tir.

Puis ils passèrent le temps de finir leurs bières à écouter John évoquer pour eux Eddie Laird, et les deux nouveaux agents furent impressionnés par les exploits et le caractère de l'homme qu'ils n'avaient pas eu l'occasion de connaître personnellement.

Adara s'était promis d'appeler Dominic avant d'aller au lit et Midas avait hâte de s'allonger pour soulager un peu sa hanche, aussi ne se firent-ils pas prier quand John leur suggéra de monter dans leurs chambres.

Midas commença à se lever. Le mouvement suscita une grimace de douleur qu'il fit de son mieux pour dissimuler.

Clark vit toutefois son expression. « T'es OK, fils ?

— Totalement. Bon pour le service. »

Clark regarda Adara. Elle se contenta d'arquer un sourcil.

« Avez-vous déjà pris un bain aux sels d'Epsom ?

— Euh… non, monsieur. J'avoue que non.

— Ma foi, je n'aime pas donner des ordres directs. On est plutôt assez relax au Campus, en tout cas sûrement plus qu'au JSOC. Mais s'il faut que je t'ordonne de t'imbiber de sels d'Epsom pour te remettre sur pied, je ne vais pas me priver. »

Midas n'avait pas l'air convaincu mais pour apaiser Clark, il répondit : « Bien, monsieur. Je filerai dès demain me… »

Sourire de Clark, le premier depuis la mort d'Eddie. « Pas besoin. J'ai demandé à Sandy d'en poser un sac de trois kilos à côté de la baignoire dans ta salle de bains. Vingt minutes, minimum.

— À vos ordres. Euh… bien, monsieur », répondit Midas. Puis, accompagné d'Adara, il se dirigea vers l'escalier.

Alors qu'ils montaient, Adara remarqua : « J'imagine que l'ordre exprès de prendre un bain avant d'aller au lit ne relevait pas de la procédure standard chez les Delta. »

Midas rigola. « Pas vraiment, non. »

37

L'été, la chaleur pouvait être épouvantable à Tampa, y compris le matin, même si ça n'avait rien d'incongru pour le presque sexagénaire en train de courir le long du terrain de softball dans la lumière d'avant l'aube. Il avait beaucoup vécu sous des climats tropicaux et il ne doutait pas de se retrouver un beau jour dans un endroit encore plus torride que le sud de la Floride, aussi ne se laissa-t-il pas démonter.

Il avait beau toutefois être accoutumé au temps chaud et au soleil éclatant, il n'en savait pas moins que mieux valait éviter de s'entraîner au soleil s'il pouvait l'éviter, aussi, même s'il n'était encore que six heures du matin, il préférait tirer parti des derniers lambeaux de nuit avant l'aube et profiter de la fraîcheur relative pour se forcer jusqu'aux limites comme jamais depuis des semaines.

Et de même qu'il était habitué aux climats chauds, il l'était aussi à pousser à bout son esprit et son corps.

Le général Wendell Caldwell était le chef du Commandement central des États-Unis, l'un des commandements unifiés des forces armées américaines sur le théâtre d'opérations. Diplômé de West Point avec trente-quatre ans de service actif sous les drapeaux, Caldwell était revenu depuis peu d'une tournée d'un mois en Irak pour y rencontrer ses commandants sur le champ de bataille et, de retour à Tampa, il s'entraînait aussi dur qu'il l'avait fait outremer.

Car peu importait où il se trouvait sur la planète, Caldwell se forçait toujours à entamer ses journées avec un minimum d'exercice physique.

Gadsden Park était situé juste au nord de la base aérienne McDill, siège de l'USCENTCOM, et Caldwell aimait sortir de la base une quarantaine de minutes pour boucler deux tours de parc avant de rejoindre la clôture des installations au niveau de l'accès sud-ouest et de là, filer quelques minutes plein sud en laissant la baie de Tampa sur sa droite jusqu'à Picnic Island Boulevard et le parc occupant la pointe de la petite péninsule qui avançait dans la baie.

Il faisait alors le tour du parking puis laissait sur sa droite la clôture extérieure de la BA en reprenant la direction du nord pour franchir à nouveau la grille d'accès à la base, quarante minutes environ après avoir quitté celle-ci.

Caldwell vivait et travaillait sur site et durant les périodes d'activité opérationnelle intense, comme en ce moment, il pouvait s'écouler des jours entiers sans qu'il mette le pied dehors sinon pour sa course matinale dans les environs immédiats.

La grande nouvelle de ces derniers jours était bien entendu la série d'attentats de l'EI sur le sol américain mais pour autant qu'il sache, les plus importants restaient les attentats à la bombe près de la base de la Navy à Sigonella. Il devait rencontrer aujourd'hui même à Tampa des experts en sécurité qui avaient un plan pour renforcer les défenses sur les bases européennes parce que Sigonella voyait transiter ses hommes en grand nombre, aussi en avait-il fait une de ses principales préoccupations.

Même si cette récente campagne terroriste sur le sol américain le rendait furieux, il ne se sentait pas personnellement inquiet, et ce pour deux raisons importantes. La première était qu'il n'avait jamais, au grand jamais, repéré quiconque de même vaguement suspect lors de ses entraînements, et l'idée qu'un membre de l'EI pût se trouver dans les parages sans que Caldwell ne le remarque à deux mètres de distance était hautement improbable. En outre, il ne courait jamais casque aux oreilles et restait en permanence sur ses gardes, une vigilance désormais encore renforcée à la suite des récents événements. Si jamais il devait croiser sur son chemin un individu ne sortant ne serait-ce que vaguement de l'ordinaire, il le remarquerait aussitôt.

Ce qui menait à la seconde raison pour laquelle il n'était pas inquiet. Glissé dans une ceinture en Velcro passée autour de la taille sous son tee-shirt de l'armée mais à portée de main, il y avait un Walther PPK/S chromé, un pistolet de calibre .380.

L'arme était un cadeau de la Bundeswehr, l'armée allemande, offert à l'issue de ses deux années à la tête des forces armées américaines à Stuttgart.

Il se disait que s'il sentait venir un problème, il serait prêt.

Caldwell ne sous-estimait pas la menace. Il s'attendait à devoir organiser un certain nombre de réunions avec les responsables de la sécurité, ici même à McDill, pour s'assurer que toutes les forces en présence étaient en éveil et conscientes de ce nouveau danger pour le personnel militaire sur le sol américain. Il restait bien entendu possible qu'un soldat ou un aviateur vivant à l'extérieur de la base pût faire l'objet d'une attaque, tout cela dépendait bien sûr des capacités opérationnelles encore inconnues de cette cellule américaine de Daech en Amérique. Mais Caldwell avait déjà rencontré le danger au Panama, en Irak, au Kosovo, en Afghanistan et de nouveau en Irak. Deux connards de l'EI à l'entraînement d'amateurs qui chercheraient à le décapiter lors de son jogging matinal n'auraient pas la moindre chance.

Il termina ses deux tours de circuit de Gadsden Park, emprunta le long trajet rectiligne sur North Boundary Boulevard, puis il s'engagea dans plusieurs ruelles du quartier qui le firent déboucher sur Picnic Island Boulevard.

Tout en courant vers le sud en direction du parc qui s'enfonçait en saillie dans la baie, il observa deux F-16 en train d'entamer leur approche finale sur la piste 04 droit devant lui. Le soleil venait d'apparaître et sa lumière se refléta sur les verrières des chasseurs à leur passage.

Un certain nombre d'autres joggeurs étaient de sortie ce matin et en les doublant il eut droit à des regards de connivence de certains de ses subordonnés, qu'il les reconnaisse ou non. C'était toujours suivi d'un rapide « Bonne journée, mon général » auquel Caldwell répondait par un « Bonne journée » voire un « Hoo-ah ! » s'il se sentait en forme.

Parfois, il se demandait quelle distance il pourrait vraiment couvrir s'il n'avait pas à saluer vingt ou trente fois ses subordonnés dès qu'il laçait ses chaussures avant de sortir faire un jogging.

Aujourd'hui, sa sécurité personnelle lui occupait l'esprit et il examinait d'un peu plus loin chaque joggeur, s'attardait un peu plus sur chacun en se demandant comment il gérerait la situation si jamais l'un d'eux s'avérait constituer une menace.

Mais il ne vit personne avec l'allure d'un ennemi djihadiste et il ne put s'empêcher de trouver risible la perspective qu'un terroriste vînt à surgir impromptu à l'orée de l'enceinte de la BA de McGill.

Picnic Island Park regroupait plantes succulentes et pelouses impeccables autour d'un parking doté de plusieurs kiosques et de tables de pique-nique offrant une vue imprenable sur la baie. Les week-ends y affluaient les personnels de la base et souvent on voyait en semaine ces mêmes personnels y apporter leur déjeuner, mais ce matin, à six heures trente, l'endroit était désert à l'exception d'une petite Honda quatre portes blanche parquée le nez face à la baie. Caldwell ne prêta guère attention à la voiture ; il allait contourner la pointe de la péninsule et repasserait devant d'ici à une minute : il pourrait alors l'examiner à loisir.

Le général passa devant un bouquet d'arbres bordant le trottoir à l'extrémité du parking et au moment de faire demi-tour, il fut surpris de voir soudain un joggeur venir dans sa direction, à quelques mètres à peine. Il le jaugea rapidement : petite taille, carrure délicate, cheveux blond sale retombant sur les épaules, short et tee-shirt typiques de ce genre d'individu du sud de la Floride. Il décida que ce gringalet n'était pas une menace même s'il allait le frôler.

Il en détourna son regard en entendant démarrer le moteur de la Honda.

Ce n'est que lorsque le jeune homme changea soudain de direction pour lui barrer le passage que le général reporta rapidement son attention sur lui, trébuchant pour éviter une collision, furieux de voir son rythme coupé par ce jeune imbécile sans doute saoul ou drogué ou…

Une lame de couteau refléta le rose du soleil levant quand elle surgit dans la main droite du joggeur. Le général Caldwell souleva aussitôt son tee-shirt de la main gauche, saisit de la droite la crosse de son pistolet et tenta rapidement de s'immobiliser et battre en retraite pour esquiver la lame.

Le jeune homme était sur lui avant qu'il ait pu sortir son arme. La lame s'enfonça jusqu'à la garde entre les côtes du général Wendell Caldwell, et c'est à ce moment seulement qu'il parvint à reculer et s'écarter d'une trentaine de centimètres de son agresseur.

Le général pressa la détente du Walther dès qu'il l'eut sorti de sous son maillot, et la balle atteignit l'homme en haut de la cuisse, pénétrant de haut en bas. L'éclair brûla le jeune homme au pubis, le projectile lui déchiqueta la jambe et son sang éclaboussa la chaussée à ses pieds.

Le général tira une seconde fois alors que les deux hommes roulaient à terre. La deuxième balle pénétra dans l'abdomen, cinq centimètres sous le nombril.

Tous deux se retrouvèrent étendus sur le dos, à un demi-mètre de distance.

Le général Caldwell releva la tête et vit le manche du couteau encore planté dans son torse.

C'était un homme robuste mais il se sentait faiblir de seconde en seconde.

En regardant au-delà de la lame il vit que l'homme qui l'avait poignardé était lui aussi encore en vie, lui aussi étendu sur le dos. Jeune, dans les vingt, vingt-cinq ans, et avec ses cheveux blonds et ses yeux bleus, il avait l'air d'un Américain pur jus.

Le souffle court, Caldwell demanda : « Pourquoi, petit ? *Pourquoi ?* »

Le visage du blondinet semblait blêmir un peu plus à chacune de ses respirations haletantes. Son regard croisa celui de Caldwell même si ses yeux commençaient rapidement à devenir vitreux. « *Allahu akbar* » furent les seuls mots qu'il parvint à prononcer avant que sa tête retombe sur le trottoir et que ses yeux se révulsent lentement.

Caldwell détourna les yeux pour contempler le ciel. Il lâcha un cri de frustration : « Putain, c'est pas vrai ! »

Les deux hommes, l'un général de l'armée américaine, l'autre un soldat de l'EI né sur le sol américain, moururent à quelques secondes d'écart sur l'asphalte chauffé.

Un instant plus tard, la Honda Accord blanche quittait le parking pour repartir vers le nord, sans même que ses deux occupants ne se retournent.

Angela Watson, chef de la cellule d'Atlanta, et Moustafa, l'un de ses membres, laissèrent sur place Richie Grayson, natif de l'Alabama, au beau milieu de Picnic Island Park, avec sa victime. Richie s'était battu durant une brève période en Somalie, car malgré ses cheveux blonds et sa carrure délicate, ils savaient qu'il était un combattant. Tous deux savaient aussi que Richie aurait voulu mourir ainsi, et ils louèrent sa conversion à l'islam parce que sa dernière action sur terre lui garantirait le martyre.

38

Jack Ryan Junior courait seul autour du Mall sous une chaude averse estivale. Ça ne l'irrita que la première minute mais une fois trempé comme une soupe il mit de côté cet inconvénient pour se remettre à songer à la seule chose qui l'obnubilait depuis maintenant une semaine.

Il avait passé l'après-midi et la soirée de la veille à potasser les méthodes de renseignement et de recherche d'identité par exploitation des sources publiques disponibles sur Internet et à utiliser ces connaissances toutes neuves pour composer des ensembles d'informations ciblées sur toutes les victimes des attaques de ces derniers jours. C'était difficile – ce n'était pas une mince tâche d'exhumer des informations datant de dix ou vingt ans et de s'en servir pour identifier la bonne personne puis la situer au bon endroit à un moment donné.

Mais il avait réussi. Le formulaire SF-86 vieux de cinq ans concernant le sergent des forces spéciales Michael Wayne était suivi d'une mutation de Fort Carson, Colorado, à Fayetteville, Caroline du Nord, puis d'une purge de tous ses comptes sur les réseaux sociaux, signe trahissant pour quiconque examinerait son dossier qu'il avait accompli le saut habituel des Forces spéciales à la Force Delta qui était basée à Fort Bragg. Deux des références consignées dedans citaient des officiers du Commandement interarmées des opérations spéciales, qui là encore, pour quiconque aurait épluché ce document, aurait renforcé la conviction d'être sur la bonne voie.

Les archives notariales montraient par ailleurs qu'il avait acheté la maison de Lemont Drive l'année précédente, et dès lors il n'était guère sorcier partant de là de retrouver son adresse et d'aller faire un tour devant chez lui. Ryan supposa que les terroristes avaient simplement eu de la chance de tomber sur lui sur son perron.

Les forces armées américaines n'avaient jamais eu de raison valable de se préparer à une menace au domicile personnel de leurs soldats en Amérique, et Jack se demanda à quelle vitesse cette attitude était appelée à changer.

Quelques recherches supplémentaires lui permirent également de trouver des détails sur Edward Laird. La dizaine d'années passées au Moyen-Orient à traquer les terroristes avaient été chroniquées, sans sa permission ou son intervention personnelle, dans un ouvrage récent et par ailleurs il habitait depuis plusieurs dizaines d'années au même endroit à Alexandria.

Jack réfléchissait à présent à l'ensemble de ses recherches. Il ne savait toujours pas quel genre d'individu pouvait bien transmettre ces informations aux agents de Daech installés en Amérique, mais ce qu'il avait pu établir désormais, c'était qu'il suffisait à l'intéressé d'avoir les données brutes de l'OPM, une bonne connaissance des informations publiques et des documents d'identité, et de se montrer d'une cruauté presque inimaginable.

En gros, on avait affaire à quelqu'un qui fusionnait données légales et données obtenues par des moyens illégaux pour en faire une arme.

Il termina son exercice matinal sur le parking proche du bassin du Capitole, puis il regagna son SUV noir, monta à bord et prit sur le siège du passager la serviette pliée qu'il y avait laissée pour s'éponger. Installé au volant, il se la passa dans les cheveux tout en allumant la radio sur la chaîne d'infos nationale. La pendulette de bord indiquait neuf heures, ce qui lui permit de prendre le bulletin dès le début.

« *La police de Tampa, Floride, a confirmé la mort du général d'armée Wendell Caldwell, chef du Commandement central des forces armées, victime tôt ce matin d'une agression à l'arme blanche. Les faits se sont produits près de la base aérienne MacDill juste après six heures du matin. Le corps du général Caldwell a été retrouvé près de celui d'un autre homme, jusqu'ici non identifié, mais dont les autorités pensent qu'il pourrait s'agir de son assassin.* »

Ryan martela de la paume la jante du volant avant de jeter sa serviette.

Et quand arriva la nouvelle suivante, il posa lentement le front sur le volant.

Deux bombes avaient explosé dans la nuit, toujours aux États-Unis. À Pittsburgh, un colis piégé avait sauté dans une boîte aux lettres, apparemment identique à celui qui avait tué Barbara Pineda à Falls Church, tuant un fonctionnaire des Affaires étrangères du nom de Denby Carson. Carson séjournait chez ses parents, en congé de son travail à l'ambassade américaine d'Amman en Jordanie.

Jack suspecta aussitôt que ce M. Carson appartenait en fait à la CIA.

Le second engin avait explosé sous un monospace à Monterey, Californie, tuant six officiers de l'armée de terre, lieutenants ou capitaines. Les six victimes, trois hommes et trois femmes, étudiaient l'arabe au Centre des langues étrangères de l'Institut de langues de la Défense hébergé au Presidio de Monterey. D'après la radio nationale, ils avaient loué le véhicule pour sortir dîner et célébrer leur succès à l'issue de ces cours, ce vendredi, et des témoins auraient signalé avoir vu un homme à moto venir fixer quelque chose à la carrosserie du monospace alors garé le long de la côte sur Del Monte Avenue.

Jack releva la tête et se remit à marteler le volant. Huit morts ces douze dernières heures et pendant ce temps, lui bien peinard avec son petit jogging matinal.

Gavin et lui s'étaient promis de travailler ce dimanche mais ils n'avaient pas prévu de s'y mettre avant midi. Ils étaient encore vidés mentalement au bout de près d'une semaine sur ce rythme endiablé, et l'un et l'autre s'étaient dit qu'ils verraient les choses sous un regard neuf après une pause de douze heures.

Mais Jack comprit qu'il devait s'y remettre illico. Il en faisait désormais une affaire personnelle ; il se sentait responsable de ces pertes en vies humaines car il devait encore percer le mystère de cette brèche même s'il pressentait que la réponse était juste sous son nez, sous la forme de données.

Il savait bien que d'autres allaient sans doute mourir, victimes de cette débâcle, mais il se refusait à rester entretemps les bras croisés.

Il pressa la touche au volant qui activait son téléphone et appela Gavin Biery sur son mobile en prononçant son nom à haute voix.

Quelques secondes plus tard, il entendit : « Eh, Ryan. Quoi de neuf?

— T'as entendu les nouvelles?

— Pittsburgh, Monterey et maintenant Tampa. Ouais.

— C'est dingue. Et tout ce qu'on a, c'est des théories.

— J'essaie d'avoir quelque chose d'un peu plus concret, rétorqua Gavin. Je viens d'arriver au bureau. J'ai la transcription de tous les posts de Vadim Retchkov sur Reddit, des centaines de pages à éplucher, dans l'unique espoir que le mec qui lui a refilé les infos sur Scott Hagen l'aura contacté par ce biais. Imagine une meule de foin sans doute sans aiguille mais je dois d'abord éliminer cette possibilité.

— On dirait que tu ne cracherais pas sur un coup de main. Il faut que je m'occupe.

— Sûr, fils. Je pourrais t'utiliser.

— Je suis là dans dix minutes. »

Même si son appartement était à proximité du boulot, Jack ne fit pas le détour pour se doucher et se changer. Il se rendit droit au bureau, en short humide et tee-shirt trempé de sueur. Il avait un change dans son sac de voyage qu'il gardait en permanence dans la voiture. C'était en prévoyance des déploiements d'urgence lors de la facette opérationnelle de ses activités mais aujourd'hui, le déploiement d'urgence concernait la facette analytique parce que la situation en Amérique commençait rapidement à leur échapper.

Son trajet de retour sur l'autre rive du Potomac l'amenait à passer à moins de quatre cents mètres de la Maison-Blanche, et il regarda sur sa droite l'endroit où son père devait se trouver en ce moment, juste de retour de la messe dominicale avec sa mère et s'apprêtant sans doute à gagner directement l'aile ouest pour passer son dimanche à travailler.

Le président Ryan ne marquait pas de pause quand ce genre de crise se déroulait en Amérique et il avait élevé un fils taillé dans la même étoffe.

39

Le président des États-Unis et la première dame avaient entamé leur dimanche en se rendant à la messe avec leurs deux plus jeunes enfants.

Ils y assistaient le plus souvent possible lorsqu'ils se trouvaient ensemble dans la capitale, mais c'était aujourd'hui une journée particulière car leur fille aînée les attendait aux marches de la cathédrale pour se joindre à l'office. Le président ne voyait plus si souvent Sally. La jeune femme vivait au nord de Baltimore et n'aimait pas se retrouver à la Maison-Blanche, harcelée d'un côté par la presse et entravée de l'autre par les phalanges de la sécurité, même si chaque fois que le reste de la famille pouvait s'échapper dans la résidence de Peregrine Cliff, elle faisait son possible pour passer les voir.

Alors que Jack Ryan Junior devait en permanence se montrer à la hauteur de l'héritage paternel, pour sa sœur, le modèle à suivre était Maman. Sally faisait son internat en neurochirurgie à Johns Hopkins et, comme c'était souvent le cas dans le milieu médical, ses collègues se fichaient bien que son père soit le président des États-Unis. Mais elle ne pouvait échapper au fait que sa mère soit la célèbre docteur Cathy Ryan, chef du service d'ophtalmologie de l'hôpital.

Bien sûr, Cathy était également la première dame mais cela faisait maintenant des années qu'elle jonglait avec ces deux casquettes, et même si elle avait désormais l'âge et l'aisance financière pour prendre sa retraite, elle continuait de travailler, d'opérer, d'enseigner aux internes et de participer à divers conseils hospitaliers.

Si le reste de la famille continuait à l'appeler Sally, ses frères et sœurs s'étaient mis ces dernières années à utiliser son nom de baptême, Olivia. Quasiment tous les plus de trente ans aux États-Unis connaissaient l'histoire de l'aînée des quatre enfants de Jack Ryan, quand la fille du futur président avait été gravement blessée par des terroristes républicains irlandais. Ce nom de Sally Ryan et l'héritage de l'attaque lui avaient collé à la peau depuis, aussi l'avait-elle abandonné, sitôt décroché son diplôme, au profit d'Olivia.

Olivia n'était pas encore mariée mais cela faisait maintenant deux ans qu'elle vivait avec un beau chirurgien orthopédiste d'origine turque. Davi l'avait rendue heureuse comme jamais auparavant dans sa vie. Entre vingt et trente ans, elle n'avait vécu que pour ses études, et depuis qu'elle avait la trentaine, que pour son travail, mais pour la première fois désormais, travailler soixante heures par semaine devenait difficile à gérer, car avec l'emploi du temps tout aussi chargé de son compagnon, entre gardes et salle d'opération, ils n'avaient guère le temps de se voir plus de deux fois par semaine.

Bien évidemment, la presse n'avait pas manqué de relever cette liaison avec un médecin turc et souligné à l'envi que le président Ryan allait bientôt avoir un gendre musulman en s'interrogeant sur d'éventuelles répercussions sur la politique étrangère des États-Unis. Il se trouvait toutefois que Davi était catholique, détail qui aurait demandé trop d'efforts de recherche aux médias et trop de précieuses secondes d'antenne en explications au public, aussi n'avaient-ils jamais éclairci la question.

Le président et le petit ami de sa fille aînée s'entendaient fort bien chaque fois qu'ils avaient l'occasion de se retrouver, mais Olivia tenait à préserver sa vie privée, si bien qu'en dehors de deux visites quasiment obligées à la Maison-Blanche et d'une mémorable fête de Thanksgiving à Peregrine Cliff, Davi avait pour l'essentiel échappé à la curiosité du public inhérente à une relation avec la fille de l'actuel commandant en chef.

Mais la liaison de Davi et Olivia n'était pas non plus entièrement privée. Le couple devait lui aussi composer avec une unité du Service de protection présidentielle. Olivia était devenue très amie avec les deux hommes et les deux femmes qui constituaient sa garde, mais cela avait ajouté une complication à sa vie amoureuse.

Environ un mois plus tôt, les deux jeunes gens séjournaient dans un chalet que les parents de la jeune femme avaient acheté dans les montagnes Bleues, pour un week-end d'air pur et de barbecues. Leurs gardes du corps les avaient suivis en voiture et s'étaient installés dans deux chambres du luxueux bâtiment de six pièces au milieu de quinze hectares de forêt au pied du pic d'Old Rag Mountain, et ils encadraient chaque promenade du jeune couple d'amoureux venus simplement en quête d'un bref répit loin de la ville quand ils partaient en randonnée sur les sentiers de montagne avec leurs chiens.

C'était un vrai choc systémique pour Davi qui ne s'était toujours pas habitué à voir des chaperons l'accompagner lors de ses escapades du week-end avec sa petite amie, mais désormais Olivia s'était accoutumée à toujours avoir deux amis de plus où qu'elle aille.

Après la messe, Olivia, Katie et Kyle allèrent visiter le musée Hirshhorn sur le Mall – accompagnés chacun de son garde du corps personnel – tandis que leurs parents regagnaient la Maison-Blanche.

Ryan laissa sa femme dans leur résidence privée pour se diriger vers l'aile ouest sans même ôter son veston. Il savait qu'il devait se rendre directement au PC de crise pour discuter des deux attentats à la bombe survenus dans la nuit mais quand il y entra, il apprit d'un Bob Burgess à l'air éreinté que le commandant du CENTCOM venait d'être assassiné le matin même à Tampa.

Même si l'homélie de ce dimanche avait été consacrée à la grâce, vingt minutes après la fin du sermon, l'envie le prit de défoncer à coups de poing le mur de la salle de conférence.

Quand tout le monde fut arrivé et installé autour de la table, Ryan nota la présence d'une nouvelle tête, à côté d'Andy Zilko, ministre de la Sécurité intérieure. Ryan se doutait bien que ce nouveau venu devait être une sorte de conseiller chargé de briefer son ministre, néanmoins le président désirait savoir à qui il avait affaire avant d'entamer la séance.

Encore sous le choc de l'annonce de la mort tragique du général Caldwell, Ryan demanda : « Andy, veux-tu nous présenter ton invité, je te prie ? »

Le ministre Zilko s'exécuta. « Bien sûr, monsieur le président. Le docteur Robert Banks est le directeur du *National Cybersecurity Protection System*. Je l'ai invité pour qu'il nous présente un résumé des tentatives d'intrusions extérieures dans nos réseaux fédéraux. »

Dan Murray l'interrompit. « Si c'était possible, monsieur le président, j'aimerais auparavant commencer par un récapitulatif des attentats terroristes de la nuit dernière sur notre territoire.

— Bien sûr. Vas-y, Dan, puis nous céderons la parole au docteur Banks. »

Le ministre de la Justice décrivit donc en détail les deux attentats réussis de Pittsburgh et Monterey, ainsi que la nouvelle attaque à Tampa. Le président l'interrogea sur les indices trouvés sur place, vidéosurveillance, traces d'ADN, mais aussi sur les méthodes et l'équipement utilisé pour ces attaques. Les trois scènes de crime étant encore en cours d'analyse, d'autres précisions allaient suivre, mais le ministre se doutait que Ryan désirerait un maximum de détails, aussi était-il venu avec un iPad chargé de toutes les informations préliminaires recueillies sur chaque scène.

Bob Burgess ajouta ce qu'il savait de l'assassinat devant la base aérienne McDill. Le Service d'enquête criminelle de l'armée de terre était pour l'instant en charge mais il avait déjà communiqué l'ensemble de ses éléments au FBI si bien que Burgess n'avait guère plus d'informations que son collègue de la justice. Le Bureau dépêchait sur place une équipe complète de spécialistes de médecine légale, de police criminelle et d'antiterrorisme ; en outre, une unité de la Force d'intervention antiterroriste interarmées avait décollé de Miami et survolait en ce moment même les Everglades à bord d'un Falcon 50, mais le ministre de la Défense insistait sur le fait que ces frappes visant l'armée impliquaient que le Pentagone désirait être impliqué dans toutes les phases de l'enquête.

Murray et Ryan convinrent que la Sécurité intérieure, la Défense et la Justice devaient travailler de concert sur le problème.

Quand Ryan s'enquit des mesures prises pour protéger les militaires, Burgess répondit : « Nous sommes au niveau d'alerte maximale sur toutes nos bases ici même aux États-Unis, nous avons avisé tous nos commandements d'informer leurs personnels de ce nouveau danger, mais nous n'avons rien fait de tangible pour les éléments en dehors de l'enceinte de nos installations.

— Des recommandations ?

— J'ai une équipe en train de concocter un plan en ce moment même. Qu'il s'agisse de renforcer l'armement des personnels à l'extérieur des bases, de renforcer les effectifs de la police militaire et des forces de sécurité sur les sites extérieurs fréquentés par nos personnels, d'améliorer la coordination avec les forces de l'ordre sur place ou d'autres mesures, je vous présenterai tout ce qui est mis en œuvre dès que possible. »

Jack se tourna vers Dan Murray. « Que sait-on de l'identité des terroristes abattus ?

— Nous en avons identifié quatre. L'un des deux en Caroline du Nord et trois sur les quatre en Virginie. Tous étaient venus par avion du Guatemala, du Mexique ou du Honduras durant l'intervalle de temps où nous soupçonnons qu'est demeuré actif ce camp d'entraînement d'Al-Matari au Salvador.

— L'École de langues.

— Exact. Ce qui semble bien prouver qu'il s'agissait en réalité d'un camp d'entraînement pour l'État islamique.

— Et le fait, ajouta Ryan, que cet entraînement ait apparemment porté ses fruits et que tous ses acteurs aient pu sans encombre regagner les États-Unis va encourager Daech à poursuivre dans cette voie. »

Il se tourna vers Scott Adler. « Il faut que les Affaires étrangères suivent ça de très près, Scott. Pas seulement avec le Salvador mais avec tous les pays occidentaux. Active nos ambassadeurs, qu'ils s'entretiennent avec les dirigeants nationaux pour leur dire ce qui selon nous s'est passé au Salvador et en quoi cela nous affecte désormais. Qu'ils sachent que nous craignons que cela se reproduise et que nous faisons tout ce qui est en notre pouvoir pour l'empêcher. Demande leur aide à tous ces pays mais fais-leur bien comprendre que tout refus de leur part entraînera des actions de notre côté. »

Le ministre des Affaires étrangères comprenait parfaitement ce que désirait le président. Le département d'État s'abstiendrait de toute menace à l'encontre des ambassadeurs ou des dirigeants nationaux mais les ambassadeurs américains devaient leur faire sentir la gravité de la situation. Et il devait être clair pour tous que le gouvernement Ryan n'admettrait pas de réponse négative. Les autres nations occidentales n'auraient aucune difficulté à comprendre que toute réticence de leur part à empêcher l'installation sur leur sol de camps terroristes risquait au bas mot d'altérer leurs relations avec les États-Unis et pourrait même conduire ceux-ci à violer leur souveraineté territoriale pour reprendre les choses en main.

Ryan savait qu'il était encore trop tôt pour tirer des conclusions mais il se tourna néanmoins vers Mary Pat Foley et Jay Canfield. « Une chance que ce ne soit pas l'œuvre d'Al-Matari ?

— J'en serais fort surpris, convint le patron de la CIA. Étonné, même. C'est le principal responsable des affaires américaines au sein de l'EI et l'un des chefs de l'Emni, leur unité chargée de recruter des étrangers. Nous savons également qu'il a essayé d'introduire chez nous des éléments aptes à se livrer au terrorisme. Il a disparu, a entraîné un groupe d'Américains à commettre des attentats, et nous savons que certains, sinon tous, sont revenus aux États-Unis. De ce que nous savons de la personnalité d'Al-Matari, c'est un leader à l'esprit pratique. Je pense que ce sont ses hommes et je pense également qu'il est lui-même sur place pour diriger les opérations. »

Mary Pat était d'accord. « Nous ne connaissons personne d'autre au sein du renseignement extérieur de l'État islamique capable de réaliser ce qu'Al-Matari essaie de faire en ce moment. C'est sa signature. Cela dit, si on cherche bien, il y a dans tout cela un élément positif. Il y a eu au total sept attentats en quatre jours et Al-Matari a déjà perdu sept de ses militants lors de ces attaques. Si l'on rapporte le taux actuel de pertes à nos estimations du total de ses effectifs, à ce rythme, sa campagne ne pourra pas durer plus de trois semaines même si, pour être justes, nous sommes incapables de certifier qu'il n'a pas trouvé un moyen de regarnir ses rangs. Comme on le sait, l'État islamique a un solide programme de recrutement. Il est possible qu'ils recrutent à partir des éléments les plus radicalisés déjà présents sur notre territoire et qu'ils leur donnent des ordres. Ce qui offrirait à Al-Matari de nouveaux martyrs potentiels quand bien même ils n'auront pas l'entraînement dont a bénéficié sa cellule initiale. »

Ryan s'adressa à Arnie Van Damm. « Je veux un créneau dans les médias pour m'adresser ce soir à la nation. »

Grimace de l'intéressé. « Monsieur le président, vous n'avez pas grand-chose à annoncer à ce point de l'enquête. Faites une déclaration dans la salle de presse cet après-midi, répondez aux questions. Esquivez celles auxquelles vous ne pourrez répondre mais exprimez la peine et la colère que vous ressentez et faites bien comprendre au peuple américain que tout le monde est entièrement mobilisé sur cette crise.

— Mais…

— Si vous présentez le peu dont nous disposons actuellement assis derrière votre bureau, vous aurez l'air perdu. D'autant que l'essentiel de ce que nous pouvons avoir de concret sur ces attentats doit demeurer confidentiel. Non, faisons cela en salle de presse cet après-midi. » Arnie regarda sa montre. « Nous sommes dimanche. Même avec cette actualité, la moitié des journalistes risquent d'être absents, aussi dois-je d'abord contacter tous les médias.

— OK, dit Ryan. Et si tu t'y mettais tout de suite ? »

Van Damm quitta la salle, déjà en discussion avec deux de ses assistants. Les trois hommes allaient d'ici peu se retrouver en grande conversation téléphonique avec divers correspondants de presse accrédités pour essayer de les convaincre de rameuter d'ici à deux heures leurs troupes à la Maison-Blanche.

Ryan reprit la parole. « Qu'en est-il des autres pièces du puzzle ? Où en sommes-nous de l'enquête sur la brèche au cœur de toute cette affaire ? »

Le ministre de la Sécurité intérieure se racla la gorge. Ryan connaissait Andy Zilko depuis assez longtemps pour comprendre aussitôt que l'homme était gêné par ce qu'il allait devoir annoncer. « Les membres du Centre national d'intégration de la cybercriminalité et des communications ont identifié une faille potentielle des PII au niveau fédéral.

— PII, quésaco ?

— Informations personnellement identifiables.

— D'accord. Au moins on a trouvé quelque chose. Quel type d'information a été compromis ? »

Il y eut une pause et le docteur Robert Banks se leva. « Monsieur le président, la faille inclut les personnes qui ont rempli un formulaire SF-86 pour obtenir une habilitation sécuritaire. »

Ryan savait que tous les membres de l'administration gouvernementale susceptibles d'accéder à des données confidentielles – tout comme des millions de sous-traitants travaillant pour quantité de services – avaient dû remplir un questionnaire SF-86. « Qui en particulier ?

— Ma foi… à vrai dire, tout le monde. Plus précisément tous les candidats depuis 1984 jusqu'à il y a quatre ans environ. »

Ryan plissa les paupières. « Vous êtes en train de me dire que… toutes, absolument toutes les personnes qui ont fait une demande d'accès classifié au sein de l'administration des États-Unis durant ces trente années ont vu leurs informations personnelles livrées à un ennemi non identifié ?

— Je suis au regret de le dire… mais cela apparaît bien être le cas. »

Ryan crispa les mâchoires mais il garda un ton égal. « Explications, docteur Banks.

— Nous en sommes encore à l'enquête préparatoire sur nos serveurs au Bureau de gestion du personnel et jusqu'ici nous n'avons trouvé aucun indice d'une intrusion mais nous avons découvert qu'un accès administrateur non autorisé avait été créé il y a quatre ans et que cet administrateur non répertorié s'était connecté via une porte dérobée au système e-QIP. L'e-QIP stocke tous les formulaires SF-86.

— À qui a été donné cet accès ?

— Pour l'heure, nous n'en savons rien mais à l'époque, l'OPM n'avait absolument aucune équipe dédiée à la sécurité informatique. Il déléguait celle-ci auprès d'une des plus grosses sociétés privées du pays spécialisée en la matière, mais au bout d'un an environ, une enquête a révélé que celle-ci avait elle-même sous-traité une partie du travail à une petite entreprise extérieure. » Banks se racla la gorge. « À Bangalore, en Inde.

— Donc, reprit le président, avant ces deux dernières années, nous externalisions la protection des archives privées de tous les agents demandant un accès confidentiel ayant travaillé dans la fonction publique ?

— Oui, monsieur le président. Encore une fois, l'OPM a cessé de travailler avec cette firme et nous avons poursuivi celle-ci pour rupture de contrat.

— Bref, on a fermé la porte de l'écurie mais entretemps les chevaux ont filé en Chine.

— Euh… je ne sais pas pour la Chine. C'était peut-être ailleurs…

— Excusez mon préjugé. Mais la dernière fois, c'était la Chine.

— Certes. On a découvert que l'OPM ne tenait même pas à jour un inventaire de ses serveurs, bases de données et autres supports, de sorte qu'il était impossible de protéger les documents qui y étaient stockés.

« Si quelqu'un a pu accéder aux fichiers de l'OPM, cela s'est passé durant la période où cette société indienne s'occupait de la sécurité intérieure du réseau. Les références d'un employé sous contrat bénéficiant d'un accès légitime ont été dupliquées et ont servi à créer un nouvel utilisateur jouissant d'un accès d'administrateur-système. »

Ryan s'était mis à pianoter sur la table. « Cette cache de fichiers détient des informations sur toutes les personnes qui ont demandé à bénéficier d'un accès aux données classifiées. Vraiment toutes ?

— Eh bien… comme je l'ai dit, entre 1984 et il y a quatre ans.

— Je ne suis pas expert en informatique mais je suis à peu près certain que nous n'avions pas ce réseau en 84.

— Non, en effet, monsieur le président. À l'époque tout était consigné sur microfiches. Lors d'un plan de modernisation durant les années 1990, toutes les microfiches créées depuis 1984 ont été informatisées.

— Super. » Ryan réfléchit une seconde. « J'imagine que je suis dedans. »

Le conseiller, qui était déjà terrifié, blêmit soudain. « Ah… je n'en sais rien. Je ne suis pas allé voir si telle ou telle personne…

— Ça devait être deux ans plus tôt, le coupa Ryan, mais bien entendu, d'autres vérifications ont été faites à mesure que je grimpais dans la hiérarchie de l'Agence avant de rejoindre l'exécutif. »

Le docteur parut soudain un peu plus détendu. « C'est juste le formulaire SG-86, accompagné des empreintes digitales, de sorte que si vous avez rempli le vôtre avant cette période, vous ne devriez pas y apparaître. »

Ryan haussa les épaules. Ça n'avait pas vraiment d'importance, c'était déjà l'un des pires désastres qu'il ait eu à connaître. Il considéra le bonhomme nerveux à l'autre bout de la table. « Docteur Banks, vous n'êtes pas au tribunal. Toute cette histoire me gonfle un max mais je ne suis pas du genre à tirer sur le messager… » Il se pencha légèrement en avant. « Car ça ne tend pas à clarifier les messages.

— En effet, monsieur le président », convint Banks même s'il ne semblait pas plus soulagé pour autant. Il ajouta : « Nous avons mis des équipes de réaction aux incidents au travail vingt-quatre heures sur vingt-quatre pour identifier qui s'est emparé de ces informations, précisément quand et précisément comment. Nous avons la nette impression qu'il s'est agi d'un unique transfert de données en bloc et nous avons remis à zéro tous les accès administrateurs du système, pour pouvoir valider à nouveau toutes les candidatures mais bien évidemment, le dommage est déjà fait. »

Ryan se tourna vers Andy Zilko. « Andy, j'ai consulté les chiffres. Nous avons dépensé cinq milliards sur le Système national de protection contre le piratage informatique pour éviter justement ce genre de désagrément. Après l'intrusion des Chinois dans le réseau de nos services de renseignement il y a deux ans, les gens qu'on paie pour veiller à ce genre de choses nous ont assuré que cela ne se reproduirait pas. »

La gêne de Zilko était aussi manifeste que celle du docteur Banks. « Oui, monsieur. Je peux dire que nous avons pris des mesures pour améliorer nos systèmes de cyber-protection ces quatre dernières années.

— Quelles mesures ? »

Zilko réfléchit un moment. « Ma foi… puisque nous parlons de l'OPM, par exemple. Le nouveau personnel interne est en train d'améliorer la robustesse de la sécurité, même s'ils n'ont pas progressé aussi vite que nous l'aurions voulu. »

Ryan ferma les yeux, envahi par une intense frustration. La majeure partie de son existence, il avait dû, sous une forme ou une autre, se confronter à la bureaucratie gouvernementale. Il avait toujours pensé qu'il ne pourrait pas se laisser impressionner par celle-ci, quelle que soit l'ampleur de ses méfaits. Et pour s'apercevoir chaque fois qu'au bout du compte il s'était trompé.

« Combien au total de détenteurs d'habilitation sécuritaire ont été compromis ? »

Zilko se tourna vers Banks pour répondre à la question. « À l'heure qu'il est, monsieur le président, il y a juste un peu plus de quatre millions et demi de personnes qui détiennent une habilitation sécuritaire. Dans leur immense majorité, elles ont rempli un formulaire SG-86 avant le piratage du système. Je pense que nous devons envisager un nombre avoisinant les quatre millions de personnes.

— Plus de quatre millions de fonctionnaires gouvernementaux ou de sous-traitants des services publics pourraient donc être menacés à cause de cette faille.

Des militaires, des élus, des experts, des techniciens, les personnels chargés de garder nos stocks nucléaires…

— J'ai bien peur que ce soit en effet aussi grave que cela, monsieur le président. Le SF-86 ne va pas désigner directement quelqu'un comme employé de la CIA, en fait l'Agence utilise son propre système de gestion des demandes d'habilitation, mais bon nombre, pour ne pas dire la quasi-totalité des agents de la CIA, ont dû remplir un SF-86 pour leurs activités clandestines, comme travailler dans une ambassade sous l'égide des Affaires étrangères, sinon, il s'agit d'anciens militaires ou d'anciens policiers habilités, auquel cas ils étaient de toute façon déjà référencés. Tout expert en minage de données ou spécialiste en collecte d'identité peut rechercher certaines anomalies permettant de repérer les éléments qui ne correspondent pas. Prenez par exemple un gars qui travaille à notre ambassade à Madrid, en fait un agent clandestin de la CIA. Il a un poste d'agent consulaire mais son SF-86 révèle qu'il a passé huit années dans le renseignement de la marine ou qu'il a servi comme Ranger dans l'armée ou bien comme Béret vert. Un spécialiste un peu curieux aura tôt fait de conclure que ce type est en réalité affecté à Madrid pour espionner et pas pour tamponner des passeports. »

Ryan se massa l'arête du nez sous ses lunettes. « Et il apparaît maintenant que Moussa Al-Matari détient ces informations, et qu'il n'est pas le seul. C'est un véritable cauchemar. Même si nous arrêtons Al-Matari et tous les membres de ses cellules, même si l'on interrompt cette exploitation pervertie des données de l'OPM, nous ne saurons jamais avec certitude qui a bien pu disséminer toutes ces informations.

— C'est hélas tout à fait correct, monsieur le président.

— Nous avons besoin des meilleurs dans ce domaine pour nous dire comment atténuer les effets de ce fichu désastre. On doit au moins ça aux gens qui travaillent ou ont travaillé pour nous par le passé. Ça, c'est pour demain. Pour aujourd'hui… aujourd'hui, on retrouve les gens qui utilisent ces renseignements pour cibler nos compatriotes, et on les empêche de nuire.

« Mary Pat, il faut qu'on mette en route un plan de contre-espionnage à large spectre pour traiter ça. Tous les fonctionnaires gouvernementaux, tous nos sous-traitants sont à l'heure qu'il est des cibles potentielles, insista Ryan. Ce n'est hélas devenu que trop manifeste pour un certain nombre d'entre eux. Comme le général Caldwell pour ne pas le nommer. Il faut mettre au courant tous ceux, jusqu'au dernier, qui peuvent être concernés. *Maintenant*.

— C'est en cours au moment même où nous parlons, monsieur le président. En tant que DNR, je peux prendre la tête de l'opération et y intégrer tous ceux dont nous aurons besoin pour diffuser l'information. »

Le ministre Zilko leva la main. « Monsieur le président. Je tiens ici à souligner que cette faille est survenue durant la précédente mandature. »

Ryan sentit la moutarde lui monter au nez mais il ne se laissa pas emporter par la colère. Il pointa le doigt vers son ministre de l'Intérieur. « Je ne veux pas t'entendre une seule fois répéter cet argument au sujet de cette crise ou de n'importe quelle autre. Nous ne sommes pas ici pour couvrir nos arrières. Nous sommes ici pour servir les États-Unis d'Amérique. Durant quatre putains d'années, des gens dans cette administration savaient qu'une compagnie en Inde avait accès à des données sensibles. Ce n'est pas parce qu'on ignorait qu'ils les avaient piquées qu'on doit se féliciter. Même si tu l'ignorais personnellement, ceux dont tu es responsable le savaient. Même si je n'en savais rien personnellement, je suis responsable pour toi. »

Zilko détourna le regard. D'une voix à peine audible, il répondit : « Bien sûr, monsieur le président. »

Le doigt tendu, Ryan balaya la salle, accompagnant son geste d'un regard appuyé. Tout le monde y eut droit, même Mary Pat et Dan. « Chacun ici doit prendre ses responsabilités pour trouver moyen de nous extraire de cette débâcle. Nous devons tous accepter notre part de responsabilité dans ces morts et ces blessés parce que, nonobstant les excuses que nous pourrions croire justifiées, tout cela s'est produit sous nos yeux. Peut-être pas la faute initiale, mais sans aucun doute ses conséquences.

« À présent… laissez-moi vous expliquer la marche des événements. Nous allons trouver Moussa Al-Matari, nous allons découvrir qui était responsable de la fuite et l'éliminer du jeu, et alors, alors seulement, quand tout sera terminé, je demanderai à voir sur mon bureau une pile de lettres de démission. Mesdames et messieurs, nous devons à nos courageux concitoyens bien mieux que ce que nous leur avons offert. Nous allons progressivement y remédier mais je veux qu'on tire pleinement la leçon du passé. »

Ryan se leva et sortit en claquant la porte ; jamais de la vie il n'avait éprouvé une telle colère. L'Amérique était mise en danger par un nombre incalculable de menaces extérieures. Il avait depuis longtemps appris à l'accepter. Mais jamais il n'avait réussi à accepter la quantité de dégâts que s'auto-infligeait la nation, par manque de conscience professionnelle et par incapacité à prendre les menaces au sérieux.

40

Gavin Biery avait eu accès à l'intégralité du disque dur de l'ordinateur de Vadim Retchkov via un lien à double authentification que lui avait transmis un enquêteur de la section criminalité informatique du ministère de la Justice sur mandat du ministre Dan Murray. Lorsque Gavin cliqua sur le lien avant d'introduire le mot de passe fourni par son contact au Centre national d'intégration de la cybercriminalité et des communications, s'ouvrit aussitôt, sur l'un de ses portables, une fenêtre reproduisant à l'identique l'écran de la machine de Retchkov. Ce qui permettait ainsi aux divers analystes du ministère de la Défense, du FBI, de la NSA et des autres services impliqués dans l'enquête fédérale sur l'attentat contre le capitaine de corvette Scott Hagen d'examiner simultanément les données depuis une multitude d'accès différents.

Un rapide examen de l'historique des connexions de Retchkov avait révélé à Gavin que le jeune homme était un habitué de Reddit, ce forum de discussions et de votes basés sur des échanges de liens. Une des caractéristiques notables du site était la quantité et le dynamisme de communautés d'internautes regroupés en sous-groupes baptisés *subreddits*, chacun doté de son forum dédié avec sa liste de sujets de discussion. L'historique complet du Reddit de Retchkov n'était pas stocké sur son ordinateur, Gavin n'avait accès qu'à ses dernières semaines d'activité en ligne mais il vit que le jeune Russe s'y était connecté pas moins de cent soixante fois rien que durant cette période.

Gavin remonta jusqu'à la date la plus ancienne dans l'intervalle de temps entre le début de cet historique et son voyage à l'autre bout du pays pour aller tenter d'assassiner Scott Hagen. Il cliqua sur l'une de ses sessions Reddit pour retrouver son nom d'utilisateur puis, utilisant un autre portable, il se connecta au même subreddit, en utilisant un profil créé tout exprès. Il entra ensuite le nom d'utilisateur du Russe, TheSlavnyKid. Puis cliqua sur « aperçu ».

Cette simple manip lui permit d'afficher tous les subreddits auxquels Vadim Retchkov avait contribué durant les huit années de sa participation au site.

Huit ans, nota Gavin. Le jeune Russe surfait sur ces groupes de discussion depuis ses quinze ans.

Jack regagna le bureau, se doucha, revêtit une tenue décontractée. Dès qu'il entra dans la salle de conférence qu'il partageait avec Gavin, son aîné lui montra ce qu'il avait commencé en son absence. Jack s'assit à côté de lui et Gavin se mit à naviguer dans l'historique complet des contributions de Retchkov sur Reddit. Durant toutes ces années, le jeune Russe avait visité des centaines de subreddits, y compris sur des sujets très précis comme l'obtention d'un visa d'étudiant aux États-Unis, les emplois dans les industries technologiques ou dans l'informatique, les problèmes financiers ou, sujet plus récent et d'un intérêt tout particulier pour les deux hommes, la bataille de la Baltique, l'an passé.

Rien que ce seul subreddit avait près de deux mille neuf cents contributions dont pas loin de cinq cents du seul Vadim Retchkov alias TheSlavnyKid.

« Ça nous fait un paquet de trucs à parcourir, observa Jack, mais l'agression contre Hagen remonte déjà à plusieurs semaines. Il y a fort à parier que les enquêteurs du ministère de la Justice sont à fond dessus désormais.

— Il faut une ordonnance spécifique du tribunal pour examiner l'historique de sa navigation, rétorqua Gavin, et je peux te dire qu'à moins que l'individu qui a piraté l'OMP se trouve être un ami personnel de Vadim, ce qui me paraît hautement improbable, il y a fort à parier qu'il a été contacté par le truchement de Reddit, en particulier via ces cinq mois de débats sur la Baltique. Et de ce que j'ai vu, il n'a abordé ce sujet nulle part ailleurs en ligne. Alors, si tu t'attelais à étudier en détail ses discussions ? De mon côté je vais continuer à examiner son disque dur, voir si je peux y trouver quoi que ce soit d'autre d'exploitable. »

Jack arqua un sourcil. « Bref, je me tape quelque chose comme cinq cents posts, je consigne les pseudos de tous les participants et je cherche des indices suggérant que quelqu'un lui aurait proposé des informations pour tuer Hagen. C'est bien ça ? »

Haussement d'épaules de Gavin. « C'est toi l'analyste. Analyse.

— D'accord. »

Jack commença par la contribution initiale de Retchkov sur le subreddit dévolu au conflit de la Baltique. Sous le pseudo de TheSlavnyKid, il signait une diatribe de près de quinze mille signes proclamant que son frère Stepan était l'une des victimes de l'attaque navale américaine illégale menée contre le *Kazan*, le sous-marin russe entré en mer Baltique juste pour défendre Kaliningrad contre l'agression de l'OTAN. Le post était une furieuse attaque en règle contre l'Amérique, certes, mais Jack trouva son écriture pleine de lucidité et ses conclusions mûrement réfléchies et même relativement convaincantes. Pas pour Jack qui était convaincu que son père avait pris les bonnes décisions en la matière mais du moins pour quiconque lirait cette contribution sans idée préconçue sur qui était responsable lors de l'attaque russe contre la Lituanie menée à la fois depuis Kaliningrad et la Biélorussie.

L'anglais n'était pas la langue maternelle de Retchkov mais il portait son message avec talent. Jack sentait la douleur derrière les mots du jeune Russe de vingt-trois ans étudiant en Amérique, le pays même qu'il rendait responsable de la mort de son frère. Il s'étendait à l'envi sur ses relations avec son aîné, leur amour de la pêche dans les lacs et les torrents de leur campagne natale près de Slavny, mais aussi sur l'absence totale d'intérêt de son frère pour la politique et les affaires internationales.

Stepan était mort en faisant son boulot. Il n'avait pas entamé les hostilités, ne nourrissait pas le moindre grief personnel contre l'Amérique. Par conséquent, Vadim Retchkov tenait l'Amérique pour responsable du meurtre de son frère Stepan.

Jack aurait pu rétorquer que les milliers d'hommes et de femmes tués par les forces navales, aériennes et terrestres russes durant la guerre de la Baltique n'avaient certainement pas non plus ouvert les hostilités mais il eût été vain de discuter avec un jeune homme bouleversé par le deuil.

Et de toute façon, Vadim était mort dans un restaurant mexicain du New Jersey.

Ce que Jack ne releva pas dans ce très long post initial, c'est la promesse que Vadim Retchkov s'en prendrait à quelqu'un pour venger la mort de son frère, et certainement pas le commandant de l'USS *James Greer*. Non, même si sa colère était manifeste, le jeune homme exprimait avant tout une tristesse inconsolable.

Jack prit son temps pour examiner les dizaines de commentaires qui avaient suivi ce post initial ; il y releva des manifestations de sympathie, de l'approbation pour les sentiments antiaméricains, mais aussi un nombre significatif de posts disant que Stepan Retchkov n'avait eu que ce qu'il méritait en se battant pour une puissance maléfique. Il y avait même quelques trolls qui espéraient que le frère défunt de Vadim avait atrocement souffert avant de mourir.

Jack savait fort bien que les gens faibles, lorsqu'ils avaient l'occasion de se cacher derrière un pseudonyme pour insulter les autres sans révéler leur visage, avaient tendance à se comporter comme des abrutis.

Il passa ensuite aux réponses de TheSlavnyKid aux fils individuels successifs ; il y poursuivait les discussions, argumentait, s'associait aux sentiments de colère des autres contributeurs.

Mais avec le temps, Jack nota un changement dans le style de ses contributions, un renforcement des invectives, une ardeur militante qui n'était pas présente dans les posts rédigés juste quelques semaines auparavant.

Jack comprit qu'il assistait à la descente d'un individu vers un état de rage absolue, confinant peut-être aux premiers stades de la démence, consumé par la colère et l'impuissance. Il évoquait l'abandon de ses études, les périodes d'ivresse jusqu'à la stupeur, le déménagement de son bel appartement pour un taudis quand il n'avait plus eu les moyens de payer son loyer, en mettant tout cela sur le compte d'un missile ASRPC tiré à trois heures vingt-trois heure locale depuis le pont de l'USS *James Greer*.

Plus Jack avançait dans sa lecture, plus s'écoulaient les semaines dans la vie de ce subreddit, et plus il devenait évident que la vie de Vadim Retchkov partait à vau-l'eau.

Et puis, le tournant. Trois mois et demi après sa toute première contribution sur ce fil, lui-même créé dix jours pile après le naufrage du sous-marin russe, Vadim Retchkov déclarait dans un post qu'il offrirait volontiers sa vie pour avoir la chance de mettre fin à celle de celui ou celle qui avait pressé le bouton de tir des armes qui avaient coulé le bateau de son frère.

Jack présumait que la personne qui avait tiré le missile devait être un sous-officier voire un simple marin ; le capitaine Hagen n'était certainement pas l'auteur du tir, mais ce qui était d'une importance cruciale était que Retchkov avait clairement exprimé le souhait de tuer l'un des marins du *Greer*.

Aussitôt, Jack nota par écrit la date du post, suspectant que l'entité qu'il recherchait, celui ou ceux qui avaient réussi à le contacter pour lui proposer les infos qui devaient le mener à l'autre bout du pays devant un restaurant mexicain du New Jersey, avait dû lire ce post et prendre langue avec lui.

Le post avait généré des dizaines de commentaires, certains pour l'approuver, d'autres pour le mettre en garde, mais Jack n'en releva aucun qui se distinguât particulièrement. Par ailleurs, il y avait toujours la possibilité que quelqu'un ait contacté TheSlavnyKid via un message privé sur Reddit auquel Jack n'avait aucun moyen d'accéder.

Il décida de marquer une pause. Il se leva et se dirigea vers la cuisine pour se servir un café, en promettant à Gavin de lui en rapporter également une tasse.

Passer trop de temps en ligne à parcourir la vie d'un homme en train de sombrer dans la folie était déprimant au plus haut point.

41

Le président Jack Ryan affrontait une salle hostile. Il donnait beaucoup de conférences de presse, comparé à la plupart de ses prédécesseurs, et n'éprouvait aucune gêne à répondre à toutes les questions, même les plus épineuses, mais aujourd'hui il sentait en lui une telle colère viscérale face aux attaques qui se déroulaient contre son pays qu'il avait du mal à modérer ses commentaires, contrôler son humeur et polir ses réponses de manière à montrer qu'il maîtrisait la situation et chapeautait avec calme et lucidité l'enquête visant à capturer Abou Moussa Al-Matari et ses complices.

Cela lui donnait une image plus que terne devant les caméras, il en était conscient, mais il n'était pas prêt à dévoiler ses véritables émotions.

Et la presse ne lui facilitait pas la tâche.

Après une introduction consacrée à un survol des dernières informations sur la traque, guère plus qu'une promesse que tout était mis en œuvre et que rien ne serait laissé dans l'ombre, Ryan annonça que le Pentagone allait d'ici à la fin de la journée mettre sur son bureau des propositions pour aider à protéger ses militaires à l'intérieur des frontières comme à l'étranger. Il enchaîna avec l'expression contenue mais sincère de ses condoléances pour les victimes et leurs familles, avant de laisser place aux questions, non sans avertir l'assistance qu'il ne pourrait répondre à celles directement liées à l'enquête en cours sur les menées terroristes.

Une correspondante à la Maison-Blanche de CNN fut la première à prendre la parole. « Monsieur le président, le fait que l'EI semble avoir progressé dans ses capacités au point d'être désormais en mesure d'attaquer nos militaires sur notre territoire indique-t-il que votre stratégie visant à sa destruction au Moyen-Orient a été un échec ? »

La question ne surprit pas du tout Jack mais il prit le temps de réfléchir à sa réponse avant de la livrer. « Je ne le crois pas, Lauren, répondit-il finalement. C'est dans la continuation logique du comportement des groupes rebelles, qui remonte à des millénaires, que lorsqu'on perd du terrain sur le champ de bataille, on essaie de le regagner sur le forum public.

« Ils vont continuer à se livrer à des missions-suicides sur le champ de bataille, cela, nous nous en occupons. Mais ils vont également redoubler d'efforts pour s'attaquer à l'Occident sur son propre terrain. Et c'est ce à quoi nous assistons en ce moment même sur notre territoire mais aussi en Europe qui est devenue, ces deux dernières années, le nouveau champ de bataille de l'État islamique. »

Un autre journaliste, celui-ci d'Associated Press, demanda : « Connaissons-nous la taille de leurs forces présentes sur le sol américain ?

— Nous en avons une estimation, oui, et elle reste relativement modérée. Je ne peux pas vous donner le chiffre exact, malheureusement, parce que nous ne voulons pas révéler à notre ennemi tout ce que nous savons de lui. Nous devons protéger nos sources et nos méthodes.

— Cinq terroristes ? Dix ? Une centaine ? Un millier ? insista le correspondant de l'AP.

— Je ne peux pas vous donner ce chiffre, Chuck, répéta Ryan. Il est évident que jusqu'ici plusieurs terroristes de l'État islamique ont été tués lors de leurs attaques. Nous nous attendons à en voir d'autres être tués ou capturés s'ils continuent, grâce aux actions appropriées de nos forces de l'ordre fédérales, régionales et locales. Notre niveau d'alerte est au cran le plus élevé et nos informations sur le sujet sont excellentes et vont en s'améliorant. Nous les éradiquerons le plus vite possible et même si cela ne répond pas à votre question parfaitement justifiée, c'est tout ce que je peux vous dire à l'heure qu'il est. »

Un reporter plus âgé qui travaillait pour l'agence McClatchy intervint. « Que suggérez-vous à nos compatriotes pour se protéger ? L'Amérique va-t-elle devoir rester recroquevillée à la maison jusqu'à ce que la menace soit passée ? »

Ryan réfléchit quelques instants, sourcils froncés. « Absolument pas, Richard. Remettons les faits en perspective pour l'Américain moyen. C'est un triste constat qu'il y a eu plus de cinquante fusillades à Chicago le week-end dernier, avec sept morts. La violence, hélas, existe tout autour de nous. Ce qui se produit avec ces terroristes de Daech à l'intérieur de nos frontières est pour nous extrêmement préoccupant, mais tout ce que je demande à nos compatriotes, c'est de signaler tout sujet d'inquiétude aux représentants de l'ordre de leur région ou leur quartier.

« Les gens ont une tendance naturelle à se comporter de deux manières différentes lorsqu'ils entendent un de leurs dirigeants les avertir d'une menace. Ils peuvent soit la nier, soit paniquer. Je ne veux ni de l'une ni de l'autre. Nos compatriotes doivent comprendre que ces menaces sont réelles mais que nous œuvrons avec professionnalisme et diligence pour les éliminer. »

Cette fois, c'est l'experte en sécurité nationale d'ABC, Susan Hayes, qui prit le micro : « Les Américains nous ont vu combattre l'État islamique pendant l'essentiel de votre mandat. Nous avons envoyé sur place des Forces spéciales et apporté un soutien aérien, mais jusqu'ici sans parvenir à les arrêter. Oui, ils ont perdu du terrain dans certaines zones mais si vous regardez la carte des territoires contrôlés par l'EI, vous constaterez que leur superficie totale dépasse encore celle de maints pays du Moyen-Orient. Allez-vous envisager de nouvelles mesures pour renforcer la lutte contre les membres de Daech à la lumière du fait qu'ils sont désormais chez nous et tuent des gens à l'intérieur de nos frontières ? »

Ryan soupesa la remarque, tel un professeur désireux d'offrir à son élève le contexte adéquat pour sa réponse. « Quand vous voyez annoncé à la télévision que l'EI a conquis une nouvelle ville, il est important de comprendre ce que cela signifie. Les médias présentent ces événements en montrant une carte sur laquelle une masse rouge en mouvement constant – le plus souvent en expansion – symbolise les prétendues frontières de l'État islamique. La vérité est que l'EI a profité de la faiblesse de ses adversaires dont la plupart se sont enfuis sans offrir la moindre résistance. Nous ne devrions pas nous imaginer qu'ils contrôlent en réalité autant de territoires. Ils viennent, mettent en fuite la police et les pouvoirs locaux, instaurent des barrages et font circuler quelques pick-up remplis de militants qui tiennent lieu d'escadrons de la mort. Ils ne gouvernent pas, ils ne transforment pas ces prises en authentiques places fortes. Ils peuvent faire circuler quelques camions de plus sur les routes et dans les rues, puis le lendemain quelqu'un redessinera le tracé de leurs "frontières" pour suggérer que la ligne de front a progressé de cinquante kilomètres du jour au lendemain. En réalité, la ligne de front n'a pas vraiment avancé. Ils ont juste conduit un convoi de pick-up d'un village au suivant sans qu'il se fasse détruire.

« Nous avons sur zone des forces spéciales et des unités de renseignement, aussi, ceux qui ont accès aux domaines confidentiels savent que les comptes rendus des médias sont inexacts. »

Un journaliste du *New York Times* lança alors : « Dans ce cas, pourquoi ne les avons-nous pas déjà vaincus ?

— Deux mots, Michael. *Victimes civiles*. Deux autres, liés aux deux premiers : *Boucliers humains*. L'EI vit et opère à l'intérieur des zones urbaines ou surpeuplées. Si nous trouvons un groupe de combattants de l'EI en rase campagne, nous faisons de notre mieux pour leur envoyer un A-10 ou un Apache aussi vite que notre aviation peut les libérer. Mais nous n'allons pas bombarder des villes, quand bien même il faudrait en extirper ces terroristes. »

Susan Hayes reprit la parole, cette fois de son propre chef. « Donc vous nous dites qu'il n'y aura pas d'autre offensive contre l'EI malgré le fait qu'ils amènent à présent la guerre dans nos propres cités ?

— Susan, nul sur cette planète ne désire plus que l'EI une invasion massive des États-Unis en Irak et en Syrie. Si nous retournons en force au Moyen-Orient, l'État islamique sait que ses rangs seront inondés de nouvelles recrues, que l'extrémisme dans les villes montera en flèche et que le soutien pour leur programme de haine redoublera. Le combattant moyen de l'EI, mal entraîné, mal équipé, motivé par rien d'autre que le vague espoir d'un État islamique et une foi bien spécifique en une apothéose dans l'au-delà… ce gars n'a pas la moindre chance d'abattre un F-18, de revoir dans son cran de mire un agent de nos Forces spéciales ou de remporter un duel contre un drone ou une bombe intelligente. Mais si nous inondons la zone, si nous y envoyons deux cent mille soldats, eh bien… certains de ces gars pourraient bien trouver dans leur viseur ce qu'ils considèrent comme un infidèle, or c'est pour eux leur plus cher désir en ce bas monde. »

Ryan hocha lentement la tête. « Je n'ai aucune intention de leur servir sur un plateau ce qu'ils désirent le plus.

« Aujourd'hui, les États-Unis sont à l'avant-garde du combat contre ce groupe maléfique et nous continuerons d'être présents là-bas, en première ligne. Si nous voyons un moyen tactique d'accroître notre engagement qui fasse sens, nous le ferons. »

Ryan prit encore quelques questions, la plupart dans la même ligne. Il conclut la conférence par ces mots : « Dès que nous avons du nouveau, les ministres de la Justice, de la Sécurité intérieure et de la Défense s'exprimeront publiquement si le besoin s'en fait sentir. »

Dès que Ryan eut quitté la salle de presse, Arnie Van Damm le rejoignit.

« Qu'est-ce que t'en penses ?

— Ce n'était pas ta meilleure performance, Jack.

— Dis-moi pourquoi. » Jack ne le contredisait pas mais il aimait avoir l'opinion d'Arnie.

« C'est l'historien qui a parlé.

— Pour ma défense, je suis effectivement historien, Arnie.

— Crois-tu que c'est ce que les gens veulent entendre ? Que ce qui est en train de se produire n'est que la manifestation d'une tactique insurrectionnelle connue de longue date et qu'il n'y a pas lieu de s'inquiéter ?

— Je ne l'ai pas dit comme ça.

— C'est ce qu'on a entendu. » Van Damm indiqua l'escalier menant au PC de crise. « En bas tout à l'heure, tu donnais l'impression d'être prêt à prendre une mitraillette et de mener en personne l'assaut de Mossoul. C'est ce que le public a envie d'entendre. Pas un exposé de sciences politiques sur les divagations de leaders du tiers-monde et la criminalité dans les rues de Chicago. »

Ryan admit qu'Arnie n'avait pas tort mais il répliqua : « Je n'étais pas prêt à me montrer honnête comme je le suis maintenant. Nous avons besoin d'un plan plus concret, nous devons cesser de tâtonner dans le noir. Je m'adresserai à la population quand nous aurons commencé de manière concrète à lutter contre ces fuites et poursuivre le combat contre ces terroristes. » Ensemble, ils pénétrèrent dans le bureau Ovale. « Pour l'instant, nous sommes encore pris à contre-pied et je ne voulais pas le laisser transparaître à travers mes émotions. »

42

Cette bourgade irakienne ne payait pas de mine, avec quelques milliers d'habitants tout au plus avant la guerre, et aujourd'hui, ce n'était guère plus qu'une cicatrice des combats inscrite à flanc de colline. Une friche de destructions à une douzaine de kilomètres au nord de Mossoul, abandonnée la veille par Daech, et aujourd'hui, la commandante Beritan Nerway, vingt-deux ans, progressait prudemment à la tête de son peloton exclusivement féminin dans les rues des quartiers nord de la ville, leurs kalachnikovs à crosse fil ou bois en bandoulière. Elles avançaient lentement au milieu de la caillasse en bottes ou en tennis.

Ces femmes étaient des combattantes kurdes de l'YPJ – *Yekîneyên Parastina Jin*, en kurde – « Unités de protection de la femme ». Une force rebelle qui ne faisait pas partie des peshmergas même s'ils combattaient le même ennemi.

Beritan était un *nom de guerre*[1]. Elle s'appelait en réalité Daria. Elle avait choisi ce pseudonyme de Beritan en l'honneur de Beritan, une commandante de bataillon kurde qui avait mené ses sept cents combattants des

1. En français dans le texte. *(Toutes les notes sont du traducteur.)*

deux sexes lors de la guerre civile de 1992 et s'était jetée du haut d'une falaise quand elle s'était trouvée à court de munitions.

Les femmes kurdes avaient un long passé de lutte armée mais jamais autant qu'au cours des trois dernières années de combat contre Daech. Elles avaient contribué la veille à chasser les islamistes de la ville en les repoussant de l'autre côté d'un large canal qu'elles avaient surveillé depuis leurs positions avancées tandis que chars, blindés et camions s'échappaient pour regagner les faubourgs de Mossoul, à une quinzaine de kilomètres au sud-ouest.

Le temps que l'ennemi ait fini de se retirer, il faisait trop sombre pour traverser le canal et entrer en ville, aussi l'YPJ avait-il attendu le jour pour envoyer des éclaireurs inspecter les lieux. À présent, plusieurs pelotons analogues à celui de Beritan, hommes et femmes confondus, ratissaient les décombres pour s'assurer que l'EI n'avait pas piégé les bâtiments ou les routes, voire laissé derrière des forces pour ralentir l'avance kurde sur cette modeste section du front.

Beritan savait que le danger pouvait guetter à tous les coins de rue, sous la forme d'un char planqué dans une ruelle ou d'un nid de mitrailleuses dissimulé dans un cratère de bombe ou une fenêtre noircie.

La radio fixée à son épaulette se mit à pépier. L'un de ses tireurs embusqués de l'autre côté du canal signalait un possible mouvement à une fenêtre, deux rues devant leur position.

Beritan et ses combattantes se blottirent à couvert dans la rue détruite mais pas avant que le claquement d'un fusil n'ait résonné en écho au milieu des décombres et que la première femme tombe sous la balle d'un tireur embusqué.

Puis la fusillade parut venir de tous les recoins des immeubles en ruine alentour.

Beritan et son unité de quarante éléments se retrouvèrent coupées des autres forces avec désormais pour seul soutien les mortiers et les mitrailleuses DShK installées derrière leurs lignes. Une force de frappe notable mais qui nécessitait une conduite de tir efficace.

Or, ce genre d'information n'était pas disponible aux jumelles depuis leur position.

Beritan comprit qu'elle et ses combattantes allaient devoir quitter leur planque et escalader les décombres en s'exposant si elles voulaient débusquer les tireurs de Daech.

Quinze kilomètres plus au nord et à quinze cents mètres d'altitude, Pyro 1-1 et 1-2, les deux hélicoptères Apache, décrivaient un large circuit en anneau. Ils étaient sur zone en soutien d'une attaque coordonnée de peshmergas soutenus par les Forces spéciales américaines avec l'aide d'un JTAC, un Contrôleur d'attaque terminale interarmées – un soldat au sol disposant de moyens de guider le tir de l'artillerie et des voilures fixes et tournantes disponibles dans le secteur.

Jusqu'ici, la progression des peshmergas n'avait rencontré aucune résistance ; ils étaient entrés dans une ville nettoyée puis abandonnée par l'EI si bien que les deux Apache tournant au-dessus du désert n'avaient guère mieux à faire que surveiller les quatre fréquences radio en service tout en poursuivant leur circuit.

Les deux Apache AH-64E Guardian avaient leurs réservoirs pleins ce jour-là. Pour l'heure, ils évoluaient à une vitesse économique de soixante-dix nœuds permettant d'accroître leur autonomie au cas où l'on aurait besoin d'eux plus au sud.

La capitaine Carrie Ann Davenport éteignit mentalement les quatre fréquences radio dans son casque pour s'adresser à l'adjudant-chef Troy Oakley via leur liaison Interphone permanente leur permettant de communiquer sans devoir presser la palette du micro. Son pilote était assis deux mètres derrière elle en surplomb, visible seulement par le truchement du petit rétroviseur fixé au-dessus de sa tête à l'encadrement de la porte.

Regardant le miroir, elle lança : « Je me souviens d'avoir appris à Fort Rucker que chaque heure de vol de l'Apache, même en restant peinard comme maintenant, revenait à trente mille dollars.

— Trente-deux mille cinq cents, capitaine », précisa Oakley.

Elle rit. « Eh bien, ça fait cher de la balade touristique.

— Si vous trouvez un point de vue intéressant, faites-moi signe. Jusqu'ici, ce n'est que dunes poussiéreuses à perte de vue.

— T'en fais pas, répondit la capitaine. Au train où ça va, d'ici à un mois les combats auront atteint Mossoul. J'imagine qu'on aura plein de choses à voir alors.

— Ouais, genre des SAM nous fonçant dessus. J'imagine que ça nous donnera de quoi nous occuper.

— Et puis quand on aura gagné, poursuivit-elle, on n'aura plus qu'à rendre les clés de la ville au gouvernement irakien.

— Franchement, c'est ce que vous voulez, chef?

— Ah, non, merci bien. J'imagine que les Irakiens la géreront comme les escrocs qu'ils sont. »

Oakley étouffa un rire. « Si l'on se fie à l'histoire, à coup sûr. Mais la bonne vieille corruption telle qu'on la connaît dans le reste du monde, par ici, c'est un progrès de géant par rapport à la situation actuelle.

— Admettons, répondit Carrie Ann Davenport. Piquer l'argent dans les coffres de l'État, c'est pas bien, mais le gouvernement local est en train de trancher des têtes. Alors plutôt que contribuer à transformer l'endroit en bastion de la vérité et de la justice, on va juste tâcher de le rendre un peu plus vivable, j'imagine. »

La jeune femme avait un point de vue cynique sur l'issue des combats. Elle ne se faisait aucune illusion sur l'espoir de voir l'Irak devenir une démocratie mais voyait certainement la logique à déraciner l'État islamique le plus vite et le plus efficacement possible.

Et puis, s'y ajoutait ce jour-là un autre sentiment : l'excitation du retour au pays. C'était son dernier vol avant une permission de quinze jours, et même si près d'un tiers du temps serait consacré au trajet pour regagner ses pénates puis revenir en Irak, il lui resterait plus d'une semaine avec sa famille, ses amis, à pouvoir enfin librement choisir ce qu'elle voulait porter, manger, boire ou dire.

Au bout de trois mois passés dans une base avancée sur le front, elle bouillait d'impatience.

Carrie Ann reprit l'Interphone. « Je ne sais pas pour toi, Oak, mais j'en ai ma claque de ces vols en milieu hostile. Je soufflerais bien un peu.

— Je pensais exactement pareil. Dans soixante-douze heures, je serai dans mon jardin avec une bière, deux mômes sur les genoux et une femme qui n'en a pas encore marre de m'avoir sur le dos. Mais vous ? De grands projets pour votre perm', chef? »

Le paysage ondulant filait sous la carlingue à soixante-quinze nœuds tandis qu'Oakley et Davenport rêvaient du pays.

« Je compte passer le plus clair du temps à traîner à Cleveland en famille mais je ferai un saut le week-end à Washington pour voir des amis et aller à une fête. Ça devrait être sympa. Et puis, à peine enfin débarrassée de cette odeur tenace de kérosène aviation, faudra faire demi-tour pour revenir ici.

— J'ai prévu de monter une balancelle, poursuivit Oak. Et d'après Carla, les enfants ont déjà sorti des pièces du colis à peine livré, alors oui, sacrebleu, va falloir que je me retrousse les m… »

À cet instant précis, une voix retentit dans leurs casques. C'était le JOC, le commandement opérationnel interarmées, installé très en retrait des opérations, en Turquie. L'appel était une alerte TIC, avertissant d'un contact imminent, accompagnée de coordonnées. L'officier de permanence s'adressa directement aux deux équipages.

« Pyro 1-1, comment me recevez-vous ?

— Cinq sur cinq, répondit Davenport.

— Nous allons garder le 1-2 en stand-by et vous envoyer sur zone. Nous avons reçu un appel de l'YPK. Elles ont une petite unité fixée par de multiples tireurs embusqués. C'est à peu près tout ce qu'on sait. Il n'y a pas de JTAC incorporé dans leurs rangs, vous allez donc devoir évaluer la situation d'en haut et voir si vous pouvez intervenir sans mettre en danger des troupes alliées. »

Personne n'aimait voler dans une zone inconnue sans contacts amicaux au sol. Carrie confirma l'ordre reçu et Oakley mit le cap sur les coordonnées déjà affichées sur son écran.

« Super, observa la capitaine. Une idée de la gueule des YPJ ? Je veux dire, je connais leur drapeau, mais peux-tu les identifier de cinq mille pieds d'altitude en volant à cent nœuds ?

— Pas vraiment », confirma Oak.

Approchant de la ville par le nord, ils passèrent à toute vitesse cinq mille pieds au-dessus des lignes avancées de l'YPJ alignées sur le flanc nord d'un large fossé. Carrie Ann savait que les tireurs embusqués étaient positionnés quelque part quinze cents mètres plus au sud, à l'intérieur d'un amas apparemment compact de bâtiments en ruine qui constituaient naguère une bourgade. Elle asservit à son œil droit le canon de trente millimètres. Avec des alliés en bas, elle allait sans doute éviter d'utiliser des roquettes, et sa dotation limitée à six Hellfire signifiait qu'elle devrait réfléchir avant d'employer un missile contre un seul type armé d'un fusil, même si elle n'hésiterait pas à le faire s'il y avait à proximité des troupes au contact.

Le canon avait une précision inférieure à trois mètres, ce n'était pas parfait mais elle pouvait tirer des salves de dix ou vingt coups et dégommer n'importe quelle cible avec ses projectiles à double action – perforants pour les cibles à blindage léger, explosifs pour nettoyer le secteur.

Deux écrans multitâches de cinq pouces étaient disposés de part et d'autre de la console centrale. Ils lui permettaient de sélectionner le TADS – le collimateur d'acquisition et de désignation des cibles –, d'échanger des messages écrits avec les autres hélicos, d'afficher l'état des communications, le niveau de carburant, le chargement des munitions ou d'accéder à plus de quinze cents pages d'informations diverses. Un clavier sur la gauche de la console permettait de taper les messages et malgré ses gants, elle le maniait avec autant aisance que celui de son mobile.

Ses mains reposaient sur les deux poignées disposées de part et d'autre de la console centrale. Similaires à celles d'une console de jeu vidéo, elles lui offraient un accès direct aux commandes essentielles. Elle s'était laissé dire qu'il y avait quatre cent quarante-trois positions possibles de tous ces cadrans, interrupteurs ou boutons, et elle les connaissait tous parfaitement.

Par-dessus le marché, elle avait en double tous les contrôles de vol dont disposait Oakley dans son poste de pilotage surélevé : le pas cyclique entre les jambes, le collectif le long du genou gauche.

Une fois le canon asservi à son œil droit, il lui suffisait de braquer son regard sur la cible puis de presser la détente pour atteindre son but.

Elle baissa les yeux vers l'écran dévolu à l'acquisition et la désignation de cible près de son genou droit, cherchant désespérément à identifier un danger. Elle avait accès à plusieurs caméras installées dans une tourelle mobile sous l'appareil. L'objectif à grossissement ×127 de la caméra vidéo lui offrait une image amplifiée noir et blanc. Superposé à celle-ci, un réticule lui indiquait où pointait exactement l'œil droit d'Oakley.

Elle scruta l'image infrarouge en espérant identifier des silhouettes humaines dans le tréfonds obscur des bâtiments éventrés, mais la chaleur du jour réémise par les poutrelles métalliques tordues rendait ses efforts futiles. Bien sûr, elle pouvait décider de s'attarder au-dessus de la ville pour prendre tout son temps mais Oak désirait effectuer un passage rapide pour ne pas faciliter la tâche d'ennemis dotés d'un lance-roquette, si bien que Carrie Ann n'avait que quelques secondes pour balayer bâtiments, rues ou cratères d'impact.

« Chef, dit Oakley, j'ai des troupes, dans la rue juste sous notre nez. Planquées de chaque côté. »

Davenport regarda sur le TADS pour localiser le réticule d'Oakley. Puis elle déplaça son œil pour s'y superposer et l'écran zooma sur cette partie de la rue.

Et elle y découvrit au moins deux douzaines de silhouettes, toutes armées de fusil, en train de concentrer leurs tirs sur une rangée de bâtiments vers le sud.

Oakley augmenta le grossissement. « Des nanas. C'est des nanas. Je ne pensais pas que des femmes soldats kurdes participaient au combat.

— Les peshmergas n'envoient pas leurs femmes en première ligne. Mais l'YPJ a des unités féminines qui participent aux engagements.

— Est-on censé aider l'YPJ ? »

La capitaine à l'avant haussa les épaules avant de répondre : « C'est nous que nous aidons si on descend un tireur de l'EI. Si ça peut profiter aux rebelles kurdes, grand bien leur fasse.

— C'est ce que j'apprécie chez vous, mon capitaine. Vous savez simplifier l'*insimplifiable*.

— Et moi, j'apprécie ton don pour les néologismes, Oak. »

Ils survolèrent à bonne hauteur les combattantes de l'YPJ qui semblaient totalement clouées au sol, mais même si Oakley décrivit un cercle complet autour de la zone d'engagement, ni lui ni la capitaine ne réussirent à discerner la moindre cible. Les bâtiments en ruine offraient trop de positions favorables à un tireur embusqué et les cavités étaient si encaissées qu'il leur aurait fallu une chance incroyable pour repérer quoi que ce soit, même avec l'aide du TADS.

« Et si on descendait à deux mille ? suggéra Oak. Avec un peu de bol, on pourrait voir un gusse pointer le nez avant de nous tirer dessus.

— Aussi bas que tu voudras », telle fut la réponse.

Une minute plus tard, ils étaient à douze cents pieds – trois cent cinquante mètres – juste à la verticale des combattantes de l'YPJ. Il apparut que l'unité rebelle n'était plus soumise au tir nourri car elles demeuraient tapies, immobiles, par petits groupes de trois ou quatre, de chaque côté de la rue.

« Personne ne nous tire dessus ou ne tire sur elles, observa Oakley. Avec un peu de chance, elles l'auront remarqué et vont profiter de notre présence pour se tirer de là.

— J'aimerais bien qu'on puisse effrayer les méchants par notre seule présence, répondit Carrie Ann, mais en général, ils se contentent de tir… »

À cet instant précis, un éclair apparut à une fenêtre au deuxième étage d'un immeuble en ruine situé un peu plus haut dans la rue. Même si Carrie Ann ne pouvait pas exclure qu'il s'agît d'une combattante kurde, tout lui suggéra que ce n'était pas le cas quand l'YPJ se mit à riposter et que des panaches de poussière jaillirent du béton tout autour de l'ouverture.

Elle centra son réticule sur la fenêtre. « Je l'identifie comme une position de tireur embusqué. Je l'engage au canon. »

Une salve de vingt coups du canon monté sous les pieds de Carrie Ann s'engouffra dans la fenêtre, expédiant des balles explosives de trente millimètres dans la couenne du tireur.

Les combattantes au sol poussèrent des vivats, elle le vit nettement sur son écran, puis elles s'en prirent aussitôt à une autre anfractuosité obscure, celle-ci dans un bâtiment du côté est de la rue. Oakley et Davenport virent la poussière et le béton pleuvoir du trou sur le côté du mur.

« Ils vous balisent la cible, chef, observa Oakley.

— Vu, fit-elle. J'engage. »

Elle pressa le bouton de tir sur la manette et envoya une nouvelle rafale dans le trou ainsi désigné. Une fois encore, les femmes au sol levèrent les mains et les agitèrent pour saluer l'hélico au-dessus d'elle.

« Elles ont saisi l'idée ! » nota Oakley.

Carrie Ann eut toutefois du mal à loger ses obus à l'intérieur de la troisième cible, située sous le toit effondré d'un parking aérien. Elle pouvait même apercevoir les éclairs des tirs jaillissant de l'obscurité mais le tireur embusqué devait être planqué au fin fond du bâtiment, une bonne trentaine de mètres en retrait de la rue, si bien que depuis sa position en altitude, elle était incapable de l'atteindre.

Elle demanda à Oakley de descendre vers l'extrémité nord de la rue, puis de préparer un tir de missile au ras des toits. Le pilote asservit le réticule de la capitaine au sien, mit le cap sur la cible qu'elle avait désignée et accéléra.

À cinq cents mètres de la cible, Carrie Ann tira les roquettes droit dans la bouche de la planque caverneuse du tireur. Deux cents mètres devant le nez de l'Apache, les missiles libérèrent six cent cinquante fléchettes au tungstène qui s'enfoncèrent dans le bâtiment en ruine, détruisant tout sur leur passage et créant une onde de choc qui provoqua l'effondrement du reste de l'édifice.

« Bien visé », commenta Oakley avant de relever le nez de l'Apache et commencer à grimper au-dessus de la ville.

De l'autre côté des bâtiments, au sud des femmes de l'YPJ, ils survolèrent une place de taille moyenne. Une mosquée en bordait le côté sud. Oakley s'apprêtait à virer pour revenir et poursuivre leur couverture des combattantes kurdes quand la voix de la capitaine Davenport retentit dans l'Interphone.

« Merde ! s'exclama Carrie Ann. Un ZPU ! » Le ZPU était un canon antiaérien de quatorze virgule cinq millimètres datant de l'ère soviétique, capable de tirer six cents coups par minute.

À peine avait-elle lancé l'avertissement qu'une série de balles traçantes zébra le ciel devant eux, juste au-dessus de la place.

« Accrochez-vous ! » Oakley bascula Pyro 1-1 sur sa gauche tout en le redressant, afin de présenter son ventre blindé face à la menace. Carrie Ann saisit les poignées au-dessus de sa tête mais son corps fut malgré tout projeté contre son harnais.

Alors que leurs sièges étaient à l'épreuve des balles tirées d'en dessous, n'importe quel projectile dépassant le calibre 50 arrivant au-dessus du niveau des épaules de l'équipage risquait de traverser la carlingue et ils savaient également qu'un coup heureux sur le rotor de queue, quinze mètres derrière leur dos, pouvait les envoyer au tapis au terme d'une vrille mortelle.

Oakley se mit à zigzaguer tout en accélérant jusqu'à cent quatre-vingt-cinq nœuds, jusqu'à ce qu'ils se retrouvent hors d'atteinte.

Ils revinrent par le nord pour survoler la rue et virent alors les femmes de l'YPJ debout, pour la première fois depuis leur arrivée. Elles se dirigeaient à pas lents vers le sud.

« Putain de merde, Oak, lâcha Davenport. C'était de justesse.

— Ouais, confirma Oakley. As-tu repéré l'emplacement de cette batterie ?

— Affirmatif. Vu comme elle est positionnée sur cette place, coincée entre tous ces bâtiments élevés, il faudrait qu'on se trouve pile au-dessus pour l'éliminer. Mieux vaudrait recourir à un appareil rapide. »

Carrie Ann appela par radio le JOC pour demander l'intervention d'un chasseur-bombardier armé de Hellfire ou de bombes pour détruire le canon antiaérien. Un F/A-18 pouvait tirer ou larguer depuis une altitude de vingt mille pieds – six mille mètres – largement hors de portée du ZPU, alors que Pyro 1-1 devait survoler la cible juste à quelques milliers de pieds, pile à sa verticale pour la distinguer au milieu des ruines.

En attendant une réponse, Carrie Ann localisa sur son TADS un autre groupe de deux tireurs embusqués de l'EI. Ils se trouvaient dans la direction empruntée par l'YPJ et Oakley programma sur son écran une solution de tir. Elle tira quatre roquettes, lança plusieurs milliers de fléchettes sur un bâtiment à moitié effondré offrant trois niveaux de niches en retrait planquées dans l'obscurité. Cette fois, ils virèrent aussitôt les tirs effectués pour rester à bonne distance de la mosquée et de la place où se trouvait le canon antiaérien russe.

Lors de leur passage suivant, la caméra révéla la position des tireurs et il leur apparut évident que les deux hommes avaient été taillés en pièces.

« Delta Hôtel », annonça Oakley. *Direct Hit* : dans le mille !

Au même moment, la voix du JOC retentit dans la radio. « Négatif pour les chasseurs, Pyro 1-1. Aucune ressource disponible. »

Carrie Ann accusa réception du message, puis s'exprima, cette fois, exclusivement par l'Interphone. « Ces YPJ au sol ne reçoivent pas beaucoup d'aide.

— Elles ont la nôtre. Vous savez qu'on peut quitter la zone de combat mais ce canon peut tirer au ras d'une rue aussi facilement qu'en l'air dans notre direction. Quand ces femmes vont entrer sur cette place d'ici à une vingtaine de minutes, elles vont se faire hacher menu. »

Carrie Ann réfléchit un instant. « On va revenir par le sud, faire un tour de la ville à basse altitude et ainsi empêcher un éventuel guetteur de deviner nos intentions. On pourra alors tenter de dégommer ce canon par-derrière.

— Hellfire ?

— Affirmatif, mais il faudra se rapprocher plus que je ne l'aimerais parce que j'aurai besoin d'un guidage laser.

— Bien copié. Ça va nous prendre quatre minutes pour effectuer un tour complet. Espérons que dans l'intervalle les YPJ restent tranquilles.

— C'est pour ça que j'évite les roquettes. Tirer sur cette place depuis le sud risquerait d'expédier des fléchettes vers le nord qui balaieront la rue et tous les interstices entre les bâtiments. Trop de risques de tir fratricide. »

Ils survolèrent donc les ruines à soixante mètres d'altitude, aussi vite que possible et sans cesser de scruter le ciel et leurs moniteurs à la recherche d'autres menaces.

Elle régla son système de contrôle de tir pour sélectionner un Hellfire fixé sur le pylône droit puis asservit la caméra à la manette de contrôle de tir près de son genou droit. Pour le moment, elle voyait seulement les bâtiments défiler sous leur appareil mais une fois dans la ligne de mire du canon antiaérien, elle pourrait se diriger à vue vers celui-ci.

Quatre minutes plus tard, arrivant par le sud, ils commençaient à survoler le centre à cent quatre-vingt-cinq nœuds. Ils avaient aperçu au passage la fumée de deux ou trois fusils leur tirant dessus mais rien de comparable au ZPU devant eux. Tandis qu'Oakley s'efforçait de garder son cap, son altitude et sa vitesse, les yeux de Davenport passaient alternativement de la caméra du Hellfire à son moniteur, cherchant toujours à localiser la mosquée.

Enfin, elle lança : « Tu vois le minaret?

— Je l'ai, répondit Oakley avec assurance. Je remonte un poil, puis je pique. »

Ils grimpèrent rapidement, reprenant de l'altitude pour pouvoir tirer le Hellfire vers le bas sur la place, dans l'espoir de toucher la batterie antiaérienne qui faisait face au nord.

« Vous allez devoir réussir du premier coup, ajouta Oakley. On n'aura pas de seconde chance parce qu'ils auront deviné ce qu'on cherche à faire.

— J'ai besoin d'une marge de six cent cinquante mètres pour aligner la cible au laser et guider le Hellfire. À toi de jouer. »

Oakley grimpa jusqu'à cinq mille pieds, puis il poussa vers l'avant le pas cyclique et le nez pointa vers le bas. Carrie Ann se sentit comme en apesanteur, juste retenue par son harnais mais elle garda le doigt collé sur le bouton de tir et les yeux rivés sur le TADS.

Dès qu'elle vit la place au-dessous d'elle, elle reporta son regard sur le point où ils avaient repéré un peu par hasard le ZPU, un quart d'heure plus tôt. Il était bien là mais était en train de pivoter.

« Ils nous ont vus », annonça Oakley.

Carrie Ann garda son calme. « Je lance l'attaque. Acquisition laser. » Un faisceau invisible jaillit de Pyro 1-1 et vint frapper le canon russe de quatorze virgule cinq millimètres. Elle pressa la détente sur sa manette et un Hellfire se décrocha du pylône et fila. « Missile largué. »

Oakley continua sur sa trajectoire en direction des ruines, toujours plus bas, dans le sillage du missile Hellfire bien plus rapide. Davenport devait en effet garder le laser verrouillé sur l'objectif jusqu'au moment de l'impact pour l'empêcher de perdre son acquisition de la cible.

Le problème était que l'Apache volait droit vers l'intérieur du rayon potentiel du souffle de l'explosion. Oakley allait devoir virer sec pour leur éviter l'impact des débris une fois que le Hellfire aurait fait mouche.

« Trois secondes », annonça Carrie Ann, puis : « Impact ! »

Oak tira sur le pas collectif tout en virant sur la gauche, tournoyant arrivé quasiment à la verticale de la place.

Le ZPU explosa en mille morceaux, tuant au passage tous ses servants, comme devait le confirmer par la suite la caméra de guidage de tir de Carrie Ann.

Pour l'heure, toutefois, les deux pilotes de l'hélicoptère, épuisés et trempés de sueur, laissèrent la ville derrière eux et remirent le cap au nord en espérant en avoir fait assez pour le groupe de combattantes déjà en train d'escalader les ruines pour rejoindre le sud et, enfin, au bout de la route, Mossoul.

43

À vingt heures trente, Jack termina sa lecture de l'intégralité des contributions liées à TheSlavnyKid dans le subreddit « Guerre en Baltique ». Y compris les commentaires de tous ceux qui avaient réagi à ses posts, soit près de deux mille messages en tout. Il avait créé une base de données regroupant les noms de tous ces contributeurs, puis étudié d'un peu plus près ceux qui revenaient le plus fréquemment.

Au bout de neuf heures d'efforts, Jack avait donc achevé la tâche qu'il s'était assignée. Le seul problème était qu'il n'avait pas l'impression d'avoir avancé d'un pouce.

Alors que Vadim Retchkov s'enfonçait de plus en plus dans ses menaces et ses déclarations de guerre contre les États-Unis, allant jusqu'à demander qu'on l'aide à trouver comment découvrir le nom de celui ou celle qui avait tiré la torpille qui avait tué son frère, Jack ne vit nulle part, dans les discussions et commentaires suivant cette demande, quiconque se proposer pour l'aider de près ou de loin. Pas non plus de promesse de renseignements, pas d'« ami d'un ami » susceptible de lui procurer cette information, pas non plus de proposition discrète de lui envoyer quelque tuyau confidentiel ou de discuter avec lui en privé. Bref, rien qui ressemblât à un individu détenteur de l'information nécessaire pour lui permettre de cibler Scott Hagen. Même s'il était vrai que plusieurs abonnés lui suggéraient gentiment de « viser plus haut » et de s'en prendre au commandant du navire, allant jusqu'à citer nommément le capitaine Hagen, personne ne fournissait le début d'une piste vers un ciblage précis ou même suggérait savoir en quoi cela consistait.

Jack soulagea sa nuque en nichant la tête entre ses bras croisés sur la table de conférence.

Gavin le remarqua. « Qu'est-ce qui ne va pas?

— J'ai maintenant quatre-vingt-huit abonnés de Reddit à inspecter, pour vérifier tout ce qu'ils ont pu poster en ligne, et pas un seul ne m'a l'air prometteur.

— À vrai dire, c'est encore pire. »

Ryan redressa lentement la tête et regarda Biery, les yeux congestionnés. « Putain, qu'est-ce que tu me chantes?

— Tu ne sais même pas si quatre-vingt-huit est le chiffre exact. Un abonné de Reddit peut aussi bien à tout moment supprimer l'un de ses posts. Pour ce que t'en sais, le gars que nous recherchons aura contacté Retchkov ou bien aura trouvé moyen de l'appâter, puis il aura effacé ses posts après coup. Par exemple, après la mort du jeune Russe.

— Eh bien merde, Gavin. Es-tu en train de me dire que tout ça depuis le début n'a servi à rien? »

Cette fois, Gavin sourit. « Non, pas du tout. À cause de ceci… » Il fit pivoter son portable et le poussa en direction d'un Jack bien incapable de décrypter ce qu'affichait l'écran.

« Qu'est-ce que c'est ?

— C'est une version archivée de toutes les pages de Reddit, stockées sur un serveur tiers spécialisé[1]. En accès libre, gratuit et parfaitement légal. Ces pages en cache du même subreddit nous montreront si un participant à la discussion a retiré son ou ses posts après leur publication. Si je viens de suggérer à un type d'aller tuer quelqu'un, et que je lui ai procuré les informations pour y parvenir… et puis que ce type a effectivement tenté de passer à l'acte, crois-tu que j'en laisserais une trace sur un forum public ? Je m'empresserais d'effacer toute trace de mon intervention. Mais même si tu peux retirer tes posts d'un site Web, tu ne peux pas toucher aux pages archivées.

— L'Internet est éternel, sourit Jack.

— Que ce soit bien ou mal dépend du côté où tu te places : de celui qui cache ou de celui qui cherche. »

Jack retrouva un semblant d'énergie. « J'ai juste besoin de retrouver tous les contributeurs enregistrés dans le subreddit en cache et voir s'il y en a, consignés dans la version originale archivée, qui ont disparu de la version actuellement disponible. Puis en y regardant de plus près, voir si je peux découvrir pour quelle raison ils ont effacé leur post.

— Tout juste.

— Eh bien, c'est exactement ce que je vais faire. » Jack se leva. « Le temps de retourner à la maison,

1. La « Wayback Machine », ou « Internet Archive », qu'on peut trouver à l'adresse suivante : https://archive.org/web. À la date du 15 décembre 2019, elle avait stocké plus de 396 milliards de pages Web. La madeleine de Proust de tout journaliste d'investigation…

manger un morceau et prendre une douche. On se revoit ici dans la matinée ?

— Je vais dormir ici dans mon bureau, alors... ouais. »

Jack hocha la tête. « Pas question, Gav. J'habite à moins de deux minutes d'ici. Tu peux aller dormir chez moi. J'ai une chambre d'amis qui je crois n'a pas dû être utilisée depuis que j'y ai installé un lit.

— Merci mais non, dit Gavin. J'ai un pote à la NSA qui bosse sur le piratage de l'OPM. Il a un certain nombre d'outils informatiques qui pourraient bien nous être utiles, je lui ai donc filé un coup de main, à charge de revanche. Il doit m'appeler d'un instant à l'autre. »

Jack avait glissé le portable dans son sac à dos et se trouvait déjà près de la porte. « OK. Je t'apporterai le petit déjeuner à mon retour. Quelque chose de léger.

— Mais pas trop quand même », dit Gavin, déjà plongé à nouveau dans ses dossiers.

Jack était assis devant sa table basse avec son ordinateur portable et plusieurs calepins ouverts devant lui. Il avait passé les quarante-cinq minutes précédentes à entrer dans sa base de données les pseudos de tous les utilisateurs qui avaient correspondu avec Vadim Retchkov dans la version archivée du subreddit consacré au conflit en mer Baltique. Puis il consulta les propriétés de cette base de données et vit qu'elle comportait quatre-vingt-neuf noms.

Jack se frotta les yeux et repassa sur sa liste originelle.

Quatre-vingt-huit noms.

Un utilisateur avait retiré son ou ses posts. Il ne lui fallut que deux minutes pour trouver que le nom effacé était celui d'un certain *5Megachopper5*. Jack laissa aussitôt de côté ses deux listes pour revenir à la page en archive de la discussion sur la Baltique, voir quelle avait été la teneur de sa contribution au subreddit originel.

Mais à son grand dépit, Jack nota que 5Megachopper5 n'avait posté qu'un seul commentaire. Sous l'une des longues diatribes de Retchkov menaçant de mort et de destruction l'ensemble de l'équipage du *James Greer*, ce mystérieux abonné avait posté le plus simple des messages :

MP envoyé

« Message privé envoyé », dit tout haut Jack. L'avertissement que 5Megachopper5 avait envoyé un message sur la boîte personnelle de TheSlavnyKid sur Reddit.

Merde. L'impasse.

Jack retourna alors à la page de présentation de cet abonné sur le site archivé.

Le pseudo avait été créé le jour même où il avait posté son commentaire sur le subreddit, puis désactivé le même jour.

Jack était désormais certain que ce Megachopper cachait quelque chose de très louche mais il n'avait aucune idée du moyen pour Gavin et lui de découvrir son identité.

Il saisit son téléphone posé sur la table basse et composa un numéro en mémoire.

Gavin répondit rapidement et Jack décela à sa voix que l'homme était fatigué mais qu'il continuait de travailler malgré tout. « Biery.

— Eh, Gav. Pas encore couché ?

— J'y vais dans une seconde. Et toi ?

— Pareil ici. En attendant, toutefois, j'ai trouvé qu'un utilisateur de Reddit a envoyé à Retchkov un message privé. Le jour même, ce même utilisateur a effacé son commentaire annonçant ce message puis a fermé son compte.

— Suspect. Donc tu veux savoir comment lire ce message privé ?

— Ouais.

— Je ne peux pas y accéder… mais je connais quelqu'un qui pourrait.

— Vraiment ? Qui ça ?

— Je ne t'ai rien dit, mais la NSA a une porte dérobée.

— Comment le sais-tu ?

— Quelqu'un me l'a dit mais ce n'est pas d'eux que je le tiens. Je vais devoir faire pas mal de lèche pour convaincre mon gars de creuser pour nous la question mais comme je te l'ai dit plus tôt, il a une dette envers moi.

— D'accord. Bon… si on peut avoir un indice pointant que ce 5Megachopper5 est bien l'individu qui a transmis les infos à Vadim Retchkov, ça nous avancerait à coup sûr dans notre quête du responsable de la fuite. »

Gavin nota le nom d'utilisateur. « Je vais contacter mon bonhomme. Ça pourrait prendre un peu de temps pour avoir une réponse. Comme tu l'imagines, ils en ont tous jusqu'au cou.

— Merci. Tâche de dormir.

— Ouais, toi aussi, Ryan. On se voit dans la matinée. »

Jack se traîna jusqu'à son pieu et ne tarda pas à s'endormir mais pas avant de s'être promis que, dès son réveil, quelques heures plus tard, il reprendrait son projet personnel visant à découvrir comment au juste son inconnu ciblait toutes les victimes. Alors seulement, une fois définie une direction de recherche, il utiliserait ses connaissances toutes récentes en recherche d'identité pour cibler le responsable de toutes ces destructions et de toutes ces morts.

Il était dix heures du mati

au pied des bureaux d'Advan ... Technological Designs à Bucarest. Quatre hommes en descendirent, et Alexandru Dalca qui regardait la rue depuis son bureau au troisième vit exactement ce à quoi il s'était attendu. C'étaient des Asiatiques. Ils étaient en complet noir, évoluaient avec assurance et détermination.

Des espions chinois, Dalca en était certain.

Et c'était un problème puisque Dalca avait piqué les informations que les espions chinois avaient chargé sa compagnie de dérober, contre rémunération, pour les fourguer ensuite à tout un tas de nuisibles, un peu partout sur la planète, au nombre desquels l'État islamique.

Oui, Dalca risquait bien d'avoir de très gros ennuis. Tout ce qu'il pouvait espérer, c'était que leur visite ait d'autres raisons et il s'était déjà préparé à les embobiner par de belles paroles si ses inquiétudes initiales au sujet de cette rencontre devaient se confirmer.

Cinq minutes plus tard, Dalca, qui avait enfilé sa plus belle veste de sport, pénétrait dans la salle de conférence, l'air aussi confiant que possible. Sa place autour de la table était en face des membres du Seychelles rangée d'une demi-douzaine de a société. Dragomir Vasilescu était nme le directeur technique d'ARTD, aru. Responsable en chef de la recherche, etrouvait donc en bout de table, alors même ait le seul des trois hommes à avoir une connaisce intime du travail effectué sur les dossiers pour les Chinois. Mais étant le personnage le moins important hiérarchiquement dans la pièce, personne ne prit la peine de le présenter à son entrée.

Dragomir Vasilescu passa plusieurs minutes à remercier ses hôtes de s'être déplacés et les félicita d'être des clients de choix pour la société, puis il énonça un certain nombre de statistiques que Dalca et Cojocaru avaient préparées en vue de la réunion : nombre d'heures de main-d'œuvre consacrées à l'« acquisition » des données en Inde et autres ressources utilisées pour le projet. Ce genre de communication était toujours truffé d'euphémismes : de même qu'ARTD était une firme technologique et pas un nid de pirates ou que le Seychelles Group était une entreprise privée et pas une société-écran du renseignement chinois, il en allait de même pour la description des activités d'ARTD pour le compte de la Chine. Ils n'avaient pas volé des fichiers, ils s'étaient « procuré des données » en provenance des États-Unis par le truchement d'une société de sécurité indienne. Ils avaient « exfiltré des documents ciblés » et non passé ces fichiers au peigne fin pour en extraire ceux susceptibles de concerner la Chine, et ils avaient « identifié des personnalités clés » et non pas trahi les malheureuses victimes en les dénonçant au ministère de la Sécurité d'État.

Tant Dragomir Vasilescu qu'Albert Cojocaru n'étaient pas peu fiers du travail que leur compagnie avait fourni au client et cela se lisait sur leur visage. Dalca semblait tout aussi satisfait mais il était dans cette salle le seul employé d'ARTD à sentir qu'un piège était sur le point d'être libéré par les quatre hommes impassibles assis de l'autre côté de la table.

À l'issue de cette présentation, Cojocaru proposa à leurs visiteurs un tour des locaux mais M. Peng, le chef de la délégation chinoise, exprima d'un geste négligent de la main qu'il n'avait cure des espaces de travail de la compagnie et de ses rangées de serveurs informatiques.

Il expliqua : « Nous avons fait un long chemin pour venir vous parler, et ce pour une bonne raison. Nous voulons avoir la certitude que les données que nous avons demandées, les données pour lesquelles nous vous avons payé le prix fort pour que vous garantissiez leur absolue sécurité, demeurent préservées dans leur plus stricte intégrité. »

Dalca voyait bien que Drago n'avait pas la moindre idée de ce à quoi le Chinois voulait en venir. Aucune idée que les attaques récentes contre l'Amérique pouvaient fort bien provenir de ces mêmes informations que l'ARTD avait extraites des fichiers de l'OPM pour le compte du ministère chinois de la Sécurité d'État.

Dalca semblait tout aussi perplexe devant ces insinuations mais dans son esprit de sombres nuées s'accumulaient déjà. *Merde*, se dit-il. Il avait raison.

Ils étaient bien ici parce qu'ils avaient des soupçons.

D'un autre côté, Dragomir, inconscient de ce qui était en train de se passer, demeurait parfaitement insouciant. Il répondit à son hôte : « Sans aucun doute. Nos informations sensibles sont conservées sur des machines particulières qui n'ont strictement aucune connexion avec le monde extérieur. Le matériel que nous avons acquis pour votre compte se trouve ici même dans ce bâtiment et nulle part ailleurs. » Il leva une main. « En dehors bien sûr de son site d'origine aux États-Unis.

— Et, ajouta Albert Cojocaru, l'acquisition initiale s'est déroulée de manière à ne laisser aux Américains aucune possibilité de relever la moindre anomalie. »

Albert semblait très fier de lui. Dalca essaya de ne pas lever les yeux au ciel. Albert était le pirate en chef, un technicien qui vivait dans le cyberespace, et il n'avait pas la moindre idée de la putain de tempête que ces brutes allaient faire dégringoler sur cet immeuble si lui-même n'arrivait pas à les convaincre que leurs inquiétudes étaient infondées.

Peng conféra pendant quelques instants en mandarin avec ses hommes. Les Roumains patientèrent sans mot dire.

Puis Peng regarda Vasilescu. « La personne responsable de l'obtention des fichiers ? »

Dragomir flanqua une grande claque dans le dos d'Albert. « Le meilleur dans le milieu, ça, je peux vous le garantir : Albert Cojocaru ici présent. Lui et son équipe ont créé le système d'intrusion utilisé pour exfiltrer les données du serveur à Bangalore où elles étaient demeurées intouchées depuis quatre ans. Il a fait un boulot remarquable. »

Albert intervint. « Si vous voulez une explication en termes simples du processus, au cas où vous envisageriez à l'avenir de nous confier d'autres tâches similaires, je serai ravi de… »

Albert se tut en voyant Peng lever la main.

« Revenons à la personne ici présente en charge de lier les données brutes aux auteurs d'activité d'espionnage illégales en République populaire de Chine. De qui s'agit-il ? »

Dragomir Vasilescu pointa le doigt vers le bout de la table et hocha la tête avec fierté. « Mon autre meilleur collaborateur. Alexandru Dalca. L'as de la profession et mon arme secrète numéro un. Je l'ai personnellement nommé chef de mission sur votre projet. Il a pris tous les fichiers bruts – il y en a des millions, comme vous le savez – et a pu, à l'aide d'un logiciel qu'il a conçu tout exprès, sélectionner ceux répondant à vos critères. En recherchant des individus qui avaient étudié des langues orientales, s'étaient intéressés à certaines matières durant leurs études, avaient déjà une expérience notable dans l'armée ou dans le civil, ou avaient déjà des liens avec des Chinois. Partant de là, il lui est resté toutefois plusieurs milliers de candidats à sélectionner manuellement avant de pouvoir… »

Dalca comprit qu'il devait court-circuiter Dragomir avant que celui-ci le fasse passer pour le seul ici à posséder le talent de transformer le fichier américain en données de ciblage exploitables.

Il se hâta donc d'interrompre son patron. « Merci, monsieur Vasilescu, de donner l'impression que moi seul pouvais réaliser tout ceci. » Il adressa un sourire sincère aux quatre hommes à l'air sévère assis en face de lui. « La vérité, messieurs, est que j'ai la chance insigne d'être à la tête d'une vaste équipe d'hommes et de femmes qui travaillent exclusivement sur votre projet et ce, depuis le début. Même si j'ai en effet créé puis optimisé le logiciel utilisé pour gérer efficacement cet ensemble de données, ce n'est pas moi personnellement qui ai extrait les données brutes pour les convertir en matériel exploitable et livrer le produit qui vous est distribué. J'ai plutôt simplement supervisé une équipe de jeunes gens pleins d'ardeur. Ils travaillent si dur, sont tellement impliqués dans ce qu'ils font. Honnêtement, je ne pourrais pas être plus fier des efforts qu'ils ont consacrés à ce projet. »

Les Asiatiques esquissèrent un hochement de tête.

Bien, se dit Dalca. Il avait su assurer les Chinois que leurs données n'étaient pas exploitées au bénéfice de tiers, tout en évoquant le fait que d'autres étaient impliqués dans le traitement desdites données et en prenant ses distances vis-à-vis du matériel qu'ils redoutaient manifestement de voir compromis.

Du coin de l'œil, Dalca vit qu'Albert et Dragomir s'étaient mis à le regarder. Dalca était en général le premier à s'attribuer le crédit d'une réalisation pour mieux retirer le bénéfice d'un éventuel succès. Ces deux-là devaient bien sûr être déroutés de le voir ainsi concéder des louanges à ses subordonnés. Les deux hommes savaient le nombre d'heures que leur chercheur avait consacrées au projet du Seychelles Group et allaient sans doute trouver bizarre qu'il minimise ainsi son rôle.

La perplexité de ses collègues était toutefois moins importante pour Dalca que le risque de voir les types patibulaires assis en face le suspecter d'avoir impliqué la République populaire de Chine dans la série d'attaques violentes contre la première puissance mondiale, les États-Unis d'Amérique.

Ces quatre bonshommes le tueraient s'ils pensaient une seule seconde qu'il avait dérobé les fichiers pour gonfler son compte en banque personnel.

Les dix minutes qui suivirent, les Chinois redoublèrent de questions sur les données, comment elles étaient extraites, comment elles étaient transformées en informations exploitables par le renseignement. Dalca put noter qu'ils se montraient sincèrement impressionnés par l'utilisation d'informations en libre accès pour en déduire l'identité des espions et agents américains.

Mais leur attention n'était désormais plus polarisée sur lui et Dalca s'en félicita. Chaque fois qu'il leur expliquait comment « son équipe » était parvenue à ses conclusions sur les activités des espions et agents américains opérant en Chine, les Chinois l'écoutaient avant de se retourner vers Dragomir pour poursuivre leur interrogatoire.

Dalca avait compris ce qui se passait. Ces types appartenaient au renseignement chinois mais ils n'étaient pas différents de la majorité des cadres de leur pays avec qui Dalca avait eu l'occasion de traiter durant sa carrière. Ils respectaient les titres, l'autorité. Alors que Dalca était le seul ici à réellement savoir de quoi il retournait avec le contrat du Seychelles Group, il n'était qu'un chercheur chevronné quand Vasilescu était le P-DG de la boîte. Toute leur attention et tout leur respect allaient donc vers lui.

Et Alexandru Dalca n'y voyait aucune objection.

Finalement, Dragomir avoua ce qu'Albert et lui se demandaient depuis le début de cette conversation. « Je suis désolé, messieurs. Mais comment puis-je vous aider ? »

M. Peng discuta un moment avec ses hommes puis il dit : « Nous voyons les articles que vous nous avez donnés et nous sommes grandement préoccupés par un certain nombre d'actions survenues récemment qui impliquent le renseignement américain. Notre principal souci est que peut-être une partie de la masse de données que vous avez extraites pour nous aurait pu tomber entre de mauvaises mains. Cela met notre… compagnie en grand risque d'être impliquée dans des actions avec lesquelles nous n'avons strictement rien à voir.

— Pour être franc, répondit Vasilescu, je n'ai pas vraiment suivi les nouvelles d'Amérique, j'ai juste vu quelques reportages sur ces événements. Mais je puis vous assurer que seules les personnes autorisées à consulter ces fichiers ont pu les avoir sous les yeux, et cela va continuer ainsi. »

Vasilescu posa les mains à plat sur la table. « Je puis vous garantir que ces données sont pour vous et vous seuls. Nul autre n'a pu y avoir accès.

— Vous vous méprenez sur mon inquiétude, répondit Peng. Je vais être plus clair. Je ne crains pas que vous ayez été piraté, monsieur Vasilescu, ce que je crains, c'est que vous nous trahissiez en utilisant ce matériel à votre seul profit. »

Vasilescu en resta comme deux ronds de flan. « Ah ça… attendez un moment. C'est une accusation scandaleuse. »

Mais Peng poursuivait : « Comment ces chameliers du désert irakien ont-ils donc réussi à traquer ces espions américains au sein même de leur pays ? »

Dalca s'interposa de nouveau. « Vous parlez de ces attentats commis par des terroristes musulmans en

Amérique ? » Après avoir hoché la tête pensivement comme s'il jaugeait la validité de la connexion faite par les représentants du Seychelles Group, il reprit : « Je vois votre préoccupation même si je peux vous assurer que la source utilisée par ces djihadistes est entièrement différente de celle mise à votre disposition. Je regardais les nouvelles des attentats, l'autre jour, n'est-ce pas, monsieur Vasilescu ? En tant que spécialiste des recherches et enquêtes, je m'intéresse tout particulièrement aux méthodes employées par les individus pour obtenir puis exploiter des informations, peu importe leurs motivations. De ce que j'ai pu voir des événements qui se déroulent en Amérique, quelqu'un possède la maîtrise absolue d'informations parfaitement à jour qu'il utilise aussitôt contre ces soldats. » Il sourit. « Les informations que j'ai utilisées datent, elles, de plusieurs années, comme vous le savez.

— Mais votre compagnie a néanmoins réussi à tirer de ces informations anciennes de quoi nous dire précisément où se trouve aujourd'hui en Chine un individu et quel poste il occupe. »

Dalca prit un air peiné, comme s'il détestait discuter avec un client. « Ma foi… nous indiquons seulement leur position approximative. Nous pourrons vous dire que M. Untel travaille au consulat américain de Shanghai comme spécialiste du commerce dans les biens durables et qu'il vit dans tel appartement de telle rue. Mais en Amérique les informations que détient l'État islamique lui permettent d'envoyer des terroristes dans un café bien précis, d'intercepter un véhicule de location se rendant à un endroit précis à une heure précise. » Dalca haussait maintenant les épaules, comme pour s'excuser.

« Pas vraiment dans nos cordes avec les données à notre disposition. D'une manière ou d'une autre, ces terroristes musulmans doivent avoir infiltré des éléments au sein même du gouvernement américain. »

Nouveau conciliabule entre Peng et ses hommes. Enfin, ce dernier reprit : « Nous sommes préoccupés. Si les Américains venaient à apprendre l'existence de votre fuite, qu'elle soit ou non à l'origine des événements récents, les autorités ne manqueraient pas de s'intéresser attentivement à vous… et par répercussion à nous. Et cela, nous ne pouvons nous le permettre.

— Comment pouvons-nous vous prouver que vos informations sont sécurisées ? » intervint Dragomir Vasilescu.

Peng ne répondit pas. Dalca crut pouvoir se détendre un peu. Ces types étaient ici juste pour instiller une dose de terreur dans le cœur des Roumains afin de leur conseiller de redoubler de prudence avec leurs données. Évidemment, si Dalca s'était remis en question, ils auraient renforcé leurs mesures, mais il ne leur avait offert que des garanties, ils allaient donc se contenter d'agiter encore quelques vagues menaces avant de lever le camp. Peut-être ne seraient-ils toujours pas vraiment convaincus que les informations de Daech ne provenaient pas d'ARTD, mais ils n'auraient aucune preuve pour étayer cette possibilité.

Dalca tenta sa chance. « Si je pouvais me permettre une suggestion : les fichiers bruts sont stockés sur un unique ordinateur isolé de toute connexion extérieure. Et conformément à votre requête initiale, il n'en existe aucune copie et ils n'ont jamais été mis en ligne de sorte qu'il n'existe aucun moyen de les récupérer.

L'ordinateur contenant ces données se trouve ici même, dans ce bâtiment. Une fois transférées, ces données ont été effacées de la machine source et son disque dur a été détruit pour qu'il n'en reste aucune trace. Tous les ports de communication de la machine hôte ont été désactivés. Il est matériellement impossible d'y transférer quoi que ce soit dans un sens ou dans l'autre. On ne peut même pas imprimer de rapports.

« Si cela peut vous rassurer, vous pouvez emporter le matériel et le placer en lieu sûr jusqu'à ce que toute cette histoire en Amérique se dégonfle. Évidemment, cela signera la fin temporaire de notre collaboration mais au moins aurez-vous la certitude que les données ne sont pas utilisées à mauvais escient. »

Dragomir Vasilescu était perplexe devant l'étrange suggestion de son collaborateur, mais à la vérité, c'était une suggestion en l'air. Ces gars ne voulaient surtout pas toucher aux données hébergées sur cet ordinateur et Dalca le savait pertinemment. En dehors des conclusions tirées par ARTD et que la compagnie leur avait transmises, ils ne risquaient pas de s'en approcher plus.

Peng hocha simplement la tête, comme Dalca l'avait soupçonné depuis le début.

Les quatre Chinois regardaient maintenant Vasilescu d'un air menaçant. « Nous avons des hommes dans notre division de recherche technique qui vont étudier ce qui est arrivé aux Américains. Si nous trouvons la moindre connexion entre votre piratage de leur réseau via les Indiens et ces menaces nouvelles pesant en ce moment même sur les États-Unis, nous reviendrons et cette fois vous en tiendrons responsables. »

Les hommes du Seychelles Group repartirent vingt minutes plus tard.

Sitôt qu'ils eurent décampé, Dragomir Vasilescu se tourna dans le hall vers Alexandru Dalca. « Ces types sont cinglés. Ils croient vraiment qu'on travaille avec des putains de terroristes. »

Dalca acquiesça avant d'ajouter : « Tous ces trucs en Amérique ne viennent pas des données volées par Albert. C'est dingue. »

Mais voilà que Dragomir se mit à considérer son chercheur principal d'un air un rien perplexe. « Dis-moi... quelle mouche t'a piqué, tout à l'heure ? D'ordinaire, tu n'es pas si prompt à tresser des lauriers à ton équipe. C'est là un signe de maturité. »

Dalca sourit. « Je voulais juste que les types du Seychelles Group sachent qu'il y avait d'autres acteurs impliqués. » Il fit un clin d'œil. « Je pense que ce n'est que justice. »

De retour dans son bureau, Dalca se versa une tasse de café avant de s'asseoir à son poste de travail. Il se sentait pris d'un léger vertige et il se demanda s'il n'était pas en train de couver un rhume. Au moment de saisir sa tasse, il renversa celle-ci et répandit le liquide sur la table. Il se leva d'un bond, jura de surprise et de colère, puis fonça vers la salle de détente à l'étage récupérer des torchons.

Garde tous tes moyens, tout va pour le mieux, se dit-il. Il était aussi cool que possible, ne cessait-il de se répéter chaque jour avec conviction. Mais alors qu'il se précipitait pour trouver de quoi éponger son gâchis, il regarda ses mains et constata qu'elles tremblaient.

Il pouvait convaincre n'importe qui de n'importe quoi mais en cet instant précis, il était incapable de convaincre son esprit qu'il était bel et bien en sécurité.

Peng et ses hommes cherchaient des preuves concrètes que l'ARTD avait aidé l'EI, et Dalca se retrouvait au beau milieu. Il les avait certes raccompagnés mais ils ne seraient jamais loin.

Quelque part sous son calme de façade, il savait qu'ils allaient revenir.

45

À six heures cinquante-trois du matin, soixante et un membres des forces de l'ordre locales et régionales encerclèrent le supermarché Fresh Fest situé sur West Ann Road à Las Vegas, Nevada. Deux ambulances étaient déjà venues et reparties à toute vitesse, sirènes hurlantes, vers les hôpitaux. Mais deux autres véhicules de secours étaient encore garés derrière le barrage de voitures de police tandis qu'urgentistes et secouristes traitaient trois blessés légers sur le parking.

Quarante minutes plus tôt, le pilote d'un drone Reaper de l'Air Force s'était arrêté pour faire ses courses au retour d'une vacation de vingt-quatre heures sur la base aérienne de Creech, au nord-ouest de la ville. Il se dirigeait vers les caisses quand il avait remarqué à côté de lui un jeune couple basané, l'air nerveux, en train de regarder dans sa direction. Le commandant s'était senti suffisamment mal à l'aise pour quitter la file et se diriger vers une caisse automatique et quand il regarda de nouveau le couple, il nota qu'ils l'avaient suivi. La femme glissait la main dans son sac et l'homme sous sa chemise.

Alors qu'apparaissaient les armes et que le commandant laissait tomber ses courses, il entendit un ordre lancé avec force depuis l'allée consacrée aux magazines. Là, un homme d'un certain âge coiffé d'une casquette de base-ball venait de dégainer un petit pistolet en inox. Il le braqua sur le couple en leur ordonnant de lâcher leurs armes mais au lieu d'obéir, ils se tournèrent vers lui et ouvrirent le feu.

L'homme âgé atteignit la femme de deux balles, à la poitrine et au visage, et tandis que la première la fit simplement tressaillir, la seconde la tua sur le coup. Quant au civil, une balle lui traversa l'épaule et une seconde la main droite. Il tomba au sol en étreignant ses blessures, lâchant son arme au passage.

Un jeune employé qui garnissait les rayons aida l'homme âgé à se mettre à l'abri puis à traverser le magasin pour s'échapper par une porte de service.

Pendant ce temps, le commandant de l'Air Force jaillit à l'extérieur, poursuivi par une grêle de balles de neuf millimètres. À l'intérieur, un vigile du supermarché, armé d'un calibre .38 qu'il n'avait pas utilisé depuis son épreuve de qualification sur cette arme, vida les six cartouches de son magasin sur le prétendu assassin, sans qu'aucune n'atteigne son but, avant d'être atteint à la gorge par un tir de riposte. Il mourut rapidement, vidé de son sang, au pied du distributeur de billets installé dans le sas d'entrée.

Une voiture de police était garée, moteur au ralenti, devant le commerce de proximité adjacent au supermarché ; à l'intérieur deux agents de la police de Vegas, qui buvaient leur café, entendirent la fusillade malgré les glaces remontées et la clim'. Ils arrivèrent devant la porte du supermarché en moins de quarante-cinq secondes, au moment même où le personnel des rayons traiteur et boulangerie passait devant eux, fuyant dans la panique.

L'un des agents saisit son fusil et l'autre dégaina son Glock 22, et ils se précipitèrent à l'intérieur pour affronter la menace inconnue.

Le terroriste survivant essayait de ranimer sa partenaire étendue au sol, et l'arrivée rapide de la police le prit par surprise. Il courut se réfugier vers le fond du vaste magasin mais pas avant d'avoir reçu dans le dos quatre décharges de chevrotine. Sans ralentir, il abattit un client paniqué qui avait eu le malheur de se trouver sur son passage, puis, sans se retourner, il vida son magasin en direction de ses poursuivants tout en battant en retraite vers la réserve de l'établissement.

Il parvint à gagner le quai de déchargement et aurait pu s'échapper par une allée à l'arrière mais il vit alors des employés qui s'étaient planqués derrière des voitures garées là : autant de témoins susceptibles d'indiquer sa direction à la police. Il réintégra donc la réserve, trouva un coin sombre derrière des palettes de boîtes de céréales et s'y effondra de douleur, d'épuisement et de chagrin.

Kateb savait que sa femme Aza et lui avaient échoué à tuer leur cible, tout comme ils avaient échoué à tuer le para commando de marine deux jours plus tôt à L.A.

Et maintenant, Aza était morte et Kateb était foutu.

Les deux premiers policiers arrivés sur les lieux ne poursuivirent pas l'homme armé à l'intérieur de la réserve, d'abord parce que lorsque le flic au fusil s'était agenouillé pour inspecter le corps de la terroriste, ce qu'il avait découvert l'avait horrifié. La femme avait le visage couvert du sang qui s'était écoulé d'une plaie déchiquetée située juste à gauche du nez mais il avait trouvé bizarre ce fil qui dépassait de sous sa manche gauche. À son extrémité, il découvrit le détonateur dont le clapet de sécurité noir était rabattu, révélant le bouton rouge en dessous.

Le jeune flic eut un sursaut de recul, puis il se releva précipitamment et cria à son collègue de dégager vite fait.

Alors que des renforts de police arrivaient, l'ensemble du centre commercial fut évacué puis bouclé. Les blessés furent traînés dehors par d'autres clients tandis que les deux premiers policiers s'accroupissaient, l'arme au poing, commençant lentement à réaliser que deux minutes après avoir dégusté leur café matinal en devisant du tournoi de base-ball de leurs enfants ce week-end, ils s'étaient retrouvés brutalement au milieu d'une attaque terroriste aux répercussions internationales.

Le groupe d'intervention de la police municipale de Las Vegas est baptisé Zébra ; connus pour constituer l'une des meilleures forces du pays, ils étaient sur place en moins de vingt-cinq minutes. Personne ne put leur dire s'il s'agissait d'une prise d'otages ou si le suspect était seul, retranché à l'intérieur, aussi le commandant des Zébras demanda-t-il le recours à un robot.

L'unité Zébra n'allait pas utiliser l'accès principal du supermarché tant que les démineurs n'auraient pas inspecté et désamorcé le gilet explosif du cadavre gisant quinze mètres derrière les portes, aussi se dirigèrent-ils vers l'arrière du bâtiment. Ils s'y regroupèrent devant la baie de chargement ouverte ainsi que devant la porte d'entrée du personnel, attendant que le négociateur leur donne l'ordre de pénétrer en force.

Un petit robot tactique fut envoyé par les portes automatiques de l'entrée principale. Un agent muni d'une télécommande et les yeux rivés sur son moniteur suivit à l'écran une trace sanglante menant à la réserve, tout au fond du magasin.

Kateb était assis, le dos calé contre la palette de boîtes de céréales, son sang imbibait les cartons. Il avait le téléphone collé à l'oreille et le pistolet qu'il tenait dans l'autre main pendait entre ses genoux.

« Pardon, Mohammed. Aza et moi, nous t'avons déshonoré. Je suis blessé et elle est morte. Un vieux type stupide avait un revolver, comme un cow-boy de cinéma. On ne s'attendait pas à des problèmes de la part de civils. Après qu'elle est morte et que j'ai descendu ce vieil imbécile, je me suis retourné pour tuer le commandant mais il filait déjà vers l'entrée. J'ai essayé de l'atteindre mais j'ai échoué.

— Je sais, Kateb, répondit Mohammed. C'est à la télé. Ils t'ont encerclé, mon frère. »

Mais le blessé continua sans l'écouter. « Elle est morte, juste sous mes yeux.

— Elle est devenue une martyre sous tes yeux, rectifia Mohammed. C'était une combattante, tout comme toi, mon frère. »

Kateb contempla le sang séché sur le dos de sa main. Puis il releva les yeux. Un bruit résonnait maintenant dans tout l'entrepôt.

« J'entends quelque chose. J'ignore ce que c'est.

— Ils ne vont pas tarder à arriver. Il est temps pour toi de devenir à ton tour un martyr.

— Oui, Mohammed. Je n'ai pas tué le commandant. Mais je tuerai ces policiers.

— Bien ! Très bien ! Que Dieu soit loué. »

Kateb reposa le téléphone, se releva tant bien que mal et leva son pistolet devant lui. De sa main libre, il saisit le détonateur de sa ceinture d'explosifs et posa le pouce sur son bouton.

Le bruit devenait de plus en plus fort, comme un chuintement électronique.

Puis il cessa soudain.

D'un revers de manche, Kateb épongea la sueur sur son front avant de relever son arme. Il entendait battre son cœur.

Soudain, une voix jaillit, venue de derrière la rangée de palettes, à trois mètres au plus de sa position.

« Ici la police de Las Vegas… »

Kateb hurla « *Allahu akbar !* » et, se ruant pour contourner les palettes, il se mit à tirer et, à l'instant même où il passait l'angle de la pile, il pressa le bouton du détonateur.

Un mètre devant lui, le robot était plus petit qu'une tondeuse à gazon. Par haut-parleur, le négociateur était en train de demander au blessé de jeter son arme au moment où Kateb fit sauter son gilet, détruisant le robot et plusieurs palettes de cartons de céréales.

Abou Moussa Al-Matari reposa son téléphone sur la table maintenant que la ligne était coupée et il laissa échapper un juron.

La mission contre le pilote de drone s'était conclue par un échec. Ces deux membres de la cellule de Santa

Clara étaient des rigolos. Oui, ils avaient semé la terreur de Los Angeles à Las Vegas et tué pas mal de gens sur leur parcours mais aucun des deux n'avait atteint ses objectifs.

Ils avaient également échoué d'une autre manière. La femme, Aza, portait une ceinture d'explosifs avec une caméra fixée autour du cou sous son blouson zippé resté ouvert. Al-Matari avait ainsi pu assister à l'attaque en temps réel et lorsqu'il avait vu le policier se pencher au-dessus d'elle, il avait aussitôt envoyé le texto commandant la détonation mais la bombe n'avait pas explosé.

Il ne pouvait que supposer que la première balle tirée par l'autre vieux bonhomme avait dû sectionner les fils de contrôle du détonateur.

Un coup chanceux pour lui. Et un coup de chance pour le flic.

Bon débarras, numéros quatorze et quinze, se dit Al-Matari en continuant de les désigner par leur matricule au sein de l'École de langues. Il avait de meilleurs agents en réserve et ceux-là continuaient le combat contre les infidèles. Mieux valait passer son temps à travailler avec les vrais guerriers au lieu de le gâcher avec des imbéciles.

La veille au soir, trois nouvelles attaques de combattants de sa cellule avaient eu lieu dans le pays.

À La Nouvelle-Orléans, le mariage d'un pilote de Harrier des Marines avait été attaqué à la bombe, l'engin ayant été placé sur le lieu de la réception. Le soldat et son épouse étaient indemnes mais trois invités avaient été tués et six autres blessés.

Un agent de la CIA en poste à Oslo venu rendre visite à sa mère souffrante à Flint, Michigan, avait été tué par un tir depuis une voiture de passage, en même temps qu'un bon Samaritain avait été écrasé par le véhicule lorsqu'il avait tenté de s'interposer pour empêcher sa fuite.

Enfin, à Saint-Louis, Missouri, une bombe incendiaire avait détruit le SUV d'un cadre de l'Agence nationale de renseignement géospatial. L'homme avait réussi à échapper au brasier mais il souffrait de brûlures au deuxième degré.

Les quinze survivants de l'École de langues travaillaient dorénavant à un rythme effréné. Ils avaient mené des attaques dans tout le pays, ce qui les forçait à effectuer des heures, voire des jours de trajet. Ils regardaient constamment derrière eux, et alors que les résultats des opérations étaient de toute évidence contrastés, le Yéménite savait que ces actions combinées avaient l'effet désiré : l'Amérique était assommée par les capacités de Daech, l'envergure et l'audace des dizaines d'actes terroristes commis en moins de cinq jours.

Par-dessus le marché, Al-Matari étudiait les réactions de la police et du gouvernement après chaque incident, regardant tous les reportages possibles à la télévision, et il travaillait déjà à un nouveau plan. Celui-ci serait aussi vaste qu'audacieux, totalement inédit et propre à pousser l'opinion à exiger que le pays envoie des troupes au Moyen-Orient combattre l'État islamique.

L'assassinat du commandant de CENTCOM avait constitué de loin l'opération la plus lourde en conséquences à ce jour mais la nouvelle opération d'Al-Matari serait incomparablement plus vaste. Pour l'heure, Tripoli se trouvait avec Omar, le chef de la cellule de Detroit et trois des membres de celle de Chicago. Tous étaient en train de repérer ici même un site favorable pour cette importante mission. Pendant ce temps, David, Ghazi et Hussam étaient à Brooklyn pour préparer une autre opération censée s'y dérouler d'ici à un jour ou deux. Les quatre survivants de Santa Clara étaient partis dans l'Arizona en vue de la prochaine opération qui était maintenant imminente tandis qu'enfin les quatre membres restants du groupe d'Atlanta s'étaient divisés en deux paires pour préparer encore d'autres missions.

Pour couronner le tout, la première attaque d'un émule avait eu lieu juste à la sortie de Detroit la veille au soir quand un sergent de la garde nationale du Michigan avait été tué par balles alors qu'il se trouvait dans un fast-food. La police locale avait acculé l'assaillant peu après dans une bibliothèque municipale et le jeune homme d'origine somalienne était mort en tentant de s'échapper par une fenêtre du deuxième étage.

Al-Matari était particulièrement fier qu'un courageux moudjahidin se soit ainsi rallié au combat, et il décida de faire en sorte que le meurtre de Detroit soit rapporté dans le prochain communiqué de Daech sur les réseaux sociaux comme ayant été mené par un élément indépendant de la cellule officielle de combattants sous le contrôle direct de l'État islamique. Il pensait qu'en promouvant ainsi le martyre de cet inconnu, cela servirait d'exemple à d'autres individus autoradicalisés et contribuerait à multiplier leurs forces dans ce combat.

Le Yéménite devait admettre que sa campagne n'était pas dénuée de problèmes. Les forces de l'ordre américaines avaient déjà réagi à ces nouvelles menaces, elles se rendaient désormais plus rapidement sur les lieux des actions et avec des effectifs renforcés. Et voilà que de simples citoyens se mettaient à riposter avec leurs armes personnelles, une conduite qu'il n'avait jusqu'ici jamais observée alors qu'il orchestrait attentats à la bombe et fusillades en Turquie, en Inde ou en Malaisie, ou quand d'autres membres de son organisation exécutaient des attentats en Belgique, en France et en Allemagne.

Mais dans l'ensemble, les hommes et les femmes de l'École de langues avaient causé des dégâts significatifs et suscité beaucoup de bruit et de terreur en Amérique. Il n'avait qu'à garder le même rythme à ce carnage pour attirer de nouveaux disciples, et bientôt cette allumette qu'il avait craquée la semaine passée se transformerait en brasier grondant.

46

Ces derniers jours, Dan Murray était resté à peu près constamment sur la brèche. Le ministre de la Justice allait de réunion en réunion à la Maison-Blanche, au Pentagone et dans l'immeuble J.-Edgar-Hoover, siège du FBI. Son propre bureau se trouvait dans le bâtiment Robert-F.-Kennedy, juste de l'autre côté de la rue et, oui, il s'y tenait également des réunions quotidiennes.

Il traversait maintenant l'aile ouest en vue de sa troisième réunion ici en trois jours. Mais pour celle d'aujourd'hui, il retournait au bureau Ovale, pas au PC de crise, car la rencontre de ce matin devait se dérouler en petit comité.

Burgess, à la Défense, venait d'arriver et il avait rejoint Mary Pat Foley sur le canapé. Assis dans son fauteuil entre les deux canapés, le président se penchait vers la table pour servir du café à tout le monde.

Il leva les yeux en entendant entrer Murray. « Pour Dan, c'est un nuage de lait et pas de sucre. Ça n'a pas changé depuis vingt-cinq ans.

— Merci, Jack. » Jack s'assit en face de Mary Pat et Bob.

Il y avait trois collaborateurs du président Jack Ryan qui se sentaient suffisamment proches de lui pour l'appeler par son prénom en privé, et Dan et Mary Pat étaient du nombre. Bob Burgess, en revanche, était un ancien général de corps d'armée, son amitié était plus récente et jamais il ne se serait vu appeler le commandant en chef par son prénom quand bien même Ryan l'en aurait supplié.

Le troisième membre du « Jack club » était Arnie Van Damm, et il venait justement d'entrer muni d'un calepin. Il ferma la porte derrière lui et vint s'installer sur le canapé à côté de Murray.

« Deux points, commença Ryan, avant d'entamer la réunion de ce matin. Le PDB[1] a couvert les attaques de la nuit passée et de ce matin dans tout le pays. Comme chacun l'avait redouté, ça empire d'un jour sur l'autre. Du nouveau depuis la publication du document ?

— L'événement de Vegas est le plus récent, intervint Murray. Nous sommes en train de ratisser la scène pour collecter des preuves mais les deux auteurs sont morts et nous n'en tirerons pas grand-chose. En examinant les images de vidéosurveillance du Starbucks de L.A. lors de l'attaque qui a coûté la vie à cette star de cinéma, il apparaît qu'il s'agit du même couple.

— Au moins Al-Matari ne perd pas de temps pour nettoyer ses effectifs, observa Ryan.

— On ne peut pas encore dire si ces derniers se réduisent ou s'ils vont augmenter, du moins par procuration, car à chaque jour qui passe, le risque grandit de le voir faire des émules. »

---

1. *President's Daily Brief* : ce document présenté chaque matin au chef de l'État résume les informations confidentielles sur la sécurité nationale collectées par l'ensemble des services de renseignement.

Jack digéra la remarque avant de se tourner vers Burgess. « Vous avez travaillé sur des méthodes pour protéger nos militaires ici même sur le sol américain. Qu'avez-vous concocté ?

— Nous sommes en train de mettre en œuvre des mesures pour renforcer la sécurité lors des rencontres et conférences qui se déroulent à l'extérieur de nos bases.

— Vous n'en annulez pas certaines ? »

Burgess hocha vigoureusement la tête. « Pas question. Nous allons nous défendre contre ces terroristes, pas nous aplatir devant eux. Que l'on se mette à annuler les activités routinières de l'armée américaine, et Daech s'en vantera comme d'une victoire. Nous continuons comme si de rien n'était mais avec une sécurité renforcée.

— D'accord. Quoi d'autre ? »

Burgess prit une profonde inspiration avant de répondre. « J'aimerais que chaque soldat de nos forces armées ait le droit de porter son arme de service à l'extérieur de la base. »

Jack garda le silence une quinzaine de secondes. Enfin, il répondit : « Après tout, pourquoi pas ? »

Murray intervint aussitôt. « Je comprends tout à fait, bien sûr, mais tu vas soulever l'opposition de pas mal d'États, dont New York, le New Jersey, la Californie, l'Illinois, entre autres.

— Ouais, fit Burgess, des États qui se font des millions grâce aux bases militaires et à leur personnel. Monsieur le président, ce n'est pas une solution parfaite mais c'est la meilleure option simple dont nous disposions. Nous renforçons également exercices et formations en autodéfense, nous engageons des moniteurs de tir dans tout le pays pour offrir le maximum possible de classes pour nos engagés. Nos soldats sont entraînés au maniement des armes mais cet entraînement n'est plus ce qu'il devrait être. Ces mesures seront d'un grand secours et nous n'encouragerons pas pour autant à s'armer ceux qui ne le désirent pas.

— Des armes militaires ?

— Oui, monsieur. Nous n'allons pas forcer un caporal qui gagne dix-sept mille dollars par an à aller s'acheter un pistolet qui coûte six cents dollars, sans compter l'étui et les munitions, pour se protéger des terroristes. Nous pouvons distribuer des Beretta M9, des étuis et des munitions. La dotation standard qu'ils sont formés à utiliser. D'autres services recourent à d'autres armes et nous les fournirons également si nécessaire. Chacun disposera de celles qu'il est habitué à manier, ce qui les rendra plus efficaces.

— Désolé, Jack, intervint Arnie, mais cela risque d'être fort mal perçu. L'opposition au Congrès et dans les médias va présenter ça comme la preuve que tu considères désormais l'Amérique comme une zone de guerre.

— Je suis prêt à prendre cette responsabilité et expliquer la situation de mon mieux. »

Mais Arnie reprit : « L'âge légal de port d'arme varie d'un État à l'autre mais il est de vingt et un ans, voire plus dans pas mal d'endroits.

— Si on peut envoyer un gars de dix-huit ans avec une arme à feu pour aller se battre outre-mer, on peut lui en confier une pour se protéger chez lui et protéger sa famille. » Il se tourna vers Dan. « Je compte sur toi, en tant que ministre de la Justice, pour parer toute opposition légale. »

Ça ne plaisait pas vraiment à Murray, c'était manifeste, mais il répondit : « Bien sûr. Il va falloir toutefois encadrer la mesure.

— Personne ne porte une arme s'il a bu. Tolérance zéro, et cela devra être souligné à toutes les étapes de la mise en œuvre de la mesure.

— Absolument, renchérit Burgess.

— Je ne sais pas si ça peut aider, reprit Jack, mais ça fera comprendre aux terroristes qu'ils ne sont plus les seuls à se balader et faire des cartons. »

Dan Murray fit ensuite le point sur l'enquête. Il y avait du progrès. Le ministère de la Justice avait épluché les manifestes des vols entre les États-Unis et l'Amérique centrale durant la période du stage de l'École de langues au Salvador. Cela leur avait permis jusqu'ici d'identifier onze des terroristes potentiels de Moussa Al-Matari. Quatre de ceux qui avaient été formellement identifiés étaient parmi les morts en Virginie et en Caroline du Nord, quant aux autres, ils s'étaient évaporés de leur domicile habituel.

De surcroît, on pensait avoir repéré plusieurs autres éléments de l'État islamique installés aux États-Unis grâce aux appels reçus sur la hotline du FBI : un vendeur de voitures d'occasion qui avait cessé de venir travailler, un étudiant qui n'avait pas démissionné mais était absent à ses cours depuis maintenant deux mois. Ces tuyaux et quelques autres étaient examinés en ce moment même et semblaient prometteurs mais Murray expliqua que le FBI devait les filtrer parmi des milliers de tuyaux percés ; agents comme analystes étaient en train de se décarcasser pour discerner qui exactement avait disparu et constituait une menace, et qui avait simplement décidé de fuguer ou bien se trouvait dans le collimateur de quelqu'un n'ayant rien trouvé de mieux que de le dénoncer au gouvernement pour le harceler.

Murray expliqua : « Jack, notre hotline est en train d'exploser. Et oui, elle explose à cause des connards qui pensent que l'Indien qui prépare leur sandwich chez le traiteur est un terroriste islamiste, c'est un fait patent, mais elle explose aussi à cause des appels de protestation de musulmans de ce pays qui veulent ne rien avoir affaire avec toutes ces conneries. Daech tue tout un tas de gens et dans leur grande majorité, ce sont des musulmans.

« Nous traquons deux frères et une sœur à Chicago qui ont disparu de la circulation il y a quelques mois, nul ne sait ce qu'ils sont devenus. De multiples tuyaux sont venus de musulmans de cette ville à leur sujet. Idem à Atlanta. Une mosquée là-bas indique que l'un de ses fidèles particulièrement véhément et radicalisé a cessé de participer aux prières et qu'il ne répond plus au téléphone. Le timing correspond avec un séjour à cette École de langues.

— Il est bon de constater que ces réactions proviennent de la communauté musulmane, observa Ryan. Ce serait bougrement ironique que toute cette histoire contribue à rassembler un peu plus ce pays.

— J'ai demandé à tout le personnel de la Justice de se rapprocher de la communauté, intervint Murray, et de s'assurer que l'on procède avec tact, il s'agit de ne rien faire qui puisse gâcher cette bonne volonté.

— Nous avons jusqu'ici identifié des morts ou des individus qui ne sont pas où ils seraient censés être, résuma Ryan. Nous avons diffusé leurs photos mais jusqu'ici sans choper personne. Nous avons des milliers d'agents lancés à la recherche de ces criminels mais Moussa Al-Matari pourrait se planquer dans un minuscule studio quelque part et diriger toute cette opération depuis son téléphone, si même il se trouve effectivement aux États-Unis. Bob pourrait bien nous glisser un pistolet à la ceinture de tous les soldats d'Amérique, les terroristes ont des bombes et des ceintures d'explosifs qu'ils ont trouvé le moyen d'activer même après qu'ils ont été tués ou mis hors d'état de nuire.

— Sur le long terme, Dan, on les aura tous, mais pour l'heure, ils tuent des gens et génèrent une masse de propagande qui les dépeint comme les plus forts et nous comme des faibles.

— Je partage entièrement ton point de vue. Écoute, nous pourrions même être plus agressifs avec certaines de nos tactiques mais jouons cartes sur table. L'objectif ici est de faire cesser ces attaques le plus vite possible mais, en tant que ministre de la Justice, un objectif secondaire immédiat est pour moi de poursuivre les criminels.

— Cet objectif secondaire, reprit Ryan, est bien moins important à mes yeux. Je ne suis pas pressé de traîner devant les tribunaux Moussa Al-Matari et franchement, je serais même ravi de pouvoir m'en passer.

— Je comprends, admit Murray. Mais tous les outils à ma disposition sont exclusivement adaptés au système judiciaire et j'y reste attaché. Peut-être qu'avec des règles différentes… » Il laissa sa phrase en suspens.

Mary Pat Foley intervint alors. « Dan, si je ne me trompe pas, il y a un employé dans la boutique de Gerry Hendley qui a toujours son accréditation auprès du FBI. »

Murray acquiesça aussitôt. De toute évidence, c'était à quoi il voulait en venir. « Je sais en gros ce que Hendley et son équipe ont réalisé, tant ici qu'à l'étranger. Puisque Dominic Caruso demeure prêt pour leur service, même si ce n'est que sur le papier, je serais ravi de partager avec eux nos informations et de bénéficier de leur fort remarquable efficacité. Ça ne pourra que nous aider dans notre… enquête.

— Laisse-moi y réfléchir, Dan », répondit Jack. Dom Caruso était le neveu de Ryan, et son idée initiale était de tenir le Campus à l'écart de toute activité intérieure même s'il était bien conscient qu'ils avaient par le passé déjà opéré à l'intérieur des frontières du pays.

« Sans problème, monsieur le président, dit le ministre de la Justice. Je tenais juste à lancer l'idée. »

Mary Pat s'attarda à l'issue de la réunion. « Des inquiétudes particulières concernant l'idée de faire contribuer le Campus à la localisation de Moussa Al-Matari ? »

Ryan la regarda. « Tu plaisantes ? Je nourrirai toujours des inquiétudes quelles que soient leurs activités. En général comme en particulier.

— Ils font du bon boulot, observa Mary Pat. Un travail sérieux, honnête, confidentiel.

— Je suis le dernier à le contester.

— Et Dominic est capable de se débrouiller tout seul. » Elle marqua une pause. « Les autres aussi, bien sûr. »

Elle faisait allusion à Jack, le président l'avait compris. Il n'aimait pas avoir la responsabilité de mettre la vie de son fils en danger mais il devait bien admettre que désormais beaucoup d'eau avait passé sous les ponts.

Depuis le premier jour où Jack avait intégré l'organisation, à l'insu de son père et à l'encontre de ses vœux, sa vie était en danger.

Mary Pat remarqua : « Il est hors de question que John Clark laisse Jack Junior participer à une opération de cette envergure sur le sol des États-Unis.

— Ouais, enfin s'il n'envoie pas mon fils, il enverra mon neveu, ou le môme d'un autre. Je n'ai pas le droit de regimber devant ce plan au seul prétexte que mon fils est dans la combine.

— Si tu n'avais pas peur de voir ton fils risquer de se mettre en danger, alors tu ne serais pas un vrai père, Jack. »

Ryan sourit, les yeux baissés, puis son visage se durcit. « Je vais donner le feu vert à Dan pour mettre dans le coup Dominic.

— Moi de mon côté, j'appellerai Gerry pour l'avertir de ce qu'on envisage. Ils vont avoir besoin de temps pour se retourner. »

Ryan opina. « Al-Matari en est désormais à trois attentats par jour en moyenne et ça ne va pas être long avant que des émules commencent à sortir du bois. Fais comme bon te semble, Mary Pat. »

47

Huit heures du matin et Jack était déjà en salle de conférence, sa troisième tasse de café de la matinée en main, penché sur son ordi ; son bureau était encombré de notes manuscrites, de feuilles imprimées et de bouquins, tandis que son ordinateur portable avait fait deux petits.

Jack avait travaillé jour et nuit à plancher sur les attentats en Amérique, l'un après l'autre, pour essayer de découvrir comment cet adversaire inconnu avait rassemblé les pièces du puzzle à partir des archives du Bureau de gestion des personnels et d'informations librement disponibles.

C'était pratiquement devenu pour lui une obsession. Au bureau toute la journée, Gavin assis en face, puis chez lui, une bière posée sur la table basse, assis par terre en tailleur, le portable devant lui. Il épluchait des bouquins sur les méthodes de ROSO[1], émerveillé par la quantité de données ouvertement disponibles et en même temps désolé que le citoyen lambda soit incapable d'imaginer à quel point sa vie personnelle était accessible à quiconque se donnait la peine de chercher.

1. Renseignement d'origine source ouverte.

Pour la majorité des attentats récents, il n'avait pas à chercher plus loin que le réseau social professionnel LinkedIn pour découvrir comment l'expert en exploitation d'informations personnelles travaillant pour le compte de l'État islamique avait pu rattacher les données de l'OPM aux fonctionnaires de la communauté du renseignement. Leur nom et souvent leur photo étaient disponibles, accompagnés de leurs antécédents universitaires et de leur CV, allant jusqu'à préciser par exemple que l'un travaillait pour le renseignement au CENTCOM ou à Fort Bragg et l'autre pour une organisation publique ou privée installée dans le district fédéral. Jusqu'ici, trois des victimes, quatre en comptant une victime apparemment non prévue, avaient un profil suggérant leur implication dans le renseignement humain et les opérations ciblées au Moyen-Orient, et Jack n'avait aucun doute sur le fait que plusieurs des meilleures intelligences du pays en la matière étaient désormais passées de vie à trépas à cause de leur décision de se manifester sur LinkedIn.

Jack n'eut qu'à creuser un peu plus pour constater que même des employés clandestins, dont la plupart n'avaient évidemment pas d'identité manifeste sur la Toile, demeuraient vulnérables, via leur famille ou des amis laissant fuiter cette information.

Gavin entra avec sa propre tasse de café, salua Ryan d'un signe de tête, puis alla s'asseoir à sa place habituelle autour de la table de conférence.

À peine assis, il annonça : « Je ne suis pas venu les mains vides. »

Jack ne leva même pas les yeux. « Tu ne manges plus de beignets, donc je doute que tu aies quoi que ce soit d'intéressant… »

Il se tut brusquement. Et cette fois, leva les yeux. « Tu as parlé à ton ami de la NSA ? Le mec à la porte dérobée sur Reddit ? »

Gavin rectifia : « Je n'ai pas dit que c'était un ami et je n'ai pas dit non plus qu'il avait une porte dérobée. Mais j'ai effectivement mis la main sur le message privé envoyé par ton utilisateur. »

Ryan saisit un stylo et se mit à chercher frénétiquement une page blanche dans un carnet presque entièrement rempli de ses griffonnages.

Gavin consultait son ordinateur. « Le message de 5Megachopper5 est celui-ci : "J'ai suivi ton histoire, mon ami, et je pense que je peux t'aider. Si tu désires sincèrement faire ce que tu clames, je te procurerai toutes les informations nécessaires pour concrétiser ton projet. Je suis prêt à te le prouver et je ne demande rien en retour sinon de savoir que justice est faite pour la vie de Stepan."

— Waouh, lâcha simplement Jack.

— Et il fournit une adresse uniquement accessible via TOR[1] pour permettre à Retchkov de communiquer avec lui s'il est intéressé. Le lien est mort désormais. Et puis, le jour même où il a envoyé ce MP, ce gars que nous cherchons à identifier a fermé son compte Reddit. J'en déduis que Retchkov l'a bel et bien contacté.

— Donc… on est baisés, conclut Jack. On se retrouve à notre point de départ.

---

1. *The Onion Routing* : Ainsi dénommé à cause de sa structure en « pelures d'oignon ». Il s'agit d'un réseau de serveurs superposés et décentralisés permettant d'anonymiser messageries et sessions Web. Le protocole de communication et le navigateur Web associé s'appellent également *Tor*.

— Du tout, répondit Gavin. J'ai épluché le contenu du disque dur de Retchkov, à l'instar d'une dizaine d'autres enquêteurs de la police scientifique, mais contrairement à eux, je suis le seul à connaître l'URL et la date de l'échange sur Reddit. Toutes ces informations étaient stockées dans l'ordre chronologique sur son disque dur. Souviens-toi, Retchkov était un informaticien débutant, aussi a-t-il sauvegardé des dizaines de milliers de pages de code en mode texte dans le cadre de ses études, toutes rangées en vrac sur son disque. Mais l'idée m'est venue qu'il aurait pu essayer d'obtenir des informations sur son mystérieux correspondant, à tout le moins pour s'assurer qu'il ne s'agissait pas d'un fonctionnaire gouvernemental cherchant à le piéger. J'ai retrouvé quelques pages de code sauvegardées sur une application de prise de notes qu'il avait mises de côté quelques jours seulement après cet échange sur Reddit, et j'ai décidé de les éplucher ligne à ligne la nuit dernière. »

Gavin attendait que Jack réagisse.

« Et ?

— Et Retchkov a laissé un indice révélant avec qui il communiquait. Dans le code, j'ai retrouvé le pseudo du créateur : Polygeist999.

— Là, tu m'as largué, avoua Jack.

— Retchkov a déduit que ce nom de code était lié au concepteur du site sur le Dark Web.

— Je croyais que c'était 5Megachopper5.

— Nan, ça, c'est un pseudo "jetable" destiné à Reddit. Polygeist999 est un autre de ses pseudos. »

Jack se gratta la tête. « Donc… Retchkov a découvert qu'il discutait en ligne avec un individu associé à un autre pseudo. Comment ?

— Peut-être grâce à un document qu'il lui aurait envoyé ou bien en piratant le service dont il aurait révélé être membre. Pas moyen de savoir mais c'est chouette que ce connard de Retchkov nous ait laissé un indice.

— En quoi est-ce un indice ?

— J'ai appliqué à Polygeist999 une analyse de liens pour voir s'il apparaissait sous cette forme ou sous une version proche sur d'autres sites en ligne. Il se trouve que le pseudo a été utilisé des centaines de fois sous différentes permutations. On appelle ça du *remplissage*. C'est une méthode appliquée en cryptologie. Ça pourra être 1Polygeist999 ou Polygeist9991 ou en y intercalant une esperluette ou tout autre signe typographique. Les informaticiens utilisent souvent des variantes selon leur domaine d'activité, et celles-ci diffèrent assez pour nécessiter une analyse de haut niveau afin de pouvoir confirmer que toutes ces permutations appartiennent bien à une seule et même personne. J'ai contacté mon ami à la NSA, tu sais, celui qui n'existe pas, et lui ai demandé de faire tourner pour moi certains de ces rapports. Le nom d'utilisateur Polygeist est apparu pour la première fois en mars l'an dernier, sur un service de location d'appartements en Roumanie. Par la suite, il apparaît un peu partout, sur divers sites de matériel et logiciel informatique, de codage, de piratage, de téléchargement illégal et ainsi de suite…

— En Roumanie ? répéta Jack.

— Oui, confirma Gavin. Et l'analyse de liens nous révèle d'autres pseudos qui apparaissent systématiquement avec la racine Polygeist. Des dizaines et dizaines de cas où ces ensembles de noms d'utilisateurs se retrouvent dans des correspondances par mail, du code informatique, des enregistrements de nom de domaine et ainsi de suite. »

Ensemble, les deux jeunes gens entreprirent d'entrer ces divers noms sur des moteurs de recherche et des bases de données pour essayer de voir s'il en ressortait quelque point commun notable. Leur cible s'incarnait sous la forme d'une multitude d'identités en ligne et elle apparaissait sur une large variété de sites, dont beaucoup en lien avec le renseignement par source ouverte. Mais il leur fallait plus. Il leur fallait le lier à une identité réelle. Plus encore, ils cherchaient à trouver si et comment cet individu était en lien avec les djihadistes, en lien avec tel ou tel service de renseignement américain ou étranger, ou dénicher un indice leur révélant que l'homme qui avait contacté Retchkov avec des informations issues du Bureau de gestion des personnels et un plan pour tuer le capitaine de corvette avait un motif valable pour le faire.

À mesure qu'ils glanaient ces nouvelles informations, ils les introduisaient dans leur base de données d'analyse de liens partagés. Cela conduisait à d'autres noms, tous associés au pseudo initial de Polygeist999 et à ses diverses permutations.

C'était un travail lent, ardu, compliqué, mais moins d'une heure et demie après avoir commencé, Gavin lança : « Est-ce que tu vois ce que je vois ?

— Que quoi qu'on fasse, impossible de faire remonter aucun de ces pseudos avant mars de l'an dernier ?

— Ouais. Comme s'il était né ce mois-là. Je me demande pourquoi il a commencé précisément en mars et dès lors explosé comme s'il avait fait ça toute sa vie. »

Jack releva lentement les yeux de son ordinateur. « Ça a commencé quand il s'est inscrit sur un site de recherche immobilière en Roumanie, c'est ça ?

— Oui. Peut-être qu'il essayait de le pirater ou qu'il cherchait quelqu'un qui vivait en Roumanie et utilisait ce site. Peut-être qu'il essayait de récupérer le plan de l'appartement de l'une de ses victimes potentielles. On n'en sait rien.

— J'interpréterais cette information de manière plus terre à terre, suggéra Jack. Je pense qu'il avait besoin d'un point de chute, d'où son inscription sur ce site. »

Gavin n'avait même pas envisagé le fait que cela ait pu avoir une raison directe et parfaitement anodine. « Pourquoi penses-tu qu'il avait besoin d'un point de chute ? demanda-t-il aussitôt. Tu crois qu'il est vraiment roumain ?

— Oui, et qu'il avait besoin d'un appartement parce qu'il venait de sortir de prison.

— De *prison* ? D'où diable sors-tu ça ?

— Il n'y a aucune activité en ligne pour aucun des comptes, pseudos, mails et ainsi de suite, antérieure au 19 mars de l'an dernier. Et s'il avait été sous les verrous, sans accès à un ordinateur ? Tu sais bien qu'un type dans son genre ne surgit pas soudain de nulle part sur la Toile. Il a fallu des années et des années pour qu'il atteigne ce niveau de compétence, or l'analyse de liens à partir des sites et des noms de code surgit d'un seul coup, comme si ce type était devenu du jour au lendemain informaticien et expert en ROSO. On dispose d'assez de données pour lancer un vaste coup de filet, or tout ce qu'on a trouvé demeure cantonné à ces seize derniers mois.

— C'est une possibilité, admit Gavin.

— Avons-nous moyen d'examiner les archives pénitentiaires roumaines ?

— Avec un peu de travail, je devrais pouvoir y arriver mais on ignore sa date exacte de sortie et ça, ça relève de la recherche d'une aiguille dans une botte de foin.

— Ouais, mais la botte est plus petite qu'hier », observa Jack.

Gavin gloussa. « Là, t'as raison. Je vais aller voir du côté des réseaux du gouvernement roumain et me plonger dans leurs archives pénitentiaires. Ça devrait me prendre dans les deux heures. »

Au bout du compte, il fallut moins de quatre minutes pour que Gavin s'écrie : « Trouvé ! » faisant sursauter Jack.

« Tu as trouvé Polygeist ? Comment diable as-tu réussi aussi vite ?

— Parce que je n'ai pas eu à pirater de réseau roumain. À la place, j'ai simplement effectué une recherche sur les mandats Interpol archivés par notre ministère de la Justice. J'ai obtenu la liste de ceux concernant la Roumanie. Il y en a cent trente-huit en tout, mais soixante et onze seulement ont débouché sur une condamnation. Parmi ceux-ci, seuls vingt-huit prisonniers ont été libérés. Et sur ces vingt-huit, seulement vingt et un le 19 mars de l'an dernier ou avant. »

Jack était impressionné mais il n'était pas au bout de ses surprises. « Envoie-moi ces noms et je m'en vais… »

Gavin poursuivait : « Sur les vingt et un élargis le 19 mars ou avant, exactement un seul a été libéré à cette date précise. »

Jack se leva d'un bond. « Tu as un cybercriminel roumain libéré le jour même où Polygeist commence à se manifester un peu partout sur la Toile ?

— Tout à fait. Le prisonnier s'appelle Alexandru Dalca. Il est resté détenu à la prison de Jilava pendant cinq ans, dix mois et seize jours. Auparavant, il avait son réseau personnel de fraude informatique, sur lequel il a extorqué des millions à ses clients. »

Gavin lut un extrait de la plainte du ministère américain de la Justice. « C'était un expert en ingénierie sociale sur les mots de passe. Bref, un escroc. »

Jack se rassit lentement. « Ça n'explique toujours pas comment il est devenu si bon à compromettre ces cibles à l'aide de renseignements en libre accès. »

Gavin haussa les épaules. « La prison, Jack. On y apprend tout un tas de trucs louches, vu que c'est là que se retrouvent tous les gens louches.

— Pas tous, Gav, pas tous. On en a encore une tripotée qui se baladent dans la nature.

— D'accord, là tu marques un point.

— Qu'est-ce qu'il fait maintenant ?

— Aucune idée », concéda Gavin.

Jack tapa son nom dans un moteur de recherche roumain. Quelques secondes plus tard, il s'exclama : « Nom d'un chien ! Il travaille à Bucarest pour une société nommée Advanced Research Technological Designs. »

Gavin se mit à taper à son tour, entrant le nom de la compagnie dans une base de données de pirates informatiques qu'il s'était concoctée. « Attends, je connais ces types. Putain de merde !

— Qui sont-ils ?

— Ce sont de sacrés bons pirates, mais ce n'est que le sommet de l'iceberg. » Il consultait maintenant les résultats consignés sur sa base de données, lisant les informations détaillées sur cette société. « Ouais… ils ont commencé pendant un temps par la vente en ligne de médicaments sous ordonnance, puis ils ont dévié sur la fraude en ligne. Ils se sont mis à grossir, attirant toute une nouvelle génération de hackers parce que leurs spécialistes de l'ingénierie sociale étaient devenus de vrais cracks pour récupérer mots de passe et droits d'accès aux sites.

— Comment en es-tu venu à les connaître ?

— Ils ont lancé sur les réseaux sociaux deux ou trois arnaques bien tournées pour soutirer des informations sur des banquiers, enfin, surtout en Europe, mais ça a fait les gros titres. »

Jack eut une moue dubitative. Personnellement, il n'en avait jamais entendu parler. « Où ça ? »

Gavin quitta des yeux son moniteur. « Dans mon milieu à moi, Ryan. Pas à *Entertainment Tonight*[1] ou je ne sais quel programme que tu regardes quand tu sors d'ici. »

Jack ferma brièvement les yeux, le temps de laisser le commentaire narquois de Gavin glisser sur lui comme sur les plumes d'un canard.

« Ouais, souffla Gavin en poursuivant sa lecture des infos sur ARTD. Ça me revient maintenant, il y a trois ou quatre ans lors des Conférences Black Hat. C'est une réunion de tous les hackers de la planète.

1. Célèbre émission d'information people diffusée sur le réseau CBS depuis 1981.

— Je connais les Conférences Black Hat. Ils auront dû en parler à *ET*.

— D'accord. Bref, un gars a présenté un piratage entrepris par cette société roumaine contre le plus grand opérateur de téléphonie mobile des Pays-Bas. Ils avaient récupéré les informations personnelles de centaines de milliers d'abonnés. On n'a jamais pu l'attribuer à ARTD mais l'un de leurs anciens employés prétendait que c'était l'œuvre de leurs hackers.

— Sont-ils assez bons pour avoir fait de même avec l'OPM ?

— Question niveau, je ne pense pas. En outre, ils ne s'en sont jamais pris à des organismes gouvernementaux de cet ordre par le passé. N'empêche… ce Dalca travaille clairement pour eux et il a manifestement communiqué avec Vadim Retchkov, en lui transmettant les informations sur Hagen. »

Jack se leva d'un bond. « J'en sais assez. À plus.

— Attends ? Où vas-tu ?

— En Roumanie. » Il tourna les talons et sortit en coup de vent, filant vers les ascenseurs.

Gavin était plus lent à réagir, mais il le fit dans la foulée. « Pas sans moi, mec, sûrement pas ! »

48

Jack vit que la porte du bureau de Gerry était ouverte et il s'y engouffra pour tomber sur le boss en grande conversation avec John Clark et Ding Chavez.

« Oh… désolé, les gars », commença-t-il. Puis il nota l'expression ultra-sérieuse des trois hommes. « J'interromps visiblement quelque chose…

— Non, du tout, observa Gerry. Je suis heureux que tu sois là. J'allais justement vous appeler, Dom et toi. On était à l'instant au téléphone avec Dan Murray. Il nous a demandé notre aide dans la traque de Moussa Al-Matari et ses hommes, ici même aux États-Unis. Nous envisageons de lui envoyer Dominic avec un soutien logistique, sitôt que nous aurons un poste où le muter.

— À cause de ses références au FBI ?

— C'est exact. Cela lui donnera une liberté de mouvement sur les scènes de crime ; on est en outre en droit de supposer que les terroristes de Daech vont attaquer de nouveau, et sans doute dans très peu de temps.

— Désolé, Jack, mais tu ne seras pas sur ce coup-là, intervint Clark. Le risque que tu sois reconnu lors d'une opération comme celle-ci, sur le territoire national, est bien trop grand.

— C'est une bonne nouvelle, en fait, indiqua Jack. Je venais vous demander de m'envoyer, avec peut-être un collaborateur, à Bucarest. Croyez-moi, personne ne risque de me reconnaître là-bas.

— Je te l'accorde, concéda Gerry, mais qu'y a-t-il à Bucarest ? »

Gavin venait de rejoindre Jack, resté sur le pas de la porte. Il répondit à la question de Gerry Hendley. « Un certain Alexandru Dalca. C'est l'homme – ou l'un des hommes – qui a exploité les fichiers du Bureau de gestion des personnels et les a convertis en dossiers de ciblage contre les militaires et les espions américains. »

Gerry manifesta sa surprise. « Ça alors ! Tu as réellement découvert le responsable de la fuite !

— On le pense, répondit Jack, mais on ne sait pas encore exactement à quoi nous avons affaire. Nous savons où travaille cet homme mais c'est à peu près tout. On n'est pas sûr que l'ensemble de sa société soit mouillé ou s'il est protégé ou soutenu par un autre groupe. Ce que nous savons en revanche c'est qu'on doit se rendre sur place, filer ce Dalca et tâcher de découvrir ce qui se passe. »

Gerry se tourna vers Clark. « Qu'est-ce que t'en penses ?

— Puisqu'on n'a aucune idée de l'ampleur de la fuite et des fonctionnaires gouvernementaux qui ont été déjà exposés aux révélations de ce type, ça paraît logique d'utiliser nos gars plutôt que de se contenter d'informer Mary Pat et Dan. Dom aura besoin d'un soutien pour son activité ici même sur notre sol mais dans une situation extrême, il peut toujours compter sur l'aide des forces de l'ordre. Jack en Roumanie, en revanche, sera livré à lui-même si nous n'envoyons personne avec lui.

— On va donc lui procurer un soutien, dit Gerry.

— Qu'est-ce que t'en penses, Ding ? » demanda Clark.

Chavez se contenta de hausser les épaules. « Je pense que je vais mettre le cap sur la Roumanie. »

Gavin Biery, toujours à côté de Jack, se racla la gorge.

Jack reprit la parole. « Nous aurons besoin d'un soutien technique. J'aurai besoin d'opérer une surveillance complète sur ce type et nous ne savons pas à quoi nous allons être confrontés. Si Gavin pouvait m'accompagner, ça m'aiderait bien. »

Clark considéra Gavin, l'œil sévère. « Entendons-nous bien. Soutien… technique… point barre.

— Faites-moi confiance, répondit l'intéressé. Je ne vais pas chercher les ennuis.

— Si la filature de Dalca, reprit Jack, la pose de caméras et de micros, la fouille de ses ordinateurs ne donnent rien, peut-être qu'on pourra monter d'un cran, le confronter et l'amener à penser qu'on en sait plus sur lui qu'en réalité.

— Un coup de bluff, observa Gerry. John, ton avis ?

— Ça me plaît, dit Clark. Ce ne sera certainement pas la première fois. Gavin et Ryan me semblent certains de leur coup.

« Je connais un gars en Roumanie, un ancien militaire. Il a été l'un des membres fondateurs de leur Brigada Antiterorista, l'USLA, à la fin des années 1970, et il travaillait comme fixeur pour les médias étrangers et les hommes d'affaires en déplacement à Bucarest. Je vais le contacter et essayer de l'engager pour vous filer un coup de main, côté interprétariat et logistique.

— Impec », dit Chavez.

Gerry convoqua Dominic en salle de conférence tandis que Clark appelait Adara et Midas. Tous deux marquaient une pause déjeuner dans la cuisine de sa ferme du Maryland. Il les passa sur ampli. Puis il expliqua aux trois le plan de Jack et Chavez de se rendre à Bucarest filocher le personnage impliqué dans le piratage de l'OPM.

Il ajouta : « Ding, je veux que tu prennes Midas avec toi. D'accord, il est nouveau dans la maison mais il a de l'expérience en matière d'opérations avancées avec son escadron de reconnaissance chez Delta : rapidité, discrétion et ainsi de suite.

— Ravi de l'avoir à bord », lança Chavez.

Midas répondit aussitôt au bout du fil : « Et moi de l'occasion.

— Pareil pour moi », commenta Dom, en venant s'asseoir à côté de Chavez.

Gerry et Clark échangèrent un regard et Dom comprit que ça devait le concerner. « Un problème ?

— Pas exactement, intervint Gerry. Nous avons un autre rôle pour toi, maintenant. »

Dom se raidit. « Lequel ?

— Nous allons t'utiliser ici : essayer d'aider le FBI, ici même, à démanteler ce réseau terroriste. Dan Murray t'a cité nommément. Si on peut mettre la main sur un terroriste vivant, on pourrait être en mesure de l'amener à parler plus vite que le ministère de la Justice.

— Adara, intervint alors Clark, vous vous rappelez quand je vous ai dit, en termes non équivoques, que je m'assurerais que Dom et vous ne travailleriez jamais en binôme, du moins au début ? »

La voix d'Adara dans l'ampli était hésitante. « Vous voulez dire juste la semaine dernière ? Oui, je me souviens de cette conversation.

— Eh bien… oubliez que j'ai dit ça. J'ai besoin de Dom ici même aux États-Unis sur cette affaire, à cause de ses références au FBI. Et j'ai besoin de Midas outre-mer, à cause de son expérience. Sans vouloir vous vexer, son passé dans la Force Delta surpasse votre passé dans la marine en matière de reconnaissance furtive.

— Une logique que je serais idiote de discuter », convint la jeune femme.

Dom se raidit derechef. Il lui fallait digérer le fait qu'il allait se retrouver à opérer avec sa propre copine.

De son côté, en revanche, Adara élaborait déjà des plans. « Je vais déjà réquisitionner du matériel de surveillance auprès de l'équipement. Je suis sûre qu'on va devoir se blinder côté technique.

— Bien, Adara, commenta Clark. Dès que surviendra une nouvelle attaque, vous foncerez sur place tous les deux. Vous risquez d'avoir à emprunter un vol commercial si jamais le Gulfstream n'est pas encore revenu d'Europe.

— Et pour vous, John ? demanda Adara.

— Moi je resterai au bureau mais prêt à donner un coup de main dans la mesure de mes capacités. »

La réunion prit fin et chacun, pensif et déjà concentré sur sa mission, regagna son bureau à l'exception de Gerry et de Clark. Les deux aînés restèrent assis jusqu'à ce que Clark rompe le silence. « Tout ça veut dire qu'on se contente d'attendre qu'un autre militaire, un autre agent de renseignement se fasse assassiner par des terroristes quelque part dans le pays. »

Gerry hocha la tête. « Tu ferais mieux d'aller aider Dom et Adara à se préparer. Au train où vont les choses, je doute qu'ils aient beaucoup de temps avant la prochaine alerte. »

49

Walid « Wally » Hussein quitta la mosquée Ahlul Bayt de Brooklyn à sept heures et demie en même temps qu'un petit groupe de fidèles après la prière matinale. Il prit à droite sur Atlantic pour regagner sa voiture, tout en vérifiant sur son mobile s'il avait manqué un appel.

Il grimpa dans son Chevrolet Suburban, démarra, se glissa dans la circulation.

Hussein, trente-huit ans, était un agent spécial du FBI affecté à la Division antiterroriste, en poste au bureau local de Lower Manhattan. Son trajet matinal était une vraie plaie mais ayant toujours vécu à Brooklyn, une demi-heure au volant pour couvrir les cinq kilomètres séparant sa mosquée du bureau ne l'étonnait pas plus que ça, au contraire d'un éventuel collègue transplanté du Nebraska.

Tout en remontant vers le nord, il écouta sa messagerie. Un collègue du bureau local lui disait qu'ils avaient reçu un tuyau prometteur sur la hotline, aussi devait-il se dépêcher d'arriver pour qu'ils puissent le vérifier ensemble.

Hussein contempla la file de voitures bloquées pare-chocs contre pare-chocs devant lui sur Adams et il rappela son collègue.

« Agent spécial Lunetti.

— Hé, vieux. J'ai eu ton message. J'arrive, mais si ton tuyau est dans le secteur, tu ferais mieux de me rejoindre. Le pont est bloqué, ce matin. »

L'agent spécial Lunetti était new-yorkais lui aussi. Il était né et avait grandi dans le Queens. « Hé, Wally, comment va ? Non… c'est par ici. La personne nous a dit qu'un gars qui ressemblait à l'un des types recherchés après les attentats de l'EI s'est pointé dans un hôtel deux étoiles près du Bowery. Le Windsor. Tu connais ?

— À l'angle de Forsyth et Broome ?

— Ouais. Si tu veux, on peut se retrouver à la fourche, trois rues plus bas. Vas-y à pied. Ça dit quoi, ce tuyau ?

— M'a tout l'air d'être aussi percé que les quatre qu'on a vérifiés hier.

— T'as sans doute raison mais que veux-tu qu'on fasse ?

— Ça, je suppose. Le sujet est toujours à l'hôtel ?

— La personne qui a appelé a dit qu'elle n'en savait rien. Quand il a pris une chambre hier, sa tête lui disait quelque chose mais elle n'a pu le situer qu'après avoir revu sa photo aux infos de ce matin à la télé. Elle bosse à l'hôtel, on peut la retrouver à l'extérieur. »

Wally Hussein regarda de nouveau comment évoluait le trafic. Il était encore à huit cents mètres du pont de Brooklyn. « OK. Ça va me prendre encore vingt minutes pour arriver à… »

Quelque chose attira son attention sur le trottoir à sa droite. Le mouvement d'une boîte en carton longue et étroite, tombant au sol derrière un homme arpentant la rue. Il tourna les yeux machinalement et vit alors un

Noir, au moment précis où celui-ci jaillissait de derrière le chariot d'un vendeur de beignets pour s'engager sur la chaussée, à une trentaine de mètres. Le type avait sorti du carton un objet long, en se débarrassant de l'emballage, objet qu'il était en train de porter à l'épaule. C'était un tube à l'extrémité arrondie comme un ballon de football.

Hussein comprit aussitôt qu'il avait sous les yeux un lance-grenades RPG-7, pointé droit sur lui.

« Putain de merde ! »

La flamme et la fumée du tir furent les dernières choses que détecta l'agent spécial Wally Hussein avant de mourir.

David Hembrick fut projeté au sol par l'explosion du gros 4 × 4 de l'agent du FBI. Il lâcha son lance-roquettes vide et perdit ses lunettes mais il laissa tout ça derrière lui tandis qu'il se redressait tant bien que mal. Puis il fila vers l'est, traversant au pas de course Willoughby Plaza, bousculant au passage plusieurs piétons abasourdis, pour s'éloigner au plus vite de la scène du crime. Une femme assise sur un banc le regarda attentivement et il faillit dégainer son Glock pour abattre cette salope mais Mohammed avait été clair : sa tâche n'était pas de mourir en martyr mais de s'enfuir pour continuer à se battre.

La femme hurla en le montrant du doigt mais Hembrick finit de traverser Willoughby Plaza, le cœur battant la chamade, terrorisé.

Il prit à gauche sur Pearl Street et vit aussitôt deux agents de police approcher, attirés par le fracas. Aucun des deux n'avait dégainé son arme et, au début, ils laissèrent Hembrick les croiser au pas de course, noyé parmi les autres passants fuyant le lieu de l'explosion, aussi n'avaient-ils aucune raison de se méfier.

Mais Hembrick n'avait pas fait plus de dix mètres dans cette rue que l'autre mouche du coche sur son banc se mit à crier : « Là ! Cet homme ! C'est lui ! » et Hembrick entendit aussitôt dans son dos jaillir l'ordre de s'arrêter.

Il continua à courir. Il avait vingt-six ans, les deux agents avaient la quarantaine et il avait vingt-cinq mètres d'avance sur eux au moment de virer à droite au niveau du Marriott. Devant lui s'ouvrait Jay Street, il fonça.

Il y avait une caméra de vidéosurveillance devant l'hôtel, c'était loin d'être la seule du quartier, mais c'est celle que Hembrick regarda directement en passant dessous.

Le long du trottoir de Jay Street, une Chrysler 200 gris métallisé l'attendait, portière droite ouverte.

David Hembrick plongea dans la voiture tandis que la glace arrière descendait. Hussam se pencha à l'extérieur, leva son Uzi et visa le premier des deux flics, maintenant à moins de trente mètres.

Hussam tira en brèves rafales, criblant de balles les gilets et les membres des flics abasourdis ; la plupart des projectiles s'enfoncèrent dans le Kevlar mais l'un des hommes fut touché à l'aisselle et l'autre aux deux jambes.

La Chrysler démarra pour filer en trombe vers le nord. Au volant, Ghazi suivait les indications du GPS collé au pare-brise pour éviter le flot du trafic matinal entrant à Manhattan. Ils rejoignirent en deux minutes la voie express Brooklyn-Queens, sortirent à la hauteur de

Metropolitan Avenue et se garèrent dans un parking souterrain près de la station de métro de Graham Avenue.

Les trois hommes descendirent dans la station et se séparèrent au bas de l'escalier, puis lorsque arriva la première rame en direction de Manhattan, tous trois y montèrent, chacun dans un wagon différent. Après une correspondance, ils arrivèrent à la gare centrale de Pennsylvania peu après neuf heures. Là, toujours séparément, ils se faufilèrent dans la cohue matinale et montèrent, chacun dans une voiture différente, à bord du premier train en direction de l'aéroport Liberty de Newark.

À la gare de l'aéroport, ils se séparèrent pour le reste de la journée, utilisant chacun le billet d'avion acheté en ligne par téléphone durant le trajet, embarquant sur des vols différents, à une heure d'intervalle. Hembrick avait un vol direct, tandis que ses deux complices avaient des correspondances mais tous trois auraient rejoint Chicago en milieu d'après-midi.

Au bureau new-yorkais du FBI, après le chaos consécutif au meurtre d'un de leurs agents, il était midi passé quand quelqu'un s'avisa de vérifier le tuyau concernant le client de l'hôtel Windsor. Il était toujours présent, dans sa chambre, et fut interrogé mais il avait un alibi solide.

L'homme n'avait rien à voir avec Daech et les attentats en Amérique.

Moussa Al-Matari envoya au Front média islamique mondial la vidéo de l'assassinat d'un agent chiite du FBI, en pleine rue, à New York. La qualité des images était correcte, même si la caméra fixée par un sandow au torse de David Hembrick tressautait au rythme de ses pas alors qu'il s'engageait sur la chaussée, tirait, puis tombait à la renverse, de sorte que la stabilisation automatique n'était pas terrible.

Peu importait, le Yéménite assis dans sa chambre à Chicago savait que les sorciers au siège du GIMF à Raqqa sauraient faire les ajustements nécessaires pour réaliser un petit chef-d'œuvre du niveau des meilleurs films d'action hollywoodiens.

Al-Matari avait suivi l'opération en temps réel et, au début, il avait bien cru que le membre de sa cellule avait péri dans l'explosion. Hembrick avait reçu instruction de veiller à tirer depuis une distance minimale de cinquante mètres mais à l'évidence, l'excitation de la chasse, l'imminence de la curée l'avaient conduit à négliger de prendre en compte la marge de sécurité nécessaire si bien qu'il avait failli se cramer en lançant sa grenade à trente mètres.

Al-Matari était toutefois satisfait. Un agent du FBI mort et deux policiers de New York blessés, voilà qui lui apporterait de nouvelles recrues, sans compter que ses trois soldats s'en étaient tirés indemnes.

Il y avait eu trois autres attaques ces douze dernières heures, deux par des jeunes gens autoradicalisés qui avaient prêté allégeance à l'État islamique sur les réseaux sociaux au moment de commettre leur crime : un habitant du Connecticut avait vidé la moitié du magasin de son pistolet automatique AR-15 sur un bureau de recrutement des marines avant d'être abattu par un soldat muni de son arme de service mais pas avant que trois de ses camarades eurent été blessés. Et à Kansas

City, un autre homme, âgé de trente-cinq ans, avait tiré à la carabine sur un autobus choisi au hasard, tuant six voyageurs. Alors que cette dernière attaque ne visait pas directement des militaires ou des membres du renseignement, Al-Matari était fier de voir le mouvement insurrectionnel se répandre en Amérique et il savait que cette tendance n'allait que s'amplifier.

La troisième attaque avait été menée par deux des quatre survivants de la cellule de Santa Clara. Ils avaient lancé des grenades à l'intérieur d'une maison de Scottsdale, Arizona, y tuant un fonctionnaire du ministère de la Sécurité intérieure.

Le tireur de Kansas City avait été abattu par la police mais les membres du commando de Santa Clara avait réussi à quitter Scottsdale sans être repérés.

Tout comme l'unité de Fairfax opérant à New York. D'ici peu, les deux groupes allaient se retrouver ici même à Chicago. Encore une bonne nouvelle car dès le lendemain devait s'y dérouler leur plus grosse frappe depuis le début de cette campagne. L'opération avait été élaborée par Al-Matari après plusieurs journées et nuits de travail, et ce dernier était particulièrement excité à la perspective de cette frappe d'envergure car lui-même allait y jouer un rôle essentiel.

50

Dominic Caruso et Adara Sherman arrivèrent à Brooklyn quatre heures seulement après la mort de l'agent spécial Wally Hussein. Ils n'avaient pas escompté apprendre grand-chose sur la scène de crime, et cela se confirma, en dehors du fait que les terroristes avaient utilisé une Uzi, tout comme à Alexandria, ainsi qu'un lance-roquettes identique à ceux retrouvés au Salvador.

La brigade antiterroriste locale avait installé près de la scène un imposant PC mobile, et c'est là que les bandes de vidéosurveillance des immeubles environnants étaient mises à disposition des personnels du FBI et de l'antiterrorisme. Dom les visionna plusieurs fois. L'intégralité de l'attaque avait été filmée par plusieurs caméras mais une partie du déroulement de l'action demeurait difficilement visible.

À l'intérieur du PC, l'un des agents de la police de New York affecté à l'antiterrorisme lança sur le ton de la boutade qu'ils feraient tous mieux d'attendre que Daech produise sa propre vidéo pour qu'ils puissent regarder le film de l'attaque bien monté, mis en musique et surtout avec une bien meilleure résolution.

Mais quand les images prises devant le Marriott apparurent sur leurs écrans, tout le monde put parfaitement distinguer sur la séquence un jeune Noir d'une vingtaine d'années qui courait en levant la tête au passage pour fixer la caméra.

Dom allait prendre congé des hommes dans la caravane quand arriva un appel urgent. La reconnaissance faciale avait relevé à Penn Station une corrélation avec l'image d'un des participants à l'attaque. Les photos arrivèrent une minute plus tard. C'était apparemment en effet le même individu que l'on avait été dès lors capable de pister via de multiples caméras jusqu'à ce qu'il monte dans son train pour Newark Liberty.

La détection remontait maintenant à près de cinq heures mais les agents se mirent aussitôt à examiner l'ensemble des vidéos enregistrées à Newark tout en envoyant des renforts massifs à l'aéroport dans l'espoir de vérifier si leur homme avait pris un avion. On promit à Dominic de le tenir au courant mais alors qu'il quittait le PC mobile avec une pleine poignée de cartes de visite, il se fit la remarque qu'il allait sans doute devoir harceler tous ces fonctionnaires pour leur soutirer des informations car il était loin d'être en tête de liste de leurs priorités.

Une demi-heure après ce briefing avec les responsables de la force antiterroriste interagences, Dom était installé dans un Starbucks situé à portée de vue du lieu de l'attaque sur Adams Street.

Son café dans une main, son iPad sous l'autre, ouvert sur une page Google Maps créée tout exprès, Adara était en train d'y punaiser des icônes balisant cette dernière attaque qui venaient s'ajouter à celles correspondant aux attentats de la veille au soir.

De son côté, Dom envoyait par texto à Clark le détail de sa conversation avec les forces locales du maintien de l'ordre tout en sirotant un café glacé, et tous deux donnaient ainsi l'impression d'un banal couple de trentenaires en train de passer tranquillement l'après-midi dans un Starbucks de Brooklyn.

Jusqu'à ce que Dominic s'exclame : « Oh, au fait. J'ai oublié de te dire… Ils ont identifié deux autres suspects. Tous deux ont pris l'avion pour Mexico cinq jours environ après l'arrivée à l'École de langues des mercenaires guatémaltèques. Leurs vols de retour sont partis du Costa Rica.

— Ils voyageaient ensemble ?

— Non, mais le même jour. L'un de Chicago O'Hare à Mexico, un vol direct. L'autre de San José à O'Hare via Houston. Le premier vit à Chicago, l'autre juste au nord d'ici, à Evanston. »

Adara consulta sa carte. « L'autre jour, la Justice a identifié un jeune Palestinien qui s'était rendu en avion de Milwaukee à Managua au Nicaragua, puis est revenu mais n'a jamais repris son travail dans une boîte de conception de sites Web. Si c'est un des hommes d'Al-Matari, cela fait trois individus identifiés jusqu'ici qui vivent à Chicago ou dans sa banlieue.

— Intéressant, nota Dom. Il n'y a eu pour le moment aucun attentat dans le secteur, n'est-ce pas ?

— Les plus proches ont eu lieu dans le Michigan, puis à Saint-Louis. Donc, non, pas vraiment. » Elle regardait maintenant Dom. « Eh, et si on consignait toutes les villes où résident tous les sujets connus ? Et qu'on les comparait avec le lieu des attentats ?

— Bonne idée, même si l'on voit déjà surgir des imitateurs, donc ce ne sera pas aussi simple qu'une stricte corrélation entre les terroristes d'Al-Matari et leurs crimes. »

Adara haussa les épaules. « Ça nous occupera toujours. »

Il ne leur fallut que dix minutes pour ajouter sur la carte d'Adara la position des terroristes déjà identifiés. Cela fait, la jeune femme remarqua : « Donc, à moins que le même groupe sillonne le pays d'un bout à l'autre en délégation lors de chaque frappe, nous devrions avoir plusieurs cellules essaimées sur toute la carte. Nous en avons déjà une sur la côte Ouest, ça c'est sûr. Les deux abattus à Vegas étaient étudiants dans la région de San Francisco mais ils ont réalisé les attentats de Vegas et de L.A.

— Un travail de sagouin à chaque fois.

— Exact. Un troisième terroriste identifié sur la côte Ouest vivait à Marin County, donc là aussi près de Frisco. Puis il y a le groupe dans la région de Detroit. Les quatre types tués en Virginie vivaient dans cette ville ou ses environs. Je me demande pourquoi ils se sont tapé tout ce trajet en voiture.

— Envie de se balader ? »

Adara réfléchit. « Peut-être parce que les deux victimes de la tuerie en Caroline du Nord étaient originaires de la zone du district fédéral. Ils avaient besoin de sang neuf à Washington. Bon, le groupe de Detroit ne s'en est pas mieux sorti.

— Grâce à toi, observa Dom avec un sourire.

— Je n'étais pas seule. »

Dom examina de nouveau la carte d'Adara. « Et puis, il y a ce type de l'Alabama tué à Tampa.

— En supposant que tous les groupes ont été déjà activés, il semblerait qu'Al-Matari disposait d'au moins cinq cellules. Michigan, Washington, Californie, quelque part dans le sud, j'imagine… et Chicago. »

Dom reposa son café pour se pencher un peu plus. « Alors… pourquoi ce groupe de Chicago ne s'est-il pas encore manifesté ?

— Qui dit que ce n'est pas le cas ? Peut-être se sont-ils déplacés. L'attentat de Saint-Louis, ce pourrait être eux. Idem pour le Michigan puisqu'à ce moment, les types de Detroit étaient déjà tous à la morgue d'Alexandria. »

Dom se massa les tempes. « Ouais, mais pour ces deux attentats, on n'a signalé qu'un auteur isolé. Plus peut-être un complice au volant d'une voiture. N'empêche… il est évident qu'un groupe vient de la région de Chicago. »

Adara se pencha sur sa carte. « Il y a encore une bonne partie du pays qui n'a pas subi d'attaque. Il doit bien y avoir une raison.

— Ouais, peut-être simplement qu'ils ne veulent pas chier là où ils bouffent. »

Adara avait servi au sein de l'infanterie de marine. Venant de son copain, il n'y avait littéralement rien qui pût encore la choquer.

Le mobile de Dom sonna et il fut ravi de constater que l'appel émanait d'un des agents du PC, à trois rues de l'endroit où ils étaient installés. Il prit l'appel, écouta avec attention et remercia la correspondante d'avoir pris le temps de le tenir au courant.

« Qu'est-ce que c'était ? demanda Adara.

— Ils ont identifié le tueur. Il s'appelle David Anthony Hembrick. Il est de Washington. Il a pris un avion à Newark, deux heures après l'agression.

— Pour où ? »

Sourire de Dom. « Chicago. L'avion s'est posé il y a une heure, on l'a donc perdu mais au moins on sait désormais qui il est et d'où il vient.

— Je pense qu'on devrait se rendre là-bas, suggéra la jeune femme. Ils pourraient bien y préparer un gros coup.

— Ça, on n'en sait rien. Il a pu avoir loué une voiture à la sortie de l'aéroport ou sauté dans un car ou un train vers sa prochaine destination.

— Ou pas. Écoute, si une fois sur place, on ne trouve rien, on sera toujours au beau milieu de l'Amérique et donc prêts à nous rendre au plus vite sur le lieu de la prochaine frappe. Et si d'ailleurs on y transférait carrément notre base, et qu'on se mette à creuser sérieusement l'existence de tous ces disparus ? S'il faut retourner fissa à O'Hare pour se rendre ailleurs, ce sera toujours possible, mais je pense qu'on pourrait bien faire des découvertes à Chicago. »

Dom regarda derrière la vitrine la scène de crime, à un pâté de maisons du Starbucks. Le PC mobile de l'antiterrorisme était un dispositif imposant. Il y avait bien soixante-quinze agents locaux, régionaux et fédéraux à l'œuvre sur place, sans oublier une bonne cinquantaine d'autres membres de l'antiterrorisme dans les parages immédiats. Il hocha la tête. « Ouais, t'as raison. Essayons de nous rendre un peu plus utiles que deux pékins de plus inspectant la scène du dernier attentat. Il y en a déjà suffisamment comme ça. »

Adara sortit son téléphone. « J'appelle John pour avoir son feu vert. »

Tandis que Chavez réglait les problèmes de douane et d'immigration au terminal d'aviation générale de Reagan National, Jack, Gavin et Midas montèrent dans le G550 qui attendait à la sortie du hangar dans la chaleur de l'après-midi. Les trois hommes saluèrent l'équipage avant de retourner tout au fond de la cabine pour glisser leur matériel par la porte de la soute.

Les armes à feu étaient déjà à bord, bien cachées derrière des trappes d'accès verrouillées réparties dans toute la carlingue. Cela évitait qu'une fouille par les douanes de leurs bagages à main ne révèle quelque objet bizarre. Au lieu de cela, Midas, Chavez et Jack s'étaient simplement munis des articles habituels pour des hommes d'affaires en déplacement, en prévoyant toutefois un minimum de confort en prévision des temps d'arrêt au cours du voyage.

Chavez laissa son paquetage à la porte pour retourner parler à Country et Helen dans le poste de pilotage. Midas s'empara de son bagage pour le rapporter à l'arrière et le glisser à son tour dans la soute.

Chavez revint bientôt et se dirigea vers l'office pour prendre la bière que lui tendait Jack. « Six heures dans les airs, un ravitaillement à Bristol, puis encore trois heures et demie de vol. On atterrira à Bucarest demain matin peu après neuf heures, heure locale.

— J'ai rassemblé des infos sur la zone entourant notre objectif, l'appartement d'Alexandru Dalca et son lieu de travail, la société ARTD, indiqua Jack. J'ai également relevé tous les éléments pertinents dans la plainte du ministère de la Justice contre Dalca. Les informations datent un peu mais au moins nous indiqueront-elles ses aptitudes avant son incarcération. J'ai tout rassemblé sur une présentation PowerPoint, ça nous permettra de l'afficher pour la consulter ensemble pendant le vol.

— Bien », dit Chavez. Midas était à présent de retour avec eux. « À la descente de l'avion, nous serons simplement armés de pistolets ultra-compacts. Discrétion maximale. Profil bas.

— D'après mes recherches sur ARTD effectuées avec Gavin, ça m'a l'air d'une grosse boîte spécialisée dans la cybercriminalité mais sans lien aucun avec la mafia locale ou quoi que ce soit du genre, donc je ne pense pas que la situation vienne à dégénérer comme l'autre fois à Djakarta.

— C'est ce qu'on espère tous, répondit Chavez. Mais on s'est déjà planté avec ce genre d'opération.

— C'est noté. On y va en espérant le mieux tout en se préparant au pire. »

Chavez se tourna vers Midas : « Déjà venu à Bucarest ?

— J'y ai passé quatre ou cinq jours à faire de la reconnaissance dans le cadre de mes anciennes attributions. Il y a trois ans. Ça n'a pas donné grand-chose mais je peux m'orienter, plus ou moins. »

Sourire de Chavez. « Ma foi, dans ce cas, ça fait de la PDB notre expert.

— La PDB ? » interrogea Jack.

Et Midas et Chavez de répondre en chœur : « La *Putain De Bleusaille*. »

Jack s'assit en bougonnant dans le fauteuil club en face de Midas. « J'aurais dû m'engager dans l'armée rien que pour apprendre tout ce jargon de macho.

— Je pourrais activer certains de mes contacts, suggéra Midas, et t'offrir un stage commando.

— Oh, non merci, répondit Jack, c'est un peu trop tard. Je sers mon pays avec les boys de Gerry Hendley. Gulfstream à fond les ballons. »

Les trois agents discutèrent alors de la tâche qui les attendait. Chavez confirma que la surveillance d'Alexandru Dalca débuterait piano, le temps pour eux d'évaluer de quelle sorte de capacités de contre-surveillance il disposait – si tant est qu'il en eût. S'il était juste un escroc qui volait des données pour les fourguer aux premiers truands de passage, il était possible qu'il soit relativement à découvert.

Si, en revanche, il travaillait bel et bien pour le compte d'un service gouvernemental voire de l'État islamique, on pouvait raisonnablement envisager la présence d'éléments spécialisés dans le repérage d'une surveillance ayant tout intérêt à maintenir Dalca en vie et hors de portée des Américains.

Dans l'un et l'autre cas, se dirent Chavez, Ryan et Jankowski, ils devraient être prêts à tout.

Country referma la porte de la cabine et au bout de quelques minutes, le G550 décolla et survola le Potomac, cap au sud. Il grimpa, passant juste devant l'appartement de Jack et le siège de Hendley Associates à Alexandria, puis vira vers l'est pour entamer son long vol vers l'Europe.

51

Alexandru Dalca s'éveilla, trempé de sueur. Il s'assit dans le lit, guettant le moindre bruit qui aurait pu le réveiller en sursaut, puis lui revint son rêve.

Il se rallongea sur son oreiller, ébahi, car il ne rêvait jamais. Jamais.

Il était pourchassé, quelqu'un le talonnait et c'était de sa faute. Une erreur de calcul, un échec à évaluer les conséquences de ses actes avec pour résultat que ce qu'il avait pu faire à un moment donné avait conduit à son imminente disparition sous les coups terribles d'une force invisible qui se rapprochait de plus en plus.

Dans son rêve, il était redevenu un gamin des rues, seul et terrorisé, fuyant au milieu de la jungle urbaine, puis à travers le désert. Le rêve ne s'attardait pas sur les détails mais sur les raisons de cette poursuite. Dalca était dans l'erreur, tous les malheurs dans sa vie étaient advenus par sa faute et il n'avait plus nulle part où se cacher.

Le seul choix qui lui restait, c'était de prendre ses jambes à son cou.

Et alors qu'il contemplait le plafond de son appartement en terrasse plongé dans la nuit, à travers le brouillard d'étuve de son visage en sueur, il se rendit compte qu'il ne s'agissait pas du tout d'un rêve. C'était son subconscient qui engendrait une prémonition et il devait la suivre.

Quand les représentants du Seychelles Group avaient quitté les locaux de la société, ils n'étaient pas plus convaincus de leur innocence qu'à leur arrivée. M. Peng et ses trois gorilles à la mine patibulaire n'avaient pas gobé ce que leur avait vendu Dalca, il l'avait bien senti à leurs réactions et leur comportement.

Il avait passé ses deux dernières journées au travail à se répéter que tout allait bien, et les nuits, assis chez lui à définir la prochaine batterie de cibles pour les gars de l'EI, à se répéter la même chose. Mais ses défenses tombaient avec la venue du sommeil et ses pensées véritables faisaient alors éclater ce vernis de confiance forcée.

Les Chinois se méfiaient et ils n'allaient pas tarder à agir en conséquence.

Et cela voulait dire… qu'Alex Dalca était foutu.

Mais seulement s'il restait planté à Bucarest telle une cible immobile.

Avant d'aller au lit, il avait vérifié ses comptes en banque offshore. Il disposait de onze millions de dollars, provenus presque en intégralité de Daech et dès le lendemain ils allaient lui en verser trois de plus en échange des trois cibles de prix sur lesquelles il avait travaillé ce soir-là. Dalca ne disposait pas encore de toutes les informations de ciblage, il allait devoir retourner à l'ARTD éplucher les dossiers SG-86 archivés sur l'ordinateur sécurisé pour y collecter un complément d'information. Ce qui voulait dire que s'il fuyait maintenant sans retourner une dernière fois au bureau, jamais il ne toucherait cet argent.

Mais à présent il devait se demander si ces trois millions en valaient vraiment la peine.

Au bout d'un moment, il épongea la sueur sur son visage et se dit à haute voix : « Trois millions, juste pour une journée de plus au travail ? Bien sûr que ça en vaut la peine. »

Son subconscient lui disait que la coupe était pleine mais son cerveau rationnel était toujours aux commandes et celui-ci lui disait qu'il maîtrisait la situation, pour l'instant du moins. Le Seychelles Group n'avait rien de concret, s'ils devaient s'en prendre à lui, ce ne serait de toute façon pas le lendemain et il pouvait donc mettre à profit ces précieuses vingt-quatre heures pour engranger les données indispensables à la récupération de ses trois millions.

Il se rendormit finalement – pour replonger aussitôt dans son rêve.

Quand il se réveilla moins d'une heure plus tard, il contempla de nouveau le plafond, pris d'une sueur froide, et s'écria alors : « Oh, et puis merde ! »

Onze millions, c'était bien suffisant, bougrement mieux que quatorze millions dans une banque et son cadavre dans une salle de torture chinoise. Oui, il était temps de filer, tout de suite, et tant pis pour les trois millions de rab.

Mais il ne pouvait pas fuir tout de suite. Il devait parler d'abord à quelqu'un, et c'était impossible avant le début de la matinée, au travail ; alors il resta étendu, bien réveillé, redoutant de se rendormir et de replonger dans ce rêve qui lui rappellerait que, quelque part, il n'avait pas su prévoir que les Chinois verraient clair dans son jeu.

Il resterait éveillé jusqu'au bout de la nuit, puis il irait voir cet homme dans la matinée pour récupérer son bon de sortie.

Alors, et alors seulement, il pourrait prendre ses jambes à son cou.

52

Le Gulfstream G550 de Hendley Associates se posa à Bucarest à neuf heures vingt et la capitaine Helen Reid fit rouler l'appareil jusqu'à la zone des douanes. Avant même qu'elle ait pu descendre l'échelle, un fonctionnaire des douanes lui signala par radio que l'inspecteur allait les suivre dans sa camionnette jusqu'au terminal d'aviation générale où aurait lieu une fouille en règle, dès leur descente, des passagers et de leurs bagages.

En temps normal, lorsqu'ils se déplaçaient avec leur avion d'affaires, les hommes du Campus pouvaient aisément passer la douane et l'immigration dès l'atterrissage : un fonctionnaire montait à bord pour inspecter visuellement bagages et documents. Ils roulaient ensuite jusqu'au terminal d'aviation générale où leur appareil resterait garé tout le temps de leur séjour dans le pays. C'est là que les passagers pouvaient récupérer leurs affaires avant de débarquer. Ce qui permettait aux agents américains d'ouvrir les compartiments secrets aménagés dans la carlingue pour en retirer les matériels sensibles, tels qu'armes à feu ou équipements de surveillance high-tech.

Mais ça ne se passa pas du tout comme ça à Bucarest. Un inspecteur des douanes exagérément méfiant demanda à la pilote de couper les moteurs, aux quatre passagers assis à l'arrière de récupérer leurs affaires avant de descendre l'échelle et se rendre au terminal. On les conduisit alors devant une table et là, le douanier prit tout son temps pour inspecter avec soin chacun de leurs bagages.

Les trois agents conservèrent leur calme parce qu'ils n'avaient rien à cacher. Et Gavin fit de même, faute de pouvoir soupçonner quoi que ce soit d'anormal. Les trois agents avaient bien sûr laissé leurs armes à bord mais ils avaient toutefois pris avec eux deux grosses valises garnies de matériel de surveillance pour laisser l'inspecteur des douanes s'y faire les dents, bouche bée. Il leur demanda évidemment à quoi servaient ces objets et Jack lui présenta les factures tout en lui expliquant que leur visite était justifiée par un contrat de sécurité du gouvernement pour le compte d'une société dont Hendley Associates venait de prendre le contrôle aux États-Unis. Satisfait et quelque peu gêné de son ignorance du fonctionnement de tous ces appareils, le douanier se contenta de sortir de leur berceau en mousse deux caméras avec leurs lunettes de visée, de les examiner pour voir si les numéros de série correspondaient à ceux inscrits sur les factures, puis il adressa aux passagers un bref signe de tête pour leur signifier qu'ils pouvaient tout remballer.

Malgré le climat un rien tendu, l'inspecteur finit par tamponner les passeports des quatre hommes et leur souhaiter la bienvenue en Roumanie.

Les quatre Américains furent accueillis dans le salon du terminal d'aviation générale par Félix Negrescu, un gros ours sexagénaire à la barbe poivre et sel qu'on aurait dit sorti d'un roman de *Harry Potter*. Il leur souhaita la bienvenue avec bien plus de sincérité que l'inspecteur des douanes – grand sourire et solide poignée de main – avant d'insister pour les aider à porter leurs bagages jusqu'au minibus gris de location qu'il avait garé sur le parking.

Une fois tous à bord du véhicule et Negrescu au volant, Chavez observa : « Eh bien, Félix, nous voilà déjà avec un problème. Nos armes sont encore à bord. On n'a pas trouvé moyen de leur éviter la douane. Vous pourriez nous aider à trouver des armes de poing, histoire d'avoir de quoi nous défendre ? »

Derrière son volant, Félix laissa échapper un petit rire grave et rocailleux. « Jamais tâté de la spécialité locale ? »

Ni Chavez ni Jack ne savaient de quoi il voulait parler mais Midas répondit aussitôt : « Vous parlez du MD 2000 ? Ouais, ça fera l'affaire, si c'est ce qu'il y a de plus facile à trouver.

— Je peux vous en trouver d'autres, expliqua Félix, mais ceux-là sont les plus répandus. On peut s'arrêter vite fait sur le chemin de la planque que je vous ai trouvée, et en récupérer un pour chacun de vous, avec munitions, magasins et étuis.

— Jamais entendu parler du MD 2000, avoua Chavez.

— C'est une copie du *Baby Eagle*[1], expliqua Midas. Un semi-automatique calibre neuf millimètres, magasin en quinconce[2]. »

1. Autre nom du *Jericho 941* israélien, lui-même inspiré du *CZ-75* tchèque.

2. Ou *double-stacked* : les cartouches sont placées en deux rangées alternées, accroissant à la fois la capacité du magasin et la fluidité de l'alimentation.

Chavez hocha la tête. « OK, le pistolet israélien. La version roumaine est correcte ?

— Elle fera le boulot, commenta Midas. C'est ici l'arme de poing en dotation pour l'armée de terre. » Il se tourna vers Jack. « Tu connais cette arme ?

— Non, mais si j'arrive à deviner de quel côté du canon sort la balle, ça devrait le faire.

— Ne t'inquiète pas pour Jack, intervint Chavez, il sait tirer, même sous pression.

— Toujours bon à savoir. »

À dix heures du matin, ils se garaient près de la gare de Bucarest Nord. Chavez glissa à Félix une liasse de dollars et ce dernier leur donna ordre de l'attendre dans le minibus. Une fois qu'il eut disparu, Chavez remarqua : « Monsieur C. se porte garant du bonhomme mais je ne suis pas du genre à poireauter dans une voiture pendant qu'un type que je viens juste de rencontrer disparaît de ma vue pour aller discuter d'un deal d'armes avec des gusses dont j'ignore tout. »

La portière du minibus coulissa et les quatre hommes en descendirent pour aller prendre position sans le quitter des yeux, évitant ainsi de constituer des cibles faciles en restant à l'intérieur.

Leurs craintes devaient s'avérer infondées quand un quart d'heure plus tard, Félix apparut au cul du minibus lesté d'un sac à dos avant de s'immobiliser en se grattant la barbe, perplexe, se demandant où diable étaient partis ses nouveaux amis.

Chavez surgit juste dans son dos et lança : « Tout s'est bien passé ? »

Félix sursauta puis il rit en contournant le minibus pour regagner sa place au volant. « Pas de problème. Ils m'ont même refilé gratis ce moche sac à dos, mais on n'a pas eu droit à leur meilleur prix. Ils sont revenus à mille dollars chacun, avec tous les accessoires.

— On ne choisit pas toujours, lâcha Chavez imperturbable, et si jamais on devait s'en servir, ça aura toujours été de l'argent bien placé. »

Félix passa les pistolets à Midas, Jack et Ding. Tandis que le minibus traversait le centre de Bucarest, les trois hommes manièrent leurs nouvelles armes de poing, chargeant magasin principal et de réserve, avant de les planquer sous leur ceinture.

Pendant ce temps, Gavin Biery boudait dans son coin tout au fond de l'habitacle.

Il voulait un flingue, comme ses camarades.

53

Il est fort rare qu'une fois élargi, un prisonnier retourne dans la prison où il a purgé sa peine, et jusqu'ici, Alexandru Dalca n'avait pas fait mentir cette règle. Il n'était pas revenu à Jilava depuis le jour où il en avait franchi les portes, et jusqu'à tôt ce matin, quand il s'était réveillé, pris de panique à l'idée d'être cerné par des espions chinois, il n'en avait pas eu l'intention dans l'immédiat. Mais dès l'ouverture des heures de visite, il s'était retrouvé à l'entrée des visiteurs, en train de signer le registre pour demander à voir l'un des actuels pensionnaires du sinistre établissement.

Il avait envoyé un texto à Dragomir Vasilescu pour lui demander un peu de temps avant de revenir au bureau car il devait passer voir un ami à l'hôpital. Dragomir avait répondu : « Parce que t'as un ami ? », et Dalca avait préféré ignorer le sarcasme. Il n'avait aucune intention de retourner dans cette boîte, et son patron n'allait pas tarder à s'en rendre compte. Alors, pas la peine de faire le moindre effort.

Une fois franchie la première série de portes d'accès à Jilava, Dalca subit une fouille en règle et l'on confisqua son téléphone, son portefeuille et ses clés de voiture. On le traita un peu plus rudement que le visiteur moyen, il en était certain, parce que les gardiens procédant à la fouille se souvenaient de lui comme d'un ancien pensionnaire, de sorte qu'ils ne lui manifestèrent ni la courtoisie ni le respect dus à sa présente condition d'homme libre.

On l'escorta jusqu'à une salle de la dimension d'un gymnase et on lui dit de s'asseoir à une table et de patienter. L'endroit lui était familier. Il n'avait eu ni famille ni amis pour lui rendre visite durant ses six années de détention mais ses avocats venaient parfois discuter avec lui autour de ces tables. Ce parloir était souvent bondé et il fallait parfois rester debout.

Mais ce matin, hormis deux gardiens dans un coin, hors de portée de voix, la salle était vide.

Au bout de cinq minutes, une porte garnie de barreaux s'ouvrit et Luca Gabor fit son entrée, les mains dans les poches, l'air détendu, en survêtement fourni par l'administration pénitentiaire. Il parut vaguement surpris de voir Dalca, pas particulièrement ravi non plus. Il s'approcha toutefois de la table après un vague haussement d'épaules et sans vraiment se presser.

Gabor avait été le mentor d'Alexandru durant son séjour. Ancien agent de renseignement, il avait quitté la fonction publique pour se reconvertir en escroc, voleur et fraudeur, jusqu'à devenir l'un des criminels en col blanc les plus recherchés d'Europe. Il s'était fait arrêter en France, puis extrader vers sa Roumanie natale, où on l'avait inculpé puis condamné pour espionnage et trahison.

Et il en était maintenant à sa dixième année sur les seize de sa sentence.

Gabor et Dalca avaient été compagnons, sinon amis, de détention ; l'aîné avait enseigné au cadet tout ce qu'il savait, contre l'assurance que ce dernier veillerait sur la famille du premier durant les années où il serait dehors tandis que Gabor continuerait de se morfondre derrière les barreaux. Mais Dalca n'en avait rien fait ; il avait rompu sa promesse sitôt franchies les portes de la prison, aussi n'était-il pas surpris que Luca Gabor n'ait pas l'air plus ravi que ça de le voir débarquer.

Dalca savait que Gabor avait la cinquantaine mais il paraissait bien plus âgé, avec ses cheveux blancs clairsemés, le teint gris d'un homme qui voyait rarement la lumière du jour, et des rides marquées.

Gabor alluma une cigarette. « J'imagine que je t'ai tellement manqué que tu as éprouvé le besoin de me revoir au bout de seize mois.

— Et j'imagine que je t'ai tellement manqué que tu as calculé précisément le temps depuis que j'ai quitté ce trou à rats. »

Gabor souffla un nuage de fumée. « Je savais que tu aurais besoin de moi, un jour ou l'autre. J'avais parié que ça arriverait avant deux ans.

— Et t'as gagné, comme d'habitude, Luca. »

L'homme âgé désigna d'un geste circulaire les murs de la prison. « Ouais, tu parles d'un gagnant », avant d'ajouter : « Je ne vais pas te demander tout de suite ce que tu veux. Je vais te demander ce que tu comptes m'offrir en échange. »

Dalca pouvait se montrer un beau parleur incroyablement charismatique mais il n'allait pas user sa salive à charmer Luca Gabor. L'homme était le seul individu au monde à le connaître comme sa poche. Alors, il dit simplement : « J'ai de l'argent. Assez pour toute ta famille.

— Tu avais de l'argent moins d'une semaine après ta libération. Tu bosses chez ARTD, t'es leur rock star, tu conduis une Porsche Panamera turbo et tu vis dans un appartement en terrasse à Primaverii. » Primaverii était le quartier le plus recherché de Bucarest, sur les rives de la Dambovitsa.

« Ouais, répondit Dalca, je me disais bien que tu devais avoir du monde dehors pour me tenir à l'œil. Le savoir, c'est le pouvoir, avais-tu coutume de dire.

— J'ai dit ça ? » Gabor fit mine de réfléchir un moment en tirant sur cigarette. « Ma foi… j'étais un connard. J'ai du savoir maintenant, mais toujours pas de pouvoir. » Il se pencha en avant. « Alors merde, qu'est-ce que tu veux, putain de limace ?

— Je veux t'enrichir.

— Va te faire foutre, je ne suis pas un de tes vieux gâteux d'Amerloques à qui tu vends par téléphone des terrains imaginaires. Je te connais, Dalca. Tu vas me baiser. »

Dalca hocha la tête. « Je sais où vit ta fille. »

Gabor sursauta, prêt à lui sauter au collet.

Dalca ne se laissa pas démonter. « Ce n'est pas une menace, c'est une chance. Je m'en vais lui rendre visite tout à l'heure et lui donner accès à un compte numéroté dans une banque chypriote. Il y a dessus un million de dollars. » Dalca sourit. « Pour elle, intégralement. »

L'autre plissa les yeux. « Sers-moi ton laïus, limace. Je vais t'écouter, parce que je suis un taulard et que je n'ai rien d'autre à faire.

— J'ai besoin que tu me mettes en contact avec les Macédoniens. »

Gabor pencha la tête de côté. « Quels Macédoniens ?

— Ne joue pas au plus fin. Tu m'as dit qu'il y avait des gars qui géraient un casino en Macédoine. Tu disais qu'ils avaient essayé plusieurs fois de t'engager à bosser pour eux. Tu ajoutais que t'étais sûr qu'ils me prendraient dès ma sortie, qu'ils m'embaucheraient dans leur casino pour appâter leurs clients avec mes arnaques. Et aussi que je ne devrais envisager de les rejoindre qu'en tout dernier recours, ou si j'étais poursuivi, parce que c'étaient des dingues, des gangsters à la détente facile. »

Gabor tapota sa cigarette dans le cendrier au milieu de la table. Puis il laissa lentement monter un rire rauque.

Dalca était frustré par cette absence de réaction. « Pourquoi fais-tu comme si tu ne savais pas de quoi je parle ? »

L'autre laissa enfin s'éteindre son rire. « Je suis juste étonné. Tu as parlé de "Macédoniens". Les hommes dont je te parlais possèdent effectivement un casino en Macédoine, à Skopje, et ils sont effectivement en mesure d'employer et de protéger un gars comme toi ou moi, c'est tout à fait vrai. Mais ce ne sont pas des Macédoniens. Ce sont… » Il se pencha et baissa le ton : « Des Albanais. »

Dalca se tassa sur sa chaise. « Merde. Tu me l'as jamais dit.

— Ah bon ? » Gabor se délectait du désarroi manifeste de son interlocuteur. « De redoutables connards, Alexandru. Mais si t'es dans la merde, et on ne va pas se raconter d'histoires, tu ne serais pas ici si tu ne l'étais pas, alors t'as peut-être envie d'en avoir dans ta manche, des connards redoutables. »

Dalca envisagea l'hypothèse. Il craignait les gangsters albanais. Tout le monde dans la région était conscient de leur influence et du risque qu'ils représentaient. N'empêche, Dalca sentait bien que ce pouvait être son unique garantie de sécurité, vu la gravité de sa situation.

Au bout du compte, le calcul était facile. De fourbes Albanais qui assuraient sa protection étaient infiniment préférables à de dangereux Chinois prêts à le torturer et le tuer.

« D'accord, Luca. Je file à ta fille un million pour que tu m'arranges un rendez-vous avec ces Albanais. »

Gabor tira sur sa cigarette et répondit derrière un écran de fumée. « Tu me dois déjà ce million pour tout ce que je t'ai enseigné. Tu m'en dois un autre en pénalité pour avoir rompu notre deal dès ta sortie de taule. Le troisième sera pour ma fille en échange de mon introduction auprès des Albanais. »

Une veine se gonfla sur la tempe de Dalca. « Non. Pas question. Tu me prends pour un cinglé ? »

Sourire de Gabor. « Bye-bye, Dalca. Et bonne chance parce que j'ai l'impression que tu vas en avoir besoin. » Et de repartir de son rire rauque.

« Je me tire. » Dalca se relevait déjà, et puis son rêve lui revint, cette peur panique qui l'avait tiré du sommeil, et il se rassit. « Un million cinq.

— Trois millions.

— Fais pas le con, Luca. Vous aurez de quoi vous établir, toi, ta fille et tes petits-enfants, jusqu'à la fin de vos jours.

— Crois-moi, j'en ai bien l'intention. Avec trois millions de dollars. » Devant l'absence de réponse de

Dalca, il remarqua : « Je les lis sur ta figure. La terreur. Le désespoir.

— Je n'ai pas trois millions.

— Mon cul. J'ignore ce qui a pu te flanquer une telle trouille, mais c'est un truc pour lequel t'as été payé. Tu ne prendrais pas un tel risque pour des broutilles. Si tu m'offres d'emblée un million, ça veut dire que t'en as au moins dix. »

Dalca en avait onze, exactement, et il s'émerveilla de l'acuité de raisonnement de Gabor tout en ayant dans le même temps envie de lui arracher le cœur.

Il lâcha : « Je t'en donnerai deux, mais pas plus. »

Ce fut cette fois au tour de Gabor de se lever et se tourner vers la porte garnie de barreaux. Il lança au gardien qui se tenait à côté : « Je suis prêt !

— Arrête ton cinéma, Luca. Je sais fort bien que tu ne vas pas tourner le dos à deux millions.

— Et moi je sais fort bien que tu ne renonceras pas à la vie pour un million de plus. »

Dalca se leva d'un bond et l'agrippa au bras. « *Putain !* D'accord. Trois millions. Je te déteste !

— Tu détestes tout le monde. C'est dans ton ADN. »

Dalca ignora le commentaire. Qui ne le vexait nullement car il pensait déjà à la somme qu'il allait devoir verser et à la logistique nécessaire à l'opération. « Écoute… il faut que je m'y mette mais je rendrai visite à ta fille dès ce soir. »

Gabor acquiesça. « Je serai prêt avec tes informations. Auras-tu besoin d'aide pour quitter Bucarest ?

— Je… je ne pense pas. J'en sais rien.

— Eh bien, prépare-toi au cas où, parce que je ne peux pas t'exfiltrer avant demain. Repasse me voir dans la matinée, je t'aurai tout préparé. À la condition bien sûr que ma fille m'ait contacté pour me confirmer cette soudaine manne céleste. »

Dalca voulait filer sans plus attendre mais les choses étaient plus compliquées que prévu. « Très bien. »

Comme l'autre se détournait, Dalca se rendit soudain compte d'un détail. « Tu ne m'as pas demandé ce qui se passait. Ce que je fuyais. »

Luca Gabor ne s'arrêta pas, se contentant d'un haussement d'épaules tout en continuant de se diriger vers la porte. « Pourquoi ? C'est ton problème, pas le mien. »

Alexandru Dalca monta dans sa Porsche et se rendit au travail. Ce qui n'avait pas été du tout prévu à l'origine. Les Chinois pouvaient aisément surveiller ARTD, si bien que chaque fois qu'il pénétrait dans l'immeuble de la Strada Doctor Paleologu, il savait qu'il jouait sa vie aux dés.

Mais il devait maintenant prendre ce risque car il n'avait plus qu'un jour à tenir et savait qu'il gagnerait ces trois millions désormais dus à Gabor rien qu'en achevant ses derniers dossiers de ciblage pour les gars de Daech. Ça lui en laisserait tout de même onze.

Son avidité avait eu raison de sa peur mais entre les deux, la compétition avait été rude.

54

À onze heures du matin, les hommes du Campus et leur fixeur grimpaient avec tout leur matériel les quatre volées de marche menant à un petit appartement poussiéreux presque vide situé dans un immeuble gris de l'ère communiste sur la Strada Uruguay. Ils déposèrent leur barda sur les lits de camp verts de l'armée que Félix avait apportés la veille, puis ils suivirent leur cicérone dans la salle de réunion communautaire située de l'autre côté du bâtiment. Félix prit alors une clé pour ouvrir une porte donnant sur un étroit couloir bordé de portes de chaque côté. « Les appartements de cet immeuble n'avaient pas beaucoup d'espaces de rangement. Il faut dire qu'au temps du communisme, on n'avait pas beaucoup d'affaires personnelles. Il semble qu'à cause de ça, les actuels propriétaires de l'immeuble ont du mal à trouver des locataires, ils ont donc décidé de réquisitionner un des appartements d'angle au dernier étage pour le diviser en boxes. »

Le couloir était mal éclairé mais Félix réussit à trouver une clé sur son trousseau pour ouvrir une des portes. Derrière il y avait un espace d'un mètre cinquante sur deux, meublé d'une chaise et d'un bureau plaqué contre le mur devant une fenêtre obturée par des planches.

Félix tendit la main par-dessus le bureau pour en retirer une ; il l'avait manifestement déclouée avant l'arrivée des Américains et l'ouverture révéla en contrebas trois rues en fourche.

Félix pointa du doigt un immeuble d'appartements de trois étages de l'autre côté de la rue tranquille. « Voici l'appartement de votre cible, au dernier étage.

— Quelle fenêtre ?

— Toutes, il occupe tout l'étage. L'ascenseur est situé du côté droit du bâtiment et les chambres des appartements en location donnent sur l'arrière mais d'ici, on ne peut pas voir à travers les fenêtres sans jumelles et je n'en ai pas apporté. »

Il se tourna vers les quatre Américains. « J'espère que vous avez amené quelques gadgets sympas.

— Très sympas », confirma Jack.

Sourire de Félix. « Il n'y a pas vraiment beaucoup de place dans ce cagibi mais je me suis dit que vous pourriez y installer au moins un guetteur.

— Ça sera parfait, dit Chavez. Il faut qu'on installe des caméras vidéo télécommandées ici et sur son lieu de travail.

— Laisse-moi deviner, intervint Gavin, c'est ma nouvelle piaule. »

Chavez posa la main sur son épaule. « T'avais en vue quelque chose de plus chic ?

— Je voulais visiter le château de Dracula. » Ses yeux brillaient comme ceux d'un enfant lorsqu'il se tourna vers Félix. « C'est loin d'ici ? »

Le grand barbu hocha la tête. « Plusieurs heures de route. La Roumanie ne se limite pas à Dracula, voyez-vous.

— Désolé, Félix, coupa Jack. Gavin est notre informaticien en chef. Il n'est pas souvent de sortie. » Il se retourna vers son collaborateur. « Gav, si Dalca essaie de se planquer dans le château de Dracula, on t'enverra l'en chasser.

— Ça serait géant. J'espère bien qu'il le fera. »

L'équipe passa les heures suivantes en préparatifs pour l'opération. Gavin et Midas installèrent une caméra numérique et une lunette de visée pour la surveillance, braquant les deux appareils sur le balcon de l'appartement de Dalca, puis ils connectèrent la caméra à un ordinateur portable pour enregistrer la vidéo. Juste à côté, ils posèrent sur le bureau un micro laser monté sur trépied et braqué sur cette même fenêtre. Après avoir rebondi dessus, le faisceau laser invisible était capté par une cellule photoélectrique qui enregistrait les variations du flux lumineux provoquées par les vibrations de la vitre. Le signal était alors converti en ondes sonores qu'on écoutait à l'aide d'un ampli muni d'un casque d'écoute.

Même si le dispositif était utile et ingénieux, comme tous les autres membres du Campus, Midas et Gavin étaient conscients de ses limitations. Ils ne pouvaient viser qu'une seule fenêtre de l'appartement de l'autre côté de la rue, celle située pile en face, puisque que le faisceau laser devait être parfaitement perpendiculaire à la vitre pour rebondir droit sur la cellule photoélectrique.

Gavin et Midas réfléchirent un moment au problème en essayant de trouver une solution technique, et puis Midas décida finalement que le mieux serait encore de crocheter les serrures des autres cagibis de ce côté du couloir si jamais ils avaient besoin de viser une autre fenêtre de l'appartement de Dalca.

C'était un peu du bricolage mais les deux hommes convinrent qu'on pouvait l'appliquer rapidement sans grande difficulté s'il s'avérait que leur cible passait plus de temps dans les autres pièces à son retour du boulot.

Une fois l'installation réalisée, Ding redescendit dans la rue pour discrètement placer des caméras près de l'entrée de l'immeuble du Roumain. La rue était à peu près déserte à cette heure de l'après-midi et ses caméras sans fil à fixation magnétique étaient de taille suffisamment réduite pour rester invisibles, une fois posées sur une descente de gouttière ou autre canalisation métallique longeant la façade, même à quelques dizaines de centimètres du trottoir.

Pendant que Midas, Gavin et Ding étaient partis en repérage autour de l'appartement de Dalca, Félix et Jack se rendaient aux bureaux d'ARTD, trois kilomètres plus au sud. Ils sillonnèrent à pied les environs en vue de repérer d'éventuelles caméras de vidéosurveillance sur lesquelles ils pourraient se brancher, et Jack releva les adresses des immeubles et des commerces avec des caméras à proximité. Il cherchait des endroits où placer ses détecteurs et faillit bien en installer un mais il y avait beaucoup de passage dans le quartier et la dernière chose qu'il voulait était de se faire pincer au pied même du bâtiment où les secrets de l'Amérique étaient sur le point d'être fourgués à l'État islamique.

Les deux hommes jugèrent donc préférable de tout annuler et de regagner la planque. Sur le chemin du retour, Jack appela Gavin sur la ligne chiffrée pour lui demander s'il pouvait trouver un moyen d'accéder aux réseaux utilisés par les caméras de surveillance du quartier.

Il apparut à tous, dès les deux premières heures de leur séjour à Bucarest, que Gavin Biery serait le plus occupé de l'équipe.

Assis dans son bureau, Alexandru Dalca regardait sur CNN un reportage en direct des États-Unis. Quatre nouveaux suspects avaient été identifiés en relation avec les prétendus attentats terroristes et leurs portraits constituaient l'essentiel de la couverture médiatique.

Pour l'homme de la rue, cela pouvait donner l'impression que les gars de l'EI n'en avaient plus pour longtemps mais pas plus tard que ce matin, Dalca avait reçu une nouvelle requête de son contact à l'accent moyen-oriental. Deux millions et demi de plus pour trois nouvelles cibles de haut niveau. Ces djihadistes semblaient s'enhardir après une journée sans nouvelle perte de leur côté. Les trois paquets qu'il devait finaliser aujourd'hui concernaient tous des personnalités en vue, aussi était-il intéressant pour lui que ses clients fussent déjà prêts à en cibler d'autres. Il était clair qu'ils désiraient accélérer le rythme de leurs attaques, soit parce qu'ils pensaient mieux s'y prendre, soit parce qu'ils avaient recruté du sang neuf pour leur donner un coup de main.

Peu importait au demeurant. Alexandru ne comptait pas s'attarder dans le coin pour leur procurer de nouvelles informations. Il devrait se contenter des millions déjà gagnés, une fois déduits les trois qu'il était contraint de verser à Luca Gabor pour le tirer d'ici.

Et dans ce but, il redoubla d'efforts cet après-midi-là en se concentrant sur le dossier d'une personnalité en particulier ; il l'avait déjà identifiée comme un policier de haut rang spécialisé dans la lutte antiterroriste. Sa tâche aujourd'hui constituerait l'ultime pièce du puzzle consistant à localiser cet individu bien précis à un endroit défini, à un moment donné.

Il en était arrivé au point où il pouvait monter ces dossiers les yeux fermés rien qu'en épluchant les réseaux sociaux et il regrettait de devoir perdre tous ces gains potentiels une fois qu'il aurait passé la porte.

Il aurait aimé pouvoir dérober les fichiers de l'OPM, les emporter avec lui en Macédoine afin de les exploiter pour en tirer toujours plus de revenus à l'avenir. Il pouvait laisser les Albanais le protéger et jouer les serviteurs loyaux en récompense de ce qu'ils lui offraient mais il pourrait aussi attendre en secret que la fièvre retombe pour s'esquiver de nouveau vers un endroit plus sûr, loin des gangsters assassins comme des espions chinois. Une fois retourné dans la clandestinité, soit sur une île des Caraïbes ou dans quelque autre oasis hors d'atteinte de ses poursuivants, il pourrait alors reprendre son activité de balance des noms et adresses de soldats et d'espions américains sur le Dark Web.

Ces onze millions ne seraient que la partie émergée de l'iceberg.

Il savait qu'aujourd'hui il pouvait aisément accéder aux fichiers de l'OPM si l'envie lui en prenait, mais dérober ces informations serait une autre paire de manches. On l'autorisait à accéder à la salle étanche où elles étaient stockées pour y consulter les données de l'OPM et recopier à la main des extraits des fichiers individuels. Mais comme il n'y avait aucun moyen de télécharger ou transférer ces informations depuis l'ordinateur, la seule possibilité de les récupérer en vue d'un usage ultérieur serait de recopier l'intégralité des vingt-cinq millions de fiches individuelles ou bien de photographier une à une ces millions de pages affichées sur un moniteur.

Une tâche irréalisable.

Enfin… il y avait bien une autre possibilité et elle lui vint à l'esprit alors qu'il regardait une nouvelle vidéo de propagande de Daech en provenance de Syrie montrant une nouvelle attaque sur le sol américain : l'assassinat d'un homme à bord d'un SUV dans une rue de Saint-Louis à la nuit tombée. Son véhicule était criblé de balles de mitraillette ; l'homme qui filmait avait couru vers l'avant pour cadrer sur le corps d'un homme aux cheveux blonds, affalé derrière son volant, juste maintenu en place par sa ceinture de sécurité. La légende le désignait comme un agent de la CIA. Puis le cadreur remontait d'un bond s'installer dans le siège du passager d'une Volvo bleue, au moment précis où un type se précipitait hors d'une voiture garée dans la file opposée pour tenter d'empêcher le terroriste de s'échapper.

C'était l'acte insensé d'un individu tellement gonflé d'adrénaline et en total déni de ce dont il venait d'être le témoin qu'il ne pouvait s'imaginer courir un réel danger. La Volvo le percuta de plein fouet et il disparut au ralenti sous le capot du véhicule : la vidéo montrait l'intégralité de la scène.

Dalca était fasciné par ces images mais plus encore par l'idée nouvelle qui lui était venue soudain. Il lui suffisait de provoquer une distraction quelconque ici même dans les bureaux puis de pénétrer dans la salle étanche et d'en retirer physiquement le disque dur contenant les fichiers américains. Ça lui prendrait cinq bonnes minutes, aussi avait-il besoin d'un minimum de confidentialité, mais c'était pour lui le seul moyen d'avoir le beurre et l'argent du beurre. Son unique chance de fuir sans perdre le ticket-restaurant pour la vie que lui offraient les données de l'OPM.

Après quelques instants de réflexion, il décida que ça valait le coup d'essayer. S'il quittait Bucarest demain sans espoir de retour et se rendait aux Albanais pour bénéficier de leur protection, ce serait bigrement sympa d'avoir un atout dans sa manche.

Une demi-heure plus tard, Dalca parcourait le sous-sol où la société entreposait les produits secs, à la recherche d'un article bien précis. Il le trouva en haut d'une étagère. Une boîte de lingettes utilisées aux toilettes. Il savait que ce matériau était inflammable car en prison on lui avait dit que seules les savonnettes étaient autorisées pour réduire les risques d'incendies volontaires. Il ôta le couvercle de deux des emballages de taille industrielle avant de les porter jusqu'aux conteneurs à déchets papier. L'essentiel des détritus de l'immeuble de quatre étages était composé de papier sous l'une ou l'autre forme – rejets de déchiqueteuse ou boîtes en carton –, le conteneur était donc de grandes dimensions, quelque deux mètres de profondeur sur dix de long. Il n'était qu'à moitié plein mais une fois déversé par-dessus tout le stock de lingettes inflammables, Alexandru sut qu'il tenait là une sacrée distraction.

Après avoir vérifié une dernière fois qu'il n'y avait personne dans les parages pour le surprendre, il jeta une allumette dans la poubelle. Les flammes jaillirent en chuintant comme si elles aspiraient tout l'air alentour.

Elles montèrent jusqu'au plafond et bientôt une épaisse fumée noire s'échappait de l'énorme amoncellement de papier et de carton.

Quelques minutes plus tard, alors que Dalca avait regagné son bureau, l'alarme incendie se déclencha. Le Roumain s'était déjà muni de plusieurs tournevis, glissés dans sa poche de pantalon, et tenait à la main un balai.

Quand tout le monde eut évacué le troisième, il entra seul dans la pièce isolée, en rasant le mur avec précaution pour passer sous la caméra de surveillance braquée sur le serveur installé au beau milieu de cet espace de cinq mètres carrés. Il se servit du manche à balai pour débrancher l'alimentation de la caméra fixée au plafond, puis se dirigea rapidement vers l'ordinateur.

Il lui fallut en définitive moins de cinq minutes pour démonter le disque dur et le glisser dans son sac à dos. Il ne perdit pas de temps à revisser le panneau arrière de la tour, se contentant de le reposer contre le châssis en empochant les vis minuscules.

Puis il éteignit les lumières de la salle, en verrouilla la porte et cette fois sortit pour de bon des locaux, non sans avoir laissé allumé le moniteur dans son bureau. Il n'allait pas quitter le pays avant le lendemain dans la journée, aussi devait-il laisser l'impression que tout était normal pour ne pas éveiller les soupçons de ses collègues.

Sitôt monté dans sa Porsche, Dalca prit la direction du domicile de la fille de Luca Gabor. Il comptait ensuite faire quelques préparatifs d'urgence, juste au cas où les portes se refermeraient avant qu'il ait eu l'occasion de s'échapper le lendemain.

Il allait être bien trop occupé dans les toutes prochaines heures pour laisser le moindre détail au hasard.

Alors qu'il quittait le quartier, il croisa plusieurs camions de pompiers, sirènes hurlantes. Il ne songea pas un instant aux occupants de l'immeuble – l'ARTD n'était désormais plus son souci.

Dalca ne pensait qu'au présent et aux jours à venir. Même s'il était sur le point de donner à une femme qu'il connaissait à peine la somme indécente de trois millions de dollars, il devait reconnaître que c'était de l'argent bien placé. Son plan originel de fuir Bucarest le jour même, fortune faite, s'était transformé en plan de fuir Bucarest le lendemain, fortune faite, avec la perspective de nouvelles richesses à venir.

Un plan dont il était plus que satisfait.

55

Après avoir atterri à Chicago O'Hare le samedi après-midi, Adara et Dominic louèrent une voiture et prirent la direction de l'est pour gagner le centre-ville. Ils prirent une chambre à l'hôtel de la Chicago Athletic Association, à quelques rues du lac Michigan, puis remontèrent illico en voiture pour gagner, au bout d'un quart d'heure de trajet, l'immeuble sur Roosevelt Road hébergeant la section locale du FBI et celle de la JTTF, la force antiterroriste interservices.

Adara n'avait pas d'accès privilégié, aussi déposa-t-elle Dom qui devait rencontrer un agent spécial superviseur du nom de David Jeffcoat ayant accepté de le briefer sur la situation sur place. Dom fut conduit jusqu'à l'étage réservé à la JTTF, où il passa devant des bureaux occupés par de hauts responsables de presque tous les services de police, de gestion de risques et de renseignement du pays.

Ils s'installèrent dans un bureau vacant et là, Jeffcoat interrogea Dom sur son intérêt pour l'affaire. Il était bizarre, expliqua-t-il, qu'un simple agent spécial affecté au bureau de Washington se pointe après un appel du siège central stipulant qu'on l'informe sur tout ce qu'il désirerait savoir.

Dom répondit : « Je comprends votre étonnement, agent spécial Jeffcoat, mais je ne peux guère entrer dans les détails. On dira simplement que je suis en mission d'information pour des personnalités concernées dans la capitale fédérale.

— J'espère que vous ne le prendrez pas en mauvaise part, observa Jeffcoat, mais certains ici se demandaient si le fait que votre oncle soit le président avait quelque chose à voir avec cette mission. »

Dom se contenta de hocher la tête à cette remarque, non sans penser toutefois : *Quel connard.* « Non, rien à voir avec du népotisme et je ne suis pas sûr qu'on puisse le prendre autrement qu'en mauvaise part. »

L'agent spécial superviseur réfléchit quelques instants avant finalement de poursuivre. « Ma foi, comme vous pouvez le deviner, nous sommes pas mal occupés, vu que trois des membres du groupe qui s'est rendu au Salvador vivaient dans les parages.

— Exact, convint Dom. Plus le fait que le tueur de Brooklyn a filé droit se réfugier ici.

— On pense qu'il aurait pu simplement passer, rectifia Jeffcoat.

— Oh ? »

Jeffcoat lui servit alors un résumé complet quoique passablement passe-partout de l'organisation de la force antiterroriste et du dispositif mis en place à Chicago. Dom fut ravi de constater qu'au niveau local, l'antiterroriste était parfaitement consciente qu'au moins trois des participants à l'École de langues étaient du coin et que le terroriste de New York était passé par O'Hare, mais il lui apparut assez vite évident que les autorités locales jugeaient improbable qu'un membre des cellules de l'EI soit encore dans les environs.

Dom était curieux. « Pourquoi pensez-vous que Chicago n'est pas particulièrement menacé, alors même que plusieurs membres du groupe terroriste sont à divers titres liés à cet endroit ?

— Écoutez, expliqua l'homme du FBI, nos trois gusses qui se sont rendus au Salvador sont rentrés en passant par O'Hare parce que c'était logique pour eux de s'acheter des billets aller-retour. On a interrogé toutes leurs relations connues et personne ne les a vus ou n'en a entendu parler depuis. Nous pensons qu'ils sont passés dans la clandestinité quelque part ailleurs dans le pays. Quant au gars de l'attentat de New York, il pourrait certes se trouver dans le secteur, mais ça reste une inconnue. Nous avons passé la journée d'hier à vérifier tous les hôtels d'ici jusqu'à Aurora. Nous avons montré sa photo, résultat : peau de balle. Il pourrait être en ce moment au Canada ou sur la côte Ouest.

« Chicago n'a pas de base militaire importante, ce n'est pas vraiment un pôle d'activité de la CIA, bref, il y a pénurie de cibles intéressantes pour les hommes d'Al-Matari. La zone du district fédéral est un bien meilleur choix pour qui voudra retrouver ces types. Vous devriez plutôt porter votre attention là-bas ou peut-être sur certaines de nos grandes bases militaires. »

Dom ne pouvait lui donner tort, même s'il persistait à penser que cette absence d'activité dans le secteur était en elle-même révélatrice.

Il demanda : « Est-ce l'opinion générale de la hiérarchie ?

— Tout à fait. L'agent spécial responsable Thomas Russell est le patron de l'ensemble de l'antiterroriste à Chicago. Il est d'avis que O'Hare n'a été qu'une étape. Ces types avaient des voitures à proximité et ils ont évité la ville.

— Russell est-il à son bureau ?

— Ouais. Je vous présenterais volontiers, mais c'est un homme occupé et, encore une fois, je ne sais toujours pas vraiment qui vous êtes ou quelles sont vos attributions. On m'a dit de m'occuper de vous, d'où la présente conversation. On ne m'a pas dit de vous passer le patron, donc le seul type que vous pourrez tanner aujourd'hui, c'est moi. »

Dom préféra laisser courir. Il comprenait que ce type soit décontenancé de voir sa journée déjà bien chargée bouffée par un agent inconnu au bataillon et tombé de nulle part.

Dom serra la main de Jeffcoat et ce dernier répondit : « Je regrette que vous ayez fait tout ce chemin juste pour vingt minutes de bla-bla que j'aurais pu vous servir par téléphone. Appelez la prochaine fois, ça nous économisera l'argent du contribuable.

— Oh, je ne suis pas là uniquement pour le laïus. Je vais rester quelque temps, m'imprégner un peu plus de la situation. Je ne suis pas aussi convaincu que vous de l'absence d'objectif digne d'intérêt pour l'État islamique.

— Ce n'est pas ce que j'ai dit, Caruso. Mais si vous êtes de Washington, je pense réellement que ça constitue un environnement autrement plus riche en cibles pour un connard de Daech et ses sbires. »

Dom se dirigea vers la porte. « Il se peut que vous ayez raison. En tout cas, bonne chance. »

Adara le récupéra à sa sortie de l'immeuble. Il la mit au fait de son entretien avec l'agent et de la grossièreté du personnage.

« Tu veux que je monte lui flanquer une beigne de ta part, chéri ? » répondit Adara.

Dom se contenta de rire.

« Que veux-tu faire maintenant ? poursuivit-elle.

— Voyons voir. Un après-midi au soleil à Chi-town ? J'emmènerais bien ma copine voir un match des Cubs. Mais je pense qu'on ferait mieux de se concentrer sur le boulot parce que la section locale de l'antiterroriste n'a pas l'air de croire à une menace réelle et préfère s'occuper de creuser le passé de trois terroristes locaux. Pour ma part, c'est plutôt le proche avenir qui m'inquiète.

— Alors… quel est notre plan ? »

Dom haussa les épaules. « Honnêtement, je pense que la seule chose qu'on puisse vraiment faire en attendant d'en savoir plus, c'est d'évaluer les risques. On va parcourir la liste des événements programmés en ville, recenser les endroits où sont regroupés militaires et principaux responsables des forces de l'ordre.

— Et si on retournait plutôt au siège local du FBI ? Puisqu'il héberge également la force antiterroriste interservices, alors c'est là que se retrouvent tous les gros bonnets de la police et du renseignement. »

Dom concéda le point. « Absolument, mais ils sont bien protégés. J'ai dû passer quantité de portiques et de scanners, avec cloisons en verre blindé et vigiles avec fusil et gilet pare-balles. Al-Matari est trop malin pour frapper ce bâtiment. Au mieux, ses hommes réussiraient à tuer une secrétaire et deux vigiles dans le hall avant de se faire massacrer. Nous devons penser comme lui. Essayer de trouver les cibles à risque présentes dans le secteur. Dans la lignée des lieux touchés par les autres attentats ailleurs dans le pays. Là où se retrouvent membres du renseignement, militaires des commandos, pilotes, que sais-je, mais à découvert. Si l'on parvient à déterminer où ils vont frapper, alors on se rendra utile.

— Il pourrait bien y avoir une bonne demi-douzaine de membres de ces cellules dans le secteur, donc l'attaque risque de dépasser en envergure toutes celles organisées jusqu'ici par Al-Matari. Au boulot ! »

La première nouvelle de l'incendie au siège d'ARTD parvint au détachement du Campus en mission à Bucarest quand Gavin appela son service informatique au siège de Hendley Associates pour demander à l'un de ses subordonnés de pirater les caméras de surveillance de la quincaillerie située de l'autre côté de la rue.

Il fallut plusieurs minutes pour réaliser l'intrusion et quand l'image de la caméra apparut sur l'ordinateur de Gavin, il fut surpris d'y découvrir une rangée de camions de pompiers.

On demanda à Félix Negrescu de vérifier de quoi il retournait et il ouvrit aussitôt sur son téléphone une application permettant de scanner les fréquences radio de la police et des pompiers. En un rien de temps, il put annoncer au reste de l'équipe qu'un incendie avait débuté dans une poubelle dans les sous-sols de l'immeuble mais qu'il avait été maîtrisé au bout de vingt minutes. Il n'y avait pas de blessés et, en dehors de la fumée et des dégâts des eaux, l'immeuble était intact.

Aucun des hommes ne pouvait se douter que ce modeste sinistre pût avoir le moindre rapport avec la cible qu'ils étaient venus surveiller en Roumanie et ils poursuivirent donc sans modification le plan prévu pour l'après-midi, à savoir s'introduire dans l'appartement de Dalca pour y installer micros espions et capteurs à distance sur ses ordinateurs, téléphones, tablettes ou autres appareils électroniques qu'ils pourraient y trouver. Auparavant, toutefois, Chavez décida de surveiller l'immeuble tout l'après-midi et le début de soirée pour leur permettre de prendre leurs marques. De cette façon, ils pourraient se faire une idée des allées et venues comme des habitudes d'Alex Dalca et de ses voisins.

C'était une décision qui allait leur prendre un moment mais Chavez était depuis assez longtemps dans la partie pour savoir que c'était loin d'être du temps perdu si ça leur permettait d'éviter de voir compromis l'un des leurs.

L'après-midi passa lentement, d'autant plus que les hommes souffraient tous à divers degrés des effets du décalage horaire. Midas fit une nouvelle tournée de café et aux alentours de dix-neuf heures, Jack abandonna sa surveillance en compagnie de Félix à bord du minibus garé en haut de la rue, le temps d'aller chercher à dîner pour son groupe et leur contact sur place.

Gavin Biery mangeait son poulet au paprika dans la pénombre de son réduit quand une Porsche Panamera jaune pénétra dans le parking privé jouxtant l'immeuble de Dalca. Il fit le point sur le véhicule au moment de son entrée sur le parking et reconnut leur cible aussitôt qu'elle descendit de voiture. L'homme avait un sac en bandoulière et plusieurs gros sacs sous les bras.

Gavin pressa le bouton sur le câble de ses écouteurs. « Sujet arrivée. Il est seul. Son véhicule est un 4 × 4 Porsche jaune. Chouette bagnole.

— Bien reçu », répondit Chavez. Midas et lui se trouvaient dans l'appartement sur l'autre côté de l'immeuble. Ils pouvaient voir l'image de la caméra transmise sur leur iPad mais pour l'heure, ils étaient en train de dîner. « Signale-nous ses mouvements.

— Je l'ai perdu de vue à son entrée dans le hall, dit Gavin. J'ai mon capteur laser radio prêt si jamais il appelle au téléphone mais pour l'instant, il est juste assis devant son ordinateur, on pourrait bien être parti pour une longue nuit.

— On savait déjà qu'on aurait plus de chances de pirater ses appareils que d'espérer le voir rencontrer quelqu'un en tête à tête », observa Chavez.

Jack intervint en ligne. « Ouais, les nerds ne sortent pas tant que ça. »

La pique était dirigée contre Gavin mais ce dernier était concentré sur sa tâche. Grâce à ses écouteurs, il pourrait entendre s'ouvrir la porte d'entrée de l'appartement.

« Le sujet est chez lui. Pas de conversation, il semble être seul. »

Gavin regarda le moniteur transmettant l'image de la caméra posée sur le bureau devant lui. Au bout de quelques secondes, il vit s'ouvrir la porte-fenêtre du balcon et Dalca sortir, une bouteille d'un litre de bière à la main.

« Il est sorti sur le balcon prendre le frais. Je vais serrer sur lui et prendre quelques bonnes photos exploitables par le logiciel de reconnaissance faciale. »

Gavin zooma le plus possible pour cadrer le visage du jeune homme, puis il régla la netteté. Ce faisant, il remarqua que Dalca se penchait pour regarder dans la rue, scrutant avec attention de chaque côté avant de fixer le côté opposé, pile dans la direction de Gavin.

Chavez se manifesta sur le réseau. « Il a l'air préoccupé. »

Gavin avait l'impression que le type en face pouvait le voir même s'il était en fait invisible, planqué au fond de cet espace de rangement distant d'une quarantaine de mètres, et dissimulé derrière une fente d'à peine dix centimètres de large. Il souffla : « Je crois qu'il sait que je suis là.

— Relax, Gavin, répondit Chavez. Tout va bien. » Puis, s'adressant à Jack : « Eh, Jack. Est-il possible qu'il sache qu'on le file ? Que quelqu'un l'ait tuyauté à l'aéroport, peut-être ?

— Je ne vois pas comment, répondit Junior. On n'a aucune raison de croire qu'il ait flairé que Hendley Associates faisait partie de la communauté du renseignement et donc tiqué à l'arrivée du Gulfstream à Bucarest.

— Crois-moi, Ryan, reprit Gavin. Manifestement, un truc le tracasse.

— Je ne peux pas voir son visage comme vous, les mecs, mais je me fie à votre jugement. Peut-être est-il juste nerveux. Après tout, il complote avec des terroristes pour tuer des Américains. Ça doit sans doute engendrer un brin d'anxiété.

— Hé, observa Chavez, moi j'y vois plutôt une bonne nouvelle. J'ai fait tout ce chemin jusqu'en Europe de l'Est pour surveiller un gars dont j'ignorais pour ma part s'il était impliqué dans quoi que ce soit d'illicite. Mais rien qu'à le voir à présent, je dirais qu'il m'a tout l'air d'en être capable. »

Gavin effectua un panoramique d'un bout à l'autre de la rue. Il bascula en vue infrarouge pour tenter de repérer quiconque chercherait à l'espionner en catimini à la faveur de la nuit tombée. « Ma foi, s'il pense que quelqu'un d'autre l'observe, il se trompe. La rue est déserte.

— Je confirme, signala Jack. Félix et moi sommes à peu près les deux seuls aux alentours ce soir et on reste simplement peinards dans le minibus. »

Gavin obtint ses photos ; Dalca finit sa bière puis retourna à l'intérieur. Le capteur audio par laser retransmit pendant un moment le son de la télé, puis celui-ci s'interrompit et la lumière s'éteignit.

À vingt-deux heures, Midas relaya Gavin dans le cagibi, pour que ce dernier puisse retourner dormir quelques heures sur un des lits de camp installés dans la planque. Il semblait manifeste que Dalca n'allait pas ressortir de la soirée ; Félix et Jack regagnèrent donc eux aussi la planque pour se pieuter à leur tour.

Chavez dit à Midas de le relever à trois heures du matin et il alla se coucher lui aussi, certain de passer une nuit tranquille.

56

Dragomir Vasilescu finit son verre de pinot noir, souhaita bonne nuit à ses amis et quitta le bar à vin de Bruno d'une démarche un rien vacillante. Il sortit dans la Strada Covaci et regarda l'heure sur son téléphone mobile. Il était à peine vingt-deux heures mais avec la quantité de vin qu'il avait absorbée, il savait qu'il se réveillerait avec une migraine carabinée.

Il chercha des yeux avec espoir un taxi mais ne vit à la place qu'un fourgon Renault Trafic blanc s'arrêter à sa hauteur.

La porte latérale coulissante était déjà ouverte et deux paires de main le saisirent aux épaules pour le tirer sans ménagement à l'intérieur.

« Eh ! C'est quoi ce merdier ? »

On le coucha sur le plancher du fourgon avant de lui coiffer la tête d'un sac. Il lutta pour se relever mais on le plaqua fermement au sol pour lui ligoter les poignets avec des serre-câbles en plastique. Puis on le retourna sur le dos et des mains incroyablement vigoureuses le redressèrent pour l'asseoir sur une banquette.

Dragomir n'était plus inquiet. Il était carrément terrorisé.

En roumain, il demanda : « Que… que voulez-vous ? J'ai un portefeuille. Un téléphone… » Devant l'absence de réponse, il poursuivit : « J'ai une voiture, une Mercedes, chez moi. Elle est garée dans le parking sur… »

Une voix l'interrompit, elle s'exprimait en anglais. « Depuis combien de temps travaillez-vous avec les musulmans ? »

Il comprit aussitôt que ce devait être les Chinois du Seychelles Group mais ce n'était pas la voix de M. Peng.

« Nous… nous ne travaillons absolument pas avec des musulmans.

— Les données que vous avez en votre possession. Des données que vous avez traitées pour le compte du Seychelles Group. Ces données sont exploitées pour tuer des Américains aux États-Unis. Vous ne vous doutiez pas qu'on verrait clair dans votre petit manège ?

— Un manège ? Il n'y a pas de manège. Je peux vous assurer, messieurs, que…

— Le gouvernement américain a identifié l'origine de la fuite de leurs données. C'est l'OPM, le Bureau de gestion des personnels, pour être précis, les données e-QIP, celles-là même que vous avez en votre possession, que vous utilisez pour développer un produit à notre demande. Personne d'autre n'a ce produit ! Uniquement ARTD !

— C'est exact ! » cria Dragomir à travers le sac lui recouvrant la tête. « Personne d'autre ne l'a ! Et ça signifie qu'on n'a pas refilé ces fichiers à des putains de terroristes !

— Où sont-ils maintenant ?

— Ils sont… on les conserve sur un serveur totalement isolé à notre siège. Vos données sont parfaitement en sécurité.

— On va y aller, maintenant.

— Maintenant ? Les bureaux sont fermés. Revenez demain matin à neuf heures et je vous donnerai carrément l'ordinateur. Vous verrez qu'il n'y a aucun moyen matériel d'en récupérer les fichiers sans… »

La voix se rapprocha du visage de Vasilescu, d'un ton menaçant le forçant au silence. « On va y aller. Maintenant. »

Le siège d'ARTD avait deux vigiles qui occupaient un bureau durant la nuit et ils se montrèrent naturellement préoccupés en voyant le directeur de leur société se pointer, accompagné de trois Asiatiques inconnus, à dix heures et demie du soir, mais Dragomir Vasilescu les salua sans s'expliquer sur cette visite vespérale et sans non plus présenter ses accompagnateurs.

On l'avait prévenu alors qu'il était encore à l'arrière du fourgon que toute suggestion aux vigiles qu'il se déplaçait sous la contrainte se traduirait aussitôt par la plus extrême violence ; il assura donc ces hommes qu'il comptait bien poursuivre de bonnes relations de travail avec le Seychelles Group, une fois ce malentendu réglé, et que par conséquent il ferait exactement ce qu'on lui demandait. Ils tranchèrent ses liens mais restèrent assez près pour pouvoir lui remettre la main au collet si jamais il tentait quoi que ce soit.

Vasilescu se trouvait maintenant devant l'ascenseur, les yeux baissés, les Chinois derrière lui. Il avait reçu l'ordre de ne pas moufter à partir du moment où ils avaient retiré le sac à l'arrière du fourgon et il n'avait aucune intention d'enfreindre cet ordre. Il avait l'impression que tout irait mieux, une fois que ces cinglés auraient constaté qu'il était totalement impossible d'accéder à l'ordinateur contenant les fichiers, même s'il n'avait aucun moyen de prouver que le matériel contenu sur le disque dur n'avait pas été préalablement copié avant d'être stocké sur le serveur placé dans cette salle étanche.

Malgré tout, il gardait espoir qu'ils soient suffisamment satisfaits pour le laisser en paix et retourner en Chine convaincus d'avoir parié sur le mauvais cheval.

Le patron d'ARTD bascula plusieurs interrupteurs pour éclairer le couloir du troisième, puis se dirigea droit vers la porte de la salle étanche. Il posa la main sur le scanner biométrique. Un témoin vert s'alluma et il ouvrit la porte, puis se dirigea vers la machine qui trônait au beau milieu de la pièce vide.

« Messieurs. Tous les fichiers à partir desquels nous avons travaillé se trouvent ici. Parfaitement en sécurité, comme je vous l'ai garanti depuis le début.

— Montrez-moi », ordonna un des types derrière lui.

Vasilescu alluma le moniteur, patienta quelques secondes, puis actionna de nouveau l'interrupteur, à plusieurs reprises. L'écran était toujours vide.

« Un problème ? » C'était la voix du même homme.

Vasilescu s'était maintenant assis à la console pour essayer de redémarrer l'ordinateur mais après plusieurs essais infructueux, il finit par lâcher : « C'est… ce n'est pas normal. »

L'un des Asiatiques se pencha pour regarder derrière le bureau, puis un peu partout. Pendant ce temps,

Vasilescu hasarda : « C'est juste un pépin logiciel. Je vais essayer de redémarrer la machine et… »

L'Asiatique tendit la main et retira le capot de la tour. Il n'était pas vissé. L'homme s'y connaissait un minimum en informatique car il annonça : « Plus de disque dur.

— C'est ridicule ! » protesta Vasilescu avant de se lever pour aller constater de visu.

Instantanément, ses genoux se dérobèrent et il s'affala sur sa chaise. Son cœur se mit à battre la chamade, la nausée l'envahit, il était pris de vertige.

Dans son dos, l'homme qui depuis le début faisait les frais de la conversation se rapprocha un peu plus. « Qui a accès à cette salle ? »

La voix de Dragomir se brisa. « J'ai… mon meilleur collaborateur qui travaille sur votre affaire. Dalca. Alexandru Dalca. On peut aller lui parler. Il vous le confirmera. Il est le seul à avoir accès à… »

Dragomir Vasilescu eut tôt fait de rassembler le puzzle. Lui revint cette conversation, il y avait longtemps, avec Alex Dalca. Celle où le jeune homme lui expliquait que les Chinois jouaient trop petit bras et qu'ARTD pouvait exploiter les données de son côté et les fourguer au plus offrant. D'évidence, c'est ce que venait de faire son subordonné.

Et il repensa au très bizarre incendie de l'après-midi. Clairement, une diversion pour permettre à Dalca de s'emparer du disque dur.

L'homme penché à l'oreille de Vasilescu nota son hésitation. « Nous allons parler à ce Dalca. Peut-être pourra-t-il nous livrer les réponses que vous êtes incapable de nous fournir. »

En réalisant soudain ce qui était en train de se passer, Vasilescu comprit que sa seule planche de salut était de réussir à convaincre les hommes qui l'encerclaient à présent qu'ils étaient complètement à côté de la plaque. Il ne pouvait pas laisser les espions chinois rudoyer l'un de ses employés. Les informations qu'ils risquaient de lui soutirer pouvaient être dommageables pour la société, et dommageables pour lui.

La fureur qui le consumait maintenant faillit le pousser à défoncer du poing le moniteur placé devant lui. « Dalca est mon tout meilleur employé, plaida-t-il. Et un type bien. Sa discrétion est au-dessus de tout reproche. » Mais alors même qu'il prononçait ces paroles, son monologue intérieur débitait une tout autre chanson. *Putain, je m'en vais t'étrangler de mes propres mains, espèce de traître, de fourbe... de gros tas de merde.*

« Et où peut-on le trouver, ce Dalca ?

— Il... il sera à son poste dès demain matin à neuf heures. Convenons de nous revoir et... »

L'homme à la poigne de fer le saisit au collet et le souleva avant de le retourner vers la porte.

Alors qu'ils attendaient l'ascenseur au bout du couloir, deux des types discutèrent en chinois et l'un d'eux vint se placer devant Vasilescu. Il entrouvrit alors son pardessus, révélant une mitraillette à canon court qu'il portait accrochée à l'épaule.

Celui qui s'exprimait en anglais lui souffla à l'oreille : « Tu signales le moindre danger à tes vigiles et vous êtes tous morts. Je veux récupérer tous les enregistrements de vidéosurveillance de ce bâtiment. »

Une minute plus tard, Vasilescu se glissait derrière le comptoir d'accueil dans le hall pour tirer aussitôt vers lui l'un des claviers. Il se mit à effacer les fichiers vidéo des caméras de sécurité. En guise d'explication pour les deux vigiles décidément perplexes, il se contenta de lâcher : « Mes clients sont du genre timide. Vous savez ce que c'est. »

Les deux vigiles échangèrent un regard mais s'abstinrent de discuter avec leur patron.

Une dernière pression sur la touche « Entrée » et les fichiers étaient supprimés, les caméras éteintes. Vasilescu se releva et ressortit avec les Asiatiques. Il remonta dans le fourgon, et le noir se fit lorsqu'ils glissèrent à nouveau le sac sur sa tête.

Tandis qu'ils roulaient dans la nuit, dans un silence total, Vasilescu comprit que son seul espoir de survie désormais était de retrouver Dalca et de convaincre les Chinois que lui seul était responsable.

57

Midas était presque à la moitié de sa veille entre dix heures et une heure du matin, un quart qui consistait pour l'essentiel à lorgner d'un œil torve quelques images des caméras infrarouges et se laisser bercer par un ronronnement électronique – les infimes vibrations des ronflements de Dalca venant de sa chambre, captés par le laser braqué sur la porte-fenêtre du séjour et retranscrits dans l'écouteur droit du casque qu'avait coiffé Midas – il gardait dans l'oreille gauche l'oreillette des transmissions du Campus, au cas où il aurait besoin de contacter le reste de l'équipe.

Il prit la bouteille posée au sol près de lui et but une gorgée d'eau. L'autre était vide. Il mettait en pratique la méthode habituelle des deux bouteilles : la première remplie d'eau pour se désaltérer, l'autre en guise de récipient pour lui éviter d'avoir à se lever, sortir du cagibi, parcourir le couloir et rejoindre l'appartement pour aller se soulager aux toilettes.

Il était sur le point d'utiliser justement cette seconde bouteille quand il vit apparaître les phares d'un véhicule remontant la rue. Au moment où celui-ci passait sous un réverbère, il crut identifier un fourgon, sans doute en route pour une livraison tardive, mais voilà qu'il ralentit à l'intersection puis s'arrêta pour s'engager en marche arrière dans la ruelle séparant l'immeuble de Dalca du parking fermé voisin. Les phares s'éteignirent mais Midas entendait le moteur continuer de tourner.

Il observa le fourgon en silence pendant plusieurs secondes, pensant que le chauffeur allait couper le contact et descendre, mais à sa surprise, ce fut la porte latérale coulissante qui s'ouvrit. Quatre hommes en sortirent, tous vêtus de sombre : survêtements ou bleu de travail, blouson à capuche.

Midas saisit le mobile chiffré posé sur le bureau pour appeler Chavez. Il supposa que Ding devait pioncer sur un lit de camp dans l'appartement de l'autre côté, mais l'événement justifiait qu'on le réveille.

Il entendit dans son oreille gauche la voix de Chavez, et même s'il avait répondu rapidement, il était manifeste qu'il dormait comme un loir quelques secondes plus tôt. « Ouais ?

— J'ai un véhicule dans la ruelle qui longe l'immeuble de la cible, chauffeur au volant, moteur au ralenti, le nez tourné vers la rue. Quatre zigues en sont descendus pour entrer dans le hall de l'immeuble.

— Que fait notre bonhomme ?

— Il ronfle. Je l'entends cinq sur cinq dans le micro-laser. »

Il y eut une pause, sans doute le temps pour Chavez de finir de se réveiller. Puis il reprit : « OK, j'arrive.

— Tu veux que j'appelle les autres ?

— Comment le sens-tu ? Ton intuition sur ces types ? Leur façon de se comporter. »

Midas ne réfléchit que quelques secondes. « Ça me paraît louche, Ding. Ces types n'ont pas l'air catholique.

— Merde. D'accord, je réveille tout le monde. »

Après une longue après-midi et une aussi longue soirée, plus maintenant ce début de nuit en veille statique, Midas sentait soudain le frisson familier de l'adrénaline parcourir ses veines. Il n'avait aucune idée de ce qui pouvait bien se tramer de l'autre côté de la rue mais l'arrivée de ce petit groupe était éloquente. Son équipe n'avait pas envisagé que d'autres individus pussent venir s'intéresser à leur Roumain mais qui que soient ces types, à moins qu'ils veuillent faire un mauvais parti à un autre locataire, Midas était à peu près certain que la situation allait devenir intéressante pour Dalca.

Il entendit soudain un bruit reconnaissable entre tous : on tambourinait à la porte.

Vivement, il transmit aux autres l'information. « J'ai quelqu'un qui frappe à la porte de la cible. »

Chavez répondit aussitôt : « Bien reçu. On s'apprête à te rejoindre, Félix et moi. Jack descend dans la rue. J'ai demandé à Gavin de venir te relever dès que possible. »

Il y eut une nouvelle série de coups à la porte de l'appartement de Dalca, et Midas reporta son attention sur le moniteur principal qui affichait l'image de la caméra infrarouge braquée sur le balcon.

À cet instant précis, Dalca apparut derrière les rideaux tirés avant de faire coulisser la fenêtre sur laquelle était braqué le faisceau laser. L'ouverture déclencha un crissement si intense que Midas dut retirer vivement l'écouteur qu'il lâcha sur le bureau.

De l'autre côté de la rue, Dalca avait un sac sur le dos et un autre, imposant, entre les bras. Midas dut regarder de plus près pour être sûr, mais le Roumain était également coiffé d'un casque de moto noir.

« Le sujet est sur le balcon, annonça-t-il, on dirait bien qu'il essaie de se tirer. »

Sous ses yeux, Dalca fit passer par-dessus le balcon le gros sac qui descendit en spirale en dévidant derrière lui une longue échelle de corde. Celle-ci atteignit presque le sol. Dalca en arrima solidement l'extrémité supérieure à la main courante du balcon.

Chavez et Félix entrèrent dans le cagibi et vinrent s'agenouiller aux côtés de Midas. Ils regardèrent tous les trois le moniteur. « Qu'est-ce qu'il fabrique ?

— Il a déployé une échelle souple, du genre de celles qu'on utilise en cas d'incendie. Il est en train de descendre. Ce gars est prêt à prendre la poudre d'escampette. »

Chavez s'adressa à Jack via son oreillette. « Jack, fais gaffe, il va arriver dans la rue quand tu déboucheras de l'immeuble de son côté. Gavin, on a besoin de toi pour relever Midas, maintenant !

— Je finis de descendre, annonça Jack dans la radio. Je continue à pied.

— La cible porte un casque, précisa Midas.

— Alors j'imagine que j'ai besoin de me trouver un deux-roues… »

Dalca n'était qu'à mi-descente, ayant des difficultés à trouver les barreaux là où l'échelle oscillait dans le vide entre deux étages, quand un type apparut sur le balcon. Midas, Chavez et Negrescu regardèrent en silence la silhouette, toute de noir vêtue. L'homme se pencha pour regarder vers le bas mais Dalca était plus à droite, invisible de là où il se trouvait.

Un deuxième type apparut à son tour sur le balcon, et celui-ci tenait un pistolet muni d'un silencieux.

« Que tout le monde m'écoute, chuchota Chavez. On veut Dalca, mais plus important, notre objectif premier est d'éloigner de lui ces types. J'ignore qui ils sont mais je ne veux pas qu'ils récupèrent les informations qu'il détient. »

Dalca sauta les deux derniers mètres et atterrit en tas sur le trottoir avec un grognement audible d'un bout à l'autre du carrefour. Les hommes au balcon s'apprêtaient à retourner à l'intérieur mais ils entendirent manifestement le bruit, même du haut du troisième étage, car tous deux tournèrent les talons pour venir se pencher à nouveau au balcon. Celui placé à droite aperçut Dalca juste comme il disparaissait au coin de l'immeuble.

Sans hésiter, il leva son pistolet et tira, le manquant de peu. Même avec son silencieux, le pistolet fit pas mal de boucan au milieu de cette rue si tranquille, assez en tout cas pour être audible sans amplification depuis le poste de guet du Campus à quarante mètres de là.

Dalca disparut dans la ruelle sombre et les deux hommes retournèrent en hâte dans l'appartement.

« Jack, dit Chavez, ces types n'ont aucun scrupule à tirer pour tuer. Le sujet se dirige vers le nord par la ruelle côté ouest de son immeuble. »

Gavin venait d'entrer à son tour dans le cagibi, désormais surpeuplé. Il haletait et avait encore ses chaussures à la main.

« C'était quoi, ce bruit?

— Gav, dit Chavez. Prends la place de Midas. Enregistre tout ce que tu pourras jusqu'à ce que le calme soit revenu, puis tu me démontes fissa tout ce fourbi. Plan d'exfiltration alpha.

— Alpha, pigé. Et vous, les mecs?

— On file la cible et même si on n'arrive pas à le choper, de toute façon, il ne va pas revenir ici.

— OK », fit Gavin.

Chavez passa son sac en bandoulière et Midas souleva le sien. Félix avait déjà sorti les clés du minibus et tous trois filèrent au bout du couloir pour descendre l'escalier et gagner la rue.

58

Jack Ryan Junior traversa au pas de course la partie de la rue éclairée pour suivre Alexandru Dalca – il ne voulait surtout pas que ses poursuivants le repèrent en sortant ou que Dalca lui-même, planqué dans une ruelle obscure avec une arme, guette l'apparition de quelque idiot lancé à sa poursuite.

Heureusement pour Jack, rien de tout cela ne se produisit, et le temps de traverser pour s'engager dans la ruelle transversale derrière l'immeuble du Roumain, il put voir ce dernier, cinquante mètres plus à l'ouest, enfourcher une bicyclette. Jack en avisa toute une rangée sur un porte-vélos à proximité mais en s'approchant pour vérifier, il dut constater que toutes y étaient arrimées par des chaînes ou des antivols.

Il dut donc continuer sa poursuite à pied en s'efforçant de contourner à chaque fois le faisceau des réverbères. Il était réveillé depuis à peine plus de trois minutes et courait comme un dératé, aussi redoutait-il déjà l'arrivée de crampes, une fois retombé le pic d'adrénaline.

Il pressa le bouton du micro. « Ding, ai-je la permission de plaquer et ligoter notre gars si j'arrive à le rejoindre ?

— Affirmatif, répondit Chavez. On ne sait pas qui est à ses trousses mais on a besoin de lui encore plus qu'eux.

— C'est tout ce que je voulais entendre. »

Gavin Biery braqua ses caméras sur le fourgon blanc garé à côté de l'immeuble du Roumain alors que quatre types s'entassaient à l'arrière et que le véhicule s'engageait dans la rue en prenant à droite, puis à droite encore dans la ruelle sombre.

Gavin pressa le bouton du micro. « Jack, attention. Les sujets inconnus se dirigent dans ta direction à bord d'un fourgon Renault blanc. »

Jack répondit aussitôt. Il était clair, à l'entendre, qu'il courait comme un dératé. « Bien compris. Je vais tâcher de me planquer. J'aperçois encore Dalca mais plus pour très longtemps. »

Chavez intervint alors : « Félix dit qu'il connaît un raccourci pour nous permettre de lui couper la route. Tu continues de le filer pendant qu'on tente le coup. »

Alexandru Dalca avait les jambes tétanisées par l'effort de pédaler pour la première fois depuis plus d'un an. Il avait regonflé les pneus le jour de la visite des Chinois à la société, et cet après-midi, il était allé acheter l'échelle d'incendie avant de ranger dans son sac à dos son passeport, son ordi, de l'argent liquide et le disque dur contenant les fichiers américains, tout cela au cas où les Chinois reviendraient l'intercepter avant qu'il ait une chance de filer en Macédoine.

Il ne s'y était pas vraiment attendu mais il était heureux d'avoir pris ses précautions.

En revanche, il n'avait rien fait pour se préparer physiquement à semer une bande d'hommes de main chinois. Les coups redoublés à sa porte ne pouvaient signifier qu'une chose pour ce qui le concernait : le Seychelles Group avait réussi d'une manière ou de l'autre à découvrir qu'il détenait les fichiers et qu'il travaillait avec Daech.

Et le coup de feu alors qu'il disparaissait au coin de l'immeuble avait renforcé sa conviction qu'il avait bien fait de ne pas ouvrir la porte.

Il lui fallait juste les semer à présent, et son plan pour y parvenir était de se fondre dans les ténèbres du vaste parc Herăstrău et d'y rester planqué jusqu'au matin.

En cet instant précis, loin derrière lui, les phares d'un gros véhicule apparurent, débouchant sur la Strada Alexandrina. L'heure était bien trop tardive dans ce quartier tranquille pour que ce ne soit pas signe de danger. Il n'était plus certain de parvenir au parc avant qu'ils soient sur lui et il n'y avait pas vraiment d'endroit où se planquer. Il se retourna au moment où ils passaient sous un réverbère et vit que le véhicule était un fourgon blanc.

Dalca vira brusquement sur la gauche dans un large boulevard. Cinq cents mètres plus loin se dressait l'Arcul de Triumf, un monument des années 1930 au milieu d'un vaste rond-point. L'entrée du parc se trouvait juste à droite mais apparemment trop loin désormais, au vu de la vitesse du fourgon.

Dalca savait ce qu'il lui restait à faire. Pédalant aussi vite que le lui permettaient ses cuisses douloureuses, il lâcha d'une main le guidon pour sortir son téléphone. Du pouce, il composa le 112, le numéro d'urgence européen.

Une femme lui répondit au bout de quelques secondes et Dalca hurla quasiment : « Un groupe de Chinois à bord d'un fourgon blanc tire dans tous les sens.

— Quoi ? Où ça ?

— Autour de l'Arcul de Triumf ! Ils sont cinglés. Je crois qu'ils pourchassent un type dans le parc. Dépêchez-vous ! » Il raccrocha, fourra le mobile dans la pochette de sa chemise et continua de pédaler comme un malade, regrettant de ne pas être au volant de sa Porsche.

Le fourgon blanc doubla Jack à toute vitesse sur la Strada Alexandrina mais l'Américain réussit à ne pas se faire repérer en sautant par-dessus une clôture métallique d'un mètre cinquante pour atterrir dans le jardin d'un pavillon moderne d'un étage. Il demeura accroupi jusqu'à ce que les feux arrière du véhicule s'éloignent au bout de la rue et se releva enfin.

Il découvrit les écuelles d'eau et de pâtée pour chien juste sous son nez au moment précis où lui parvint le grondement d'une grosse bête en rogne se ruant sur lui dans le noir. Il s'empressa de sauter en sens inverse et cette fois atterrit avec une roulade sur le trottoir, évitant de justesse les crocs d'un énorme berger allemand à quelques centimètres de son visage, mais heureusement de l'autre côté de la grille.

« *Seigneur !* »

Jack se redressa et repartit au pas de course mais dès qu'il eut repris son souffle, il rappela son équipe. « Dalca et le fourgon blanc ont tourné à gauche sur l'avenue au bout d'Alexandrina. Je ne les vois plus. »

Chavez répondit au bout de quelques secondes. « On ne peut pas te récupérer tout de suite. On est plus à l'ouest, pour essayer d'intercepter Dalca. Félix pense qu'il pourrait tenter de semer ses poursuivants dans le parc au nord de notre position. Je te suggère d'obliquer par là. On tâchera de te récupérer dès que possible. »

Jack continua de courir.

Dalca attendit que le fourgon blanc ne soit plus qu'à quelques mètres derrière lui pour sauter sur le trottoir avec son vélo et longer le grillage bordant le côté sud du parc Herăstrău. Le fourgon s'était porté à sa hauteur, la vitre côté droit descendue, et il n'eut pas besoin de tourner la tête pour deviner qu'il y avait un canon pointé sur lui, aussi jeta-t-il délibérément au sol son vélo, passant par-dessus le guidon au moment même où retentissait sur sa gauche le claquement assourdi d'un pistolet avec silencieux.

Il fit un vol plané et atterrit cul par-dessus tête, mais sans trop s'amocher, et sa culbute lui fit gagner quelques secondes, le temps que le chauffeur du fourgon parcoure encore trente mètres avant d'écraser les freins et d'immobiliser le véhicule.

Dalca s'était relevé et il se rua vers le grillage qu'il escalada le plus vite possible, ignorant sa douleur lancinante au genou.

À deux cents mètres de là, Jack ne pouvait pas voir dans l'obscurité l'homme à vélo sur le trottoir, mais il voyait à coup sûr le fourgon et distingua l'éclair du coup de feu tandis que les feux stop s'allumaient. Puis vint le crissement de pneus et Jack put situer l'action juste avant le rond-point. Il en déduisit que Dalca avait sans doute abandonné sa bicyclette pour escalader la grille du parc.

Il avait la même grille sur sa droite, aussi se dirigea-t-il illico vers celle-ci, pour se hisser par-dessus et retomber dans les épais fourrés bordant le parc.

Il faisait nuit noire sous les arbres et il regrettait amèrement de ne pas disposer de lunettes infrarouges, tout ce qu'il avait, c'était une lampe torche dans son sac à dos. Il décida de s'en passer pour ne pas courir le risque d'être repéré et progressa donc tant bien que mal, au jugé, à travers bois, plissant les yeux et tendant l'oreille pour tâcher de localiser Dalca. Il savait que le Roumain devait encore avoir deux ou trois cents mètres d'avance sur lui mais si jamais il revenait dans sa direction, ils se retrouveraient nez à nez dans moins d'une minute.

Il pensait toutefois plus probable que Dalca ait poursuivi sa route vers le nord pour s'enfoncer dans le parc dans la direction opposée au fourgon blanc lancé à sa poursuite.

Jack fit de même, dégainant pour la première fois son pistolet.

« Jack, quelle est ta position ? » C'était Chavez.

À voix basse, il répondit : « Je suis dans ce grand parc boisé. Dalca est quelque part devant moi, il a semé le fourgon sur le boulevard. J'ignore si les hostiles en sont descendus pour se lancer à sa poursuite.

— Nous avons le fourgon devant nous, répondit Chavez. Fais gaffe, il vient de tourner pour s'engager dans le parc à fond la caisse. » Jack entendit Chavez demander à Félix le nom de l'artère que venait d'emprunter l'utilitaire. Le Roumain répondit et Chavez lui relaya l'information. « OK… il se trouve maintenant sur Michael Jackson.

— Où ça ? »

Chavez demanda confirmation à Félix puis revint en ligne. « C'est une grande allée bordée d'arbres qui traverse le parc. L'Aleea Michael Jackson.

— Cool », commenta Jack, sans ralentir même si chaque foulée devenait de plus en plus pesante. Il faillit trébucher en débouchant dans une clairière où la visibilité était un peu meilleure. Regardant sur sa gauche, il vit quelqu'un la traverser, bien loin devant.

« Je l'ai repéré. Soixante-quinze mètres sur ma gauche, il vient de regagner le couvert des arbres. Toujours cap au nord, mais il m'a l'air crevé. Je vais continuer en parallèle et tâcher de me rabattre sur lui. »

Quand Chavez revint en ligne, Jack l'entendit pester. « *Merde !* Voilà maintenant des sirènes de police et des gyrophares. Les flics vont tourner dans le parc avant nous, on va devoir rester en retrait. »

Ryan ralentit un peu en arrivant à l'autre bout de la clairière, redoublant d'efforts pour rester dissimulé dans l'obscurité sous les arbres, le pistolet toujours dégainé.

Alexandru Dalca avait entendu les sirènes alors qu'il trébuchait, épuisé. Les jambes à moitié paralysées par l'accumulation d'acide lactique, il continuait de progresser, s'aidant parfois en tirant sur les branches ou en repoussant les troncs, à grands moulinets de bras, toujours plein nord, sachant que l'artère principale traversant cette section du parc était juste droit devant.

Ne sachant pas si les occupants du fourgon en étaient descendus pour se lancer à ses trousses, il ne pouvait se permettre d'attendre dans le noir en croisant les doigts.

Les phares d'un véhicule glissèrent soudain derrière les arbres, projetant de tous côtés des ombres fantomatiques. Il déboucha soudain sur la contre-allée d'Aleea Michael Jackson et se retrouva dans le faisceau de phares. Il était certain, sans trop savoir comment, qu'il s'agissait du fourgon blanc. Puis presque aussitôt, il vit la voiture de police déboucher sur la route, une centaine de mètres derrière le fourgon.

Dieu soit loué, se dit-il et, dans un nouveau sursaut d'adrénaline, Alexandru Dalca s'élança pour traverser la route, quasiment sous le nez du fourgon, et disparaître dans les arbres de l'autre côté.

Le Renault blanc passa en trombe puis freina brusquement mais alors que la porte latérale coulissait et que les hommes en sortaient précipitamment pour rebrousser chemin et poursuivre leur proie, la voiture de police rouge et blanc braqua sur eux un projecteur avant de s'immobiliser en crabe en travers de la route, trente mètres à peine devant eux.

Les trois hommes s'arrêtèrent et levèrent les mains en l'air.

Félix Negrescu s'arrêta au bord de la chaussée, tous feux éteints. Sur sa droite commençait l'Aleea Michael Jackson. À côté de lui, Chavez saisit une paire de jumelles. Malgré l'obscurité, il put voir dans le faisceau des phares de la voiture de police trois hommes tenus en respect par deux flics postés de part et d'autre du fourgon.

Une seconde voiture de police approchait en sens inverse, par le nord-est de l'allée, même si Chavez ne distinguait pour l'instant que la lueur de ses gyrophares à travers la végétation.

À l'arrière, Midas demanda : « Tu vois notre cible ?

— Négatif, répondit Chavez. Ryan, ta position ? »

Les hommes entendirent la voix chuchotante de Jack. « Je suis sous le couvert des arbres, trente mètres sur la droite du fourgon, côté sud. Une seconde voiture de police vient de s'arrêter devant moi et les occupants de la première tiennent en respect les sujets à l'arrière du fourgon. Je ne vois pas Dalca mais s'il a traversé la route, je ne peux plus le rattraper sans être repéré par les flics.

— Compris, dit Chavez, garde ta position. »

Midas s'était glissé entre les deux hommes à l'avant et avait pris ses jumelles pour évaluer à son tour la situation. « Si les types de la camionnette décident d'en découdre avec les flics, est-ce qu'on intervient ?

— Ils sont cinq, minimum, observa Chavez. Nous sommes trois, avec des pistolets inhabituels et non testés. »

Midas ne quittait pas des yeux la route. Les hommes à l'arrière du fourgon étaient manifestement réticents à obéir aux ordres des flics. Ils restaient plantés là, comme s'ils attendaient une occasion pour réagir.

« Vous savez ce qu'on disait dans l'Unité, observa Midas. "Tu pisses avec la bite que t'as." Ces flingues pourront faire le boulot. »

Chavez braqua ses jumelles vers le côté sud de l'allée, le long des arbres, et il y repéra du mouvement. Dans le même temps, il entendit un des policiers crier des ordres aux trois suspects toujours plantés à l'arrière du fourgon.

Midas avait vu bouger lui aussi. « Un individu à pied, côté sud de la route. »

Chavez activa précipitamment son micro. « Jack, retourne à couvert ! On te voit !

— Mais je suis à couvert, murmura Jack. Croyez-moi, vous ne pouvez pas me voir depuis votre position. »

Alors que Chavez et Midas regardaient la silhouette sombre surgir de l'abri du bois, légèrement en retrait sur la droite des deux flics qui continuaient de tenir en respect les trois suspects, l'individu leva un pistolet muni d'un silencieux. Il tira rapidement deux coups dont les éclairs illuminèrent les ténèbres sous les arbres.

Les deux flics s'effondrèrent, morts. Les trois types qui étaient restés plantés les mains en l'air dégainèrent soudain et pivotèrent pour affronter les autres policiers.

Chavez aboya un ordre : « Jack, clair pour engager ! » Puis se tournant vers Félix, au volant. « Fonce ! »

Jack Ryan Junior n'obéit pas aux ordres de Chavez mais contourna l'arbre derrière lequel il était caché et se mit à genoux. Il savait qu'il était désormais visible de l'homme resté au volant du fourgon blanc, plus d'un autre passager, sans oublier les trois autres, toujours debout derrière. Il avait entendu les coups de feu en provenance de la lisière de la même rangée d'arbres derrière laquelle il s'était tapi, mais il n'avait pas vu l'éclair des tirs, de sorte qu'il ne pouvait localiser le tireur.

Il avait en outre tout près de lui deux flics tout juste descendus de voiture, même si le rideau d'arbres sur sa droite l'abritait encore. Il espérait que les gars qu'il tentait d'aider n'allaient pas le prendre pour cible et il s'inquiétait déjà en entendant au loin une autre sirène approcher par l'est.

Jack leva le pistolet roumain quand le premier homme déboucha de l'arrière du fourgon ; il visa son centre de masse et fit feu. L'arme, au contraire de celle du tireur planqué sous les arbres, était dépourvue de silencieux. La détonation retentit dans la nuit, mais ses deux coups successifs firent mouche et le type recula en titubant avant de tomber sur le dos au beau milieu de la chaussée.

Le deuxième homme tira d'un mouvement réflexe en direction de Jack mais ses deux coups passèrent largement à côté. Jack riposta en visant l'éclair du canon, mais comme il avait tiré tout en se baissant pour mieux se dissimuler, les balles allèrent pulvériser le pare-brise de la voiture de police derrière la camionnette.

Soudain, des coups de feu claquèrent, venus des policiers roumains, mais Jack n'aurait su dire s'ils tiraient sur lui ou sur les bandits. La situation devait leur paraître confuse, Jack le comprenait, car ils ne se doutaient sans doute même pas que leurs collègues situés de l'autre côté de l'utilitaire avaient été tués.

Jack retourna précipitamment sous l'abri des arbres, en se gardant de tous côtés. « Ding, j'ai besoin d'aide ! »

La réponse lui parvint aussitôt : « Engage les hostiles. Maintenant ! »

59

Le minibus fonçait maintenant dans le parc en direction de la fusillade et Midas ouvrit la portière gauche, juste derrière Félix. Les pieds calés sur le plancher, il se pencha vers l'extérieur en se retenant de la main gauche au dossier du siège du conducteur pour se stabiliser.

À l'avant droit, Chavez avait descendu la glace, sorti son bras armé du revolver en passant la tête à l'extérieur pour mieux viser. À moins d'une demi-seconde d'écart, les deux hommes ouvrirent le feu. Chavez tira sur l'homme qui venait d'abattre les deux flics, à présent agenouillé à côté d'un arbre en bordure de l'allée. De l'autre côté du minibus, Midas avait visé celui qui se tenait de l'autre côté de la voiture de patrouille.

Chavez toucha sa cible mais une autre ombre trahit sa présence plus loin dans les fourrés par l'éclair de son arme suivi du bruit de la balle frappant la calandre du minibus. Chavez supposa que ces deux types étaient descendus du fourgon au moment où Jack leur signalait que Dalca avait sauté par-dessus le grillage pour entrer dans le parc.

Une autre balle toucha le minibus, étoilant cette fois le pare-brise. Félix poussa un cri de douleur et aussitôt leur véhicule se déporta brutalement sur la gauche.

Chavez continuait de tirer sur la seconde silhouette même s'il était certain que leur minibus était sur le point, soit de percuter l'arrière de la voiture de police, soit de s'écraser contre les arbres.

De sa position, Jack ne pouvait plus voir ses cibles mais il rechargea rapidement et reporta son attention sur la seconde voiture de police. À son grand désarroi, il constata que l'agent à côté du véhicule gisait en tas sur la chaussée, son arme projetée à plusieurs mètres. Ne voyant pas son collègue de l'autre côté du véhicule, Jack redouta qu'il ait été abattu lui aussi. Il avait été si occupé à tirer sur les deux types à l'arrière du fourgon et à essayer de trouver un angle de tir sur les autres planqués derrière le rideau d'arbres, quelques dizaines de mètres plus à l'ouest, qu'il ne s'était pas occupé du chauffeur, laissant cette tâche aux deux malheureux flics.

Il ne voyait maintenant plus personne au volant du fourgon, ce qui signifiait que le chauffeur était mort ou bien s'était éclipsé durant la fusillade. Le fait que le pare-brise du véhicule n'était pas étoilé le porta à pencher pour la seconde hypothèse.

En cet instant précis, il vit les phares du minibus de l'équipe dévier brusquement sur la gauche de la chaussée, puis il entendit un bruit de branches cassées et de verre brisé.

Jack se précipita vers la voiture de police la plus proche, balayant la route avec son arme, guettant des cibles éventuelles. Parvenu à la hauteur de la portière du conducteur, il s'agenouilla pour regarder à l'intérieur de l'habitacle, dans l'espoir d'apercevoir le flic de l'autre côté. Il craignait certes que le policier lui tire dessus en l'apercevant, mais plus encore de découvrir qu'il était déjà mort.

Il ne vit personne et resta donc tapi tout en progressant pour contourner le véhicule par l'arrière, gardant toujours le pistolet braqué devant lui.

Alors qu'il débouchait à l'arrière, il fut surpris de voir un homme faire de même de l'autre côté. Jack se rendit compte aussitôt que l'individu n'était pas en uniforme et qu'il brandissait son arme, prêt à tirer. Tous deux firent feu en même temps, quasiment à bout portant.

Ils se touchaient presque de sorte que, tirant le bras tendu, leurs balles passèrent largement à côté. Jack balança son coude droit dans la figure du type mais à l'instant même où il entrait en contact, l'autre rabattit son pistolet, lui arrachant l'arme de la main.

Les deux armes de poing allèrent valdinguer sur le bitume.

Jack vit que son adversaire était un Asiatique à la carrure supérieure à la normale ; son coup de coude ne l'avait pas assommé, aussi essaya-t-il instinctivement de le jeter au sol avec un croche-pied. Mais alors qu'il se jetait sur lui, l'homme fit un pas de côté et Jack alla s'écraser contre le coffre de la voiture. L'impact fut douloureux mais, anticipant un coup venu de l'arrière, Jack pivota, le bras levé, pour parer l'attaque. L'autre avait tenté un crochet du gauche que Jack prit au sommet du bras, avant de répliquer d'un direct à la mâchoire.

L'autre accusa le coup, déséquilibré, mais il n'était toujours pas hors de combat.

Jack feinta un nouveau croche-pied et l'Asiatique, piégé, pivota sur sa gauche. Jack avait prévu le mouvement de son adversaire et abaissant l'épaule droite en pesant de tout son poids, il percuta violemment l'homme au niveau du torse.

Jack et son adversaire atterrirent au beau milieu de l'allée, tout en continuant de tricoter des poings, des genoux et des coudes. Derrière le pugilat, on entendit de nouveau crépiter une fusillade.

Jack sentit que l'Asiatique essayait de saisir quelque chose à sa ceinture, aussi essaya-t-il autant que possible de lui immobiliser les bras, tout en continuant impitoyablement de lui flanquer des coups de boule, deux fois, trois fois, jusqu'à ce qu'enfin le type s'effondre, estourbi.

Une fouille rapide lui permit de trouver un stylet fixé à l'intérieur de sa poche avant droite de pantalon.

Jack le retira, l'arrachant du même coup de sa gaine, puis d'une roulade, il se dégagea et se mit à ramper pour récupérer son pistolet. Il l'atteignit juste au moment où l'homme derrière lui portait la main à sa cheville pour récupérer un minuscule pistolet chromé. Jack ouvrit alors le feu presque à bout portant, le criblant de balles du pelvis au visage et mettant fin au combat.

Midas abattit le troisième tireur derrière le fourgon et Chavez logea quatre balles dans le corps du dernier adversaire caché sous les arbres, l'envoyant ramper à quatre pattes, sans doute pour aller mourir un peu plus loin, car il avait laissé son pistolet à l'endroit où il était tombé. Chavez dit à Midas de s'occuper de Félix, puis il descendit du minibus et s'approcha, avec précaution.

Il avait appelé Jack à plusieurs reprises par radio sans recevoir de réponse. Il n'avait pas envie de dévoiler sa position mais il ne voulait pas non plus se retrouver par inadvertance dans la ligne de mire de son camarade. « Ding vient te récupérer ! » s'écria-t-il juste avant de dépasser le fourgon blanc sur sa gauche.

« Clair ! » fut la réponse, venant de bien plus loin en retrait, et Chavez fut aussitôt soulagé. « Tous les hostiles abattus ! »

Chavez retrouva Jack, une lampe torche coincée dans la bouche et braquée sur un agent de police roumain blessé, un jeune qui ne devait avoir guère plus de vingt ans. Jack l'avait trouvé gisant dans l'herbe à côté de son véhicule. Deux balles lui avaient traversé l'avant-bras et l'épaule mais il s'en tirerait.

En définitive, cinq adversaires avaient été abattus plus un sixième, celui que Ding avait atteint de plusieurs balles au torse et qui devait sans doute être en train de se vider de son sang dans les bois. Il y avait également trois flics tués. Félix avait une éraflure au front et plusieurs profondes entailles sur la joue, dues aux éclats du pare-brise mais il était parfaitement conscient et se confondait en excuses pour avoir détruit le minibus.

Des sirènes approchaient de tous les côtés du parc alors que la petite troupe regagnait le minibus mais Chavez se rendit compte qu'il était exclu de le remettre sur la route. Ils décidèrent donc de s'entasser dans le fourgon Renault blanc, même s'il avait plusieurs impacts de balles sur les vitres et les portières. Chavez se mit au volant et les autres membres du Campus aidèrent Félix à monter.

Alors que Chavez quittait la zone de la fusillade, tous feux éteints, il avisa un étroit chemin de terre passant à travers bois qui leur permit d'éviter les voitures de police.

Tous gardèrent le silence jusqu'à ce qu'ils soient ressortis du parc, quand ils purent rallumer les phares et rouler normalement, malgré les trous criblant la carrosserie.

« C'est dingue, commenta Chavez, mais notre seule certitude, c'est que Dalca nous a filé entre les mains.

— On peut continuer vers le nord pour le rechercher, suggéra Jack. Il devrait toujours être à pied.

— Négatif, répondit Chavez. On doit d'abord récupérer Gavin et s'éloigner du secteur. En un rien de temps, tout le quartier va grouiller de flics. »

Il appela Clark. C'était l'après-midi sur la côte Est et le directeur des opérations du Campus répondit aussitôt. Chavez prit cinq minutes pour lui expliquer la situation dans les moindres détails et Clark répondit qu'il allait essayer d'avoir Mary Pat au téléphone afin de contacter le renseignement roumain. Ces derniers avaient d'excellentes relations avec l'administration Ryan, et même si Mary Pat allait avoir quelque difficulté à expliquer comment plusieurs agents de son gouvernement en mission clandestine s'étaient retrouvés au milieu d'une bataille rangée à Bucarest, elle avait toutefois un certain nombre de cartes dans sa manche. Après tout, un ancien détenu roumain avait été au centre de la série d'attentats de l'EI en Amérique, au nez et à la barbe de son gouvernement : ce dernier avait donc toutes les raisons du monde d'aider l'Amérique à garder l'affaire sous le manteau.

Chavez était encore au téléphone avec Clark quand il gara le fourgon pour récupérer Gavin et tout leur équipement de surveillance devant une porte cochère à deux rues de leur planque. Leur directeur informatique avait descendu quatre étages, parcouru plus de cent mètres et fait deux voyages pour trimbaler tout le fourbi : ils le trouvèrent assis sur une pile de valises à roulettes et de sacs à dos, le front luisant de sueur et le souffle encore plus court que ses trois collègues qui venaient de combattre une demi-douzaine d'adversaires armés jusqu'aux dents puis fui la police dix minutes plus tôt.

Gavin ouvrit l'arrière du véhicule, et il commençait à charger tout le matériel quand il eut un mouvement de recul en découvrant que la vague forme à l'arrière du minibus n'était pas un sac en toile mais un cadavre. Il ignorait pourquoi son équipe trimbalait un macchabée mais il était trop essoufflé pour dire quoi que ce soit.

Il referma simplement l'arrière, puis fit glisser la porte coulissante et monta derrière ses camarades.

Chavez redémarra en direction du sud et le temps d'avoir fini sa conversation avec Clark, Gavin avait retrouvé son souffle.

« J'ai eu les tireurs plein cadre, annonça-t-il. Vous les avez vus ?

— Je dirais que c'est des Chinois, répondit Chavez.

— Ouais. Ça m'en a tout l'air. J'ai récupéré deux portraits corrects. On peut les comparer avec les espions chinois qu'on a identifiés, voir s'il y a une corrélation.

— Vu leur historique de participations notables à du piratage informatique… on peut dire que ça se tient, commenta Jack.

— Pourquoi s'en prendre à Dalca s'ils bossent ensemble ? s'étonna Félix.

— L'une de nos théories, à Gavin et moi, expliqua Jack, c'est qu'il pourrait s'agir d'une initiative personnelle au sein même de la société de piratage informatique et qu'un employé, Dalca en l'occurrence, aura dérobé les données destinées à l'acteur étatique commanditaire du piratage. Si tel est le cas – Dalca étant le voleur et la Chine le commanditaire –, on peut comprendre alors qu'il n'ait pas été ravi de voir des Chinetoques à la mine patibulaire venir tambouriner à sa porte.

— On file à l'aéroport ? » le coupa Gavin.

Chavez fit non de la tête. « On n'a pas Dalca, donc on ne va nulle part. On se trouve une place où se planquer, le temps d'aviser. »

Félix se fit alors entendre sous l'épaisse couche de gaze que Midas lui avait posée sur le visage. « Je connais un endroit. Mon neveu est dans l'armée, déployé avec l'OTAN. Il possède une petite ferme à Sintești, à un petit quart d'heure de la capitale. Il est célibataire et toujours en vadrouille. Ce n'est pas bien grand mais c'est tranquille.

— Guide-nous, Félix, demanda Chavez. On te fera recoudre dès notre arrivée. »

Finalement, Gavin prit sur lui de demander : « C'est qui, le mort à l'arrière ? »

Tous les autres occupants du véhicule se tournèrent vers lui.

« Quel mort ? demanda Jack.

— Vois par toi-même. »

Jack rampa par-dessus les bagages et prit une torche pour éclairer le corps. L'homme était manifestement décédé, tué d'une balle en plein front. En lui faisant les poches, Jack trouva sa carte d'identité et l'éclaira. « Dragomir Vasilescu.

— C'est le patron d'ARTD, s'exclama aussitôt Gavin. Eh, les mecs, pourquoi l'avoir abattu ?

— Ce n'est pas nous. Il était déjà là. Soit les Chinois l'ont exécuté, soit il s'est pris une balle perdue durant la fusillade. Avec un trou juste entre les deux yeux, je pencherais pour la première hypothèse.

« On ne sait pas s'il travaillait ou non pour Dalca et on ne sait pas non plus si ce sont vraiment les Chinois. Quoi qu'il en soit, ceux qui en veulent à Dalca ont décidé d'en tenir Vasilescu responsable.

— Ouais, constata Midas, ces types ne rigolaient pas. »

Chavez le regarda dans la pénombre du fourgon. « Clark disait que tu lui avais dit qu'on cherchait à faire une différence. Est-ce que ça peut compter ?

— On n'a pas eu Dalca mais si on a simplement empêché le détenteur de tous les documents secrets visant nos militaires et nos espions de se faire récupérer par les Chinois, alors j'imagine que c'est toujours mieux que rien.

— T'as bougrement raison, répondit Chavez. À présent, finissons le boulot. »

60

Dominic et Adara passèrent l'après-midi et la soirée assis autour d'une table dans le hall de leur hôtel au centre de Chicago, leur portable ouvert devant eux et l'oreillette Bluetooth vissée à l'oreille.

Ils y étaient depuis plusieurs heures mais jusqu'ici, ils n'avaient toujours pas réussi à dénicher en ville une cible attirante pour l'État islamique.

Adara répéta que l'unique cible d'envergure notable restait le siège local de l'antiterrorisme mais une fois encore, ils l'éliminèrent, jugeant l'objectif trop difficile pour Al-Matari et ses hommes, vu les pertes considérables dans leurs rangs lors d'attaques sur des cibles qui n'étaient pas du tout protégées.

À vingt-deux heures quinze, alors qu'ils terminaient les pizzas de leur dîner et qu'ils s'apprêtaient à plier bagage pour la nuit, le téléphone de Dom sonna. Il ne reconnut pas le numéro mais il était local.

« Ouais ?

— Agent spécial Caruso ? Ici l'agent spécial Jeffcoat. » Dom décela l'excitation manifeste dans la voix de son interlocuteur, ce qui le surprit car le matin même, l'homme n'avait certainement pas eu la moindre envie de lui parler.

« Hé ? Que se passe-t-il ?

— Ma foi, soit vous m'avez caché quelque chose, auquel cas il va falloir qu'on mette ça au clair par la suite, soit vous avez une veine de cocu.

— Comment ça ?

— Il y a douze minutes, la reconnaissance faciale nous a signalé que le tireur de New York, David Hembrick, était apparu à la réception de l'hôtel Drake, sur Lake Shore Drive. Accompagné d'un autre individu. Or ce dernier correspond au signalement d'Abou Moussa Al-Matari. »

Dom se leva d'un bond, faisant sursauter Adara. « C'est une blague ! Je suis à dix minutes de là. Ils y sont toujours ?

— On le suppose. On a des images d'eux entrant dans un ascenseur avec pas mal de bagages mais plusieurs caméras du bâtiment sont hors service. Néanmoins, pas une seule vidéo d'un éventuel départ, donc on en déduit qu'ils sont toujours tous les deux dans leur chambre.

— Qu'est-ce que vous comptez faire ?

— On s'apprête à les intercepter.

— Vous pensez que c'est une bonne idée ?

— Nos équipes de réaction rapide sont parmi les meilleures du pays et on sera là en renfort. On va positionner rapidement et discrètement tous nos effectifs sur zone avec une unité mobile complète. On n'a pas d'unité dédiée du FBI dans le secteur, donc c'est le SWAT de la police de Chicago qui est déjà sur le coup. Ce sont des cadors et on bosse régulièrement ensemble lors des exercices d'intervention antiterroriste. On a envoyé des agents du FBI et des policiers en civil surveiller toutes les issues et dès que tout le dispositif est en place, le

SWAT investira la chambre d'hôtel de Hembrick. » Dom pouvait déceler la passion dans la voix de l'agent spécial. Celle d'un chasseur dont la proie ultime venait d'apparaître devant son cran de mire. « Quelques centaines de clients vont avoir droit à une nuit mémorable.

— Ouais, j'imagine. » Même si Adara ignorait toujours ce qui se tramait, elle suivit le mouvement et remballa prestement leurs ordinateurs portables.

Jeffcoat poursuivait. « Vos accréditations vous permettront de passer les barrages et d'accéder à notre PC mais nous ne nous mettrons en position qu'une fois commencée l'intervention des forces spéciales. Pas question que les gens du coin voient se pointer les gros semi-remorques noirs de l'antiterrorisme et une centaine de flics investir le quartier, au cas où Al-Matari aurait des complices dans la rue.

— Bon sang, mec, intervint Dom, j'ai comme un doute. » Dom se demandait comment le Campus gérerait la même situation et il était convaincu qu'ils adopteraient un profil considérablement plus discret.

Jeffcoat répliqua sèchement : « Ne le prenez pas mal, agent spécial, mais je n'appelais pas pour vous demander votre avis. Juste pour vous prévenir.

— Entendu. Je me rends sur place, je pourrais participer de loin à la surveillance. Quel est le numéro de la chambre ?

— La 514. Ramenez-vous au PC si vous voulez suivre l'opération mais n'entrez en aucun cas dans l'hôtel. On compte se positionner sur East Delaware, un pâté de maisons au sud du Drake. Je suis sérieux, ne venez pas dans nos pattes, Caruso. Le SWAT et la police se chargent de l'intervention en faisant usage de leurs armes si nécessaire, et l'antiterroriste et le FBI sont là pour chapeauter discrètement l'ensemble de l'opération depuis une position en retrait via le PC mobile. Si je vous signale tout cela, c'est uniquement parce que Washington m'a demandé de vous tenir informé. Comme on dit, trop de cuisiniers gâtent la sauce.

— Entendu. Bonne chance. »

Dom et Adara grimpèrent dans leur voiture de location et remontèrent vers le nord sur Michigan Avenue. Dom portait un neuf millimètres compact Glock 26 dans un étui d'épaule sous son blazer bleu et il avait un second pistolet identique rangé dans son sac à dos pour Adara en cas d'urgence. Sans un mot, elle le sortit en même temps qu'un magasin supplémentaire et glissa le tout dans son sac à main. Puis elle arrangea ses cheveux en queue-de-cheval avec un élastique.

Ils étaient habillés tous les deux de manière fort classique mais ils savaient comment dissimuler leurs armes, quelle que soit leur tenue.

« Quel rôle doit-on jouer ? s'enquit Adara.

— On rejoint leur centre de commandement pour voir qui est à la manœuvre. En proposant notre aide éventuelle.

— Ça te paraît une bonne idée que le SWAT vienne les taper dans leur chambre d'hôtel ? Il y a une salle de bal au Drake et la soirée battra son plein, sans compter le bar dans le hall et tous les clients dans leurs chambres. Les éclats de bombe artisanale ou les balles de kalach' vont traverser les cloisons comme du papier.

— Cent pour cent d'accord, répondit Dom. Pour ma part, je serais resté en retrait à les surveiller, pour les intercepter ailleurs, une fois sortis de l'hôtel, mais ce n'est pas à nous de décider.

— Ne serait-on pas plus utiles en allant prendre position dans l'hôtel, au cas où ? Je veux dire, il vaut mieux parfois demander pardon que demander la permission. »

Dom quitta des yeux la route pour la regarder. « C'est mon numéro, Adara. Tu es ma subordonnée sur ce coup.

— Je sais. » Elle ne dit plus rien.

Dom réfléchit à sa remarque et ce qu'elle impliquait. La dernière chose qu'il voulait en ce moment c'était une brouille avec sa copine. Après une minute de conduite silencieuse, Dom reprit : « On n'aura qu'à tâter le terrain, une fois sur place. Si on pense qu'on peut être utiles à l'intérieur, alors on trouvera un moyen d'entrer.

— D'accord, fit-elle avant d'ajouter : Je ferai tout ce que tu jugeras préférable. »

Cinq agents du FBI travaillant de concert avec la section de Chicago de l'antiterrorisme entrèrent dans le hall du Drake, seuls ou par couples, et s'assirent sur les banquettes, gagnèrent le bar ou la galerie marchande au sous-sol. Tous restaient mutuellement en relation par textos, mais aussi avec la police de Chicago et les responsables de l'antiterrorisme qui s'affairaient au même moment, les uns à finir de préparer leur gros PC mobile, les autres à positionner leurs voitures de patrouille aux alentours afin de créer un cordon autour du vieux palace.

Les cinq agents déjà présents dans l'hôtel s'y étaient introduits en catimini dans l'intention de repérer des membres des cellules d'Al-Matari déjà identifiés empruntant les ascenseurs. L'accès depuis le sous-sol avait été désactivé par des agents du FBI déguisés en réparateurs d'ascenseur. Ce qui avait provoqué un bref échange de noms d'oiseaux avec le personnel d'entretien présent dans la galerie inférieure jusqu'à ce que des policiers en uniforme interviennent et conduisent les employés dans un couloir désert pour leur expliquer qu'ils venaient de menacer de sévices un groupe d'agents du FBI en civil.

Tandis que l'altercation se déroulait au sous-sol, dans le hall, un couple de quadragénaires – tous deux agents spéciaux – se rendaient au comptoir pour demander à parler au directeur de l'établissement. Lui ayant discrètement présenté leur badge, ils l'invitèrent à les rejoindre dans une pièce privée où ils lui expliquèrent qu'ils avaient besoin de réquisitionner immédiatement toutes les chambres vacantes du quatrième étage. Le directeur se dirigea vers un terminal et, d'une main tremblante, réussit non sans mal à valider des clés d'accès pour trois suites de luxe à cet étage.

Les cinq minutes qui suivirent, trois unités d'agents du FBI armés jusqu'aux dents gagnèrent ces trois chambres en se faisant passer pour des clients. Les occupants de toutes les autres chambres de l'étage furent alors contactés individuellement par la direction, au prétexte d'une enquête de satisfaction. Cela permit d'identifier lesquelles étaient occupées et lesquelles avaient des clients de sortie pour la soirée.

Une chambre avait été tenue à l'écart du sondage téléphonique : la 514. Décision avait été prise de ne pas appeler celle de David Hembrick au cas où l'appel éveillerait les soupçons de l'intéressé ou de son complice Al-Matari.

Dom et Adara se garèrent dans un parking sur East Walton, juste une rue à l'ouest du Drake. En apparence, l'animation semblait normale pour un samedi soir devant le vieux palace mais quand le couple tourna sur Michigan pour redescendre vers East Delaware, ce fut une tout autre histoire. Une demi-douzaine de berlines et de SUV manifestement gouvernementaux occupaient la chaussée et des policiers motocyclistes bloquaient l'accès depuis Michigan à la rue en sens unique.

Comme ils s'approchaient de la dizaine de policiers et d'agents du FBI entourant l'un des SUV, Adara remarqua : « Tu te souviens de ce que j'ai dit, que la plus grosse cible serait la brigade antiterroriste ?

— Ouais.

— Eh bien… quel meilleur moyen de les cibler que de les attirer tous en un seul point précis ? »

Dom réfléchit. « C'est parfaitement logique. Jeffcoat a indiqué qu'un PC mobile était en attente quelque part aux environs mais qu'il arriverait sur site au moment précis de l'intervention au Drake. Cette rue va devenir un vrai cirque d'une minute à l'autre. »

Adara parcourut les lieux du regard avant d'observer : « J'imagine que les flics ont la situation sous contrôle », mais au ton de sa voix, on sentait qu'elle n'en était pas aussi sûre.

C'était au total onze entrées qui desservaient l'hôtel Drake et sa petite galerie marchande, en comptant celles réservées au personnel : en contrôler l'accès était un vrai cauchemar pour la police qui redoutait que poster des guetteurs au rez-de-chaussée risque d'alerter Hembrick et Al-Matari, les conduisant à se barricader, déclencher une bombe ou tenter de fuir. Mais dès que les trois groupes d'agents furent installés dans leurs chambres au quatrième et qu'ils eurent commencé à surveiller le couloir de l'étage par le judas de leur porte, trois blindés légers vinrent prendre position autour du bâtiment. Un sur Lake Shore et les deux autres sur East Walton Place. Dix-huit hommes en tout, membres du SWAT de la police de Chicago, bondirent des véhicules pour s'approcher de l'immeuble. Une seconde unité était garée quatre rues à l'ouest pour servir de force de réaction rapide en cas de catastrophe et chacun des hommes de cette équipe était en rogne de ne pas faire partie de celle dévolue à l'intervention.

Un autre groupe de SWAT surgit de l'arrière d'un fourgon garé devant l'entrée principale côté sud, fonça vers les portes tenues grandes ouvertes par des fédéraux et des flics en civil et pénétra dans le bâtiment. Les six agents grimpèrent les marches d'accès du hall principal. Ils filèrent devant les clients éberlués qui les regardèrent, bouche bée, passer au pas de course et se diriger vers la porte d'entrée du personnel, également tenue ouverte par un des agents spéciaux posté dans le hall pour y repérer d'éventuels membres connus de Daech. Les agents en tenue kaki du SWAT gagnèrent un escalier qu'ils gravirent en formation tactique jusqu'au quatrième étage.

La deuxième équipe entra par Lake Shore, parcourut sur toute sa longueur la luxueuse galerie marchande installée au niveau de la rue et se dirigea vers les ascenseurs d'accès au hall de l'hôtel au niveau supérieur. Au-dessus d'eux, un agent du FBI, prévenu de l'imminence de leur arrivée, avait remis en service les ascenseurs tout en bloquant leur accès aux clients du rez-de-chaussée.

Dorénavant, la batterie de quatre ascenseurs situés dans le hall ne serait accessible qu'aux personnes désirant descendre des étages supérieurs.

Le troisième groupe était également entré par la façade mais il se dirigea vers l'escalier ouvert au public.

Puis une douzaine d'agents de police, la majorité en uniforme, investit le hall. Ils ne procédèrent pas à l'évacuation totale de l'hôtel, et la plupart des occupants de la salle de bal située à l'étage intermédiaire ne remarquèrent rien d'anormal.

Deux minutes plus tard, les dix-huit agents du SWAT étaient au quatrième. Trois groupes de quatre organisèrent l'évacuation dans le calme de toutes les chambres dont les occupants avaient répondu à l'enquête téléphonique. Les agents ne perdirent pas de temps à vérifier celles où personne n'avait décroché le téléphone.

Cette première opération terminée, une demi-douzaine d'agents s'immobilisèrent à quelques mètres de la 514, tandis que six autres approchaient lentement, leur M4 braqué vers la porte. Les six derniers prirent position près de l'escalier, leurs armes couvrant l'ensemble de l'étage.

Les six agents du FBI qui avaient pris les trois chambres à l'étage en ouvrirent la porte, dégainèrent leurs armes et se tinrent en retrait mais prêts à intervenir si nécessaire.

Un défonceur et un agent de sécurité s'approchèrent de la porte. Le second garda son arme relevée tandis que le défonceur plaçait une petite charge explosive à proximité de la poignée, puis reculait, le détonateur dans la main.

Plaqué contre le mur du couloir, le chef de l'unité murmura dans son micro. « Bravo Un a un contrôle positif. Brèche dans trois, deux, un. »

La porte de la 514 fut chassée vers l'intérieur et l'unité envahit la chambre.

Au même moment, la porte de la chambre 515 située juste en face s'entrouvrit et lorsque le quatrième membre du groupe, décelant le mouvement sur sa droite, tourna la tête, Maria Gonzalez, vingt ans, l'unique femme de la cellule de Chicago, fit un pas dans le couloir.

Sans un mot, elle actionna sa ceinture d'explosifs au beau milieu de l'équipe d'agents du SWAT.

La porte de la chambre 501 s'ouvrit à son tour et Ahmed, un autre membre de la cellule de Chicago, balança une valise remplie de plastic vers les agents en poste près de l'escalier, côté sud. La valise atterrit là aussi au milieu du groupe mais pas avant que les hommes aient tué Ahmed en le criblant de balles.

Même si le terroriste était mort, sa machine infernale explosa au beau milieu de la cage d'escalier, tuant tout le monde à proximité et soufflant les fenêtres sur plusieurs étages de la façade sud du bâtiment, tandis qu'une pluie d'éclats de verre recouvrait East Walton Place.

Deux étages plus bas, au deuxième, trois membres de la cellule de Chicago et deux de celle de Santa Clara quittèrent leurs chambres armés de grenades et de fusils automatiques AK-103. Tous portaient gilets pare-balles et ceintures d'explosifs. Ils gagnèrent l'escalier principal pour rejoindre le hall un étage plus bas. En y pénétrant, ils découvrirent la police et aussitôt trois d'entre eux ouvrirent le feu tandis que les autres balançaient grenade sur grenade.

61

Deux énormes semi-remorques noirs servant de PC mobiles et bardés de matériel d'analyse et de communication vinrent s'immobiliser hors de vue du Drake sur East Delaware. Aussitôt, la rue fut barricadée tandis que plusieurs voitures de police venaient encercler le poste de commandement.

À l'intérieur comme tout autour des véhicules, on comptait plus de quarante membres de l'antiterrorisme, tous haut gradés du FBI, de la Défense, de la CIA, du Renseignement de la Défense, de la Sécurité intérieure, du Renseignement de la Marine, des Douanes et de l'Immigration, de la Sécurité présidentielle, de la police d'État de l'Illinois, de la Division de police criminelle de l'armée de terre, sans oublier la section antiterroriste de la police de Chicago.

L'agent spécial adjoint Thomas Russell n'était pas seulement le chef de la section locale du FBI mais aussi le directeur de la brigade antiterroriste interservices à Chicago. Il descendit d'un Chevrolet Suburban noir garé sur une zone d'incendie pour filer vers la remorque marqué sur les côtés « PC mobile 1 » sitôt qu'un marchepied d'accès fut disposé au pied de la porte latérale.

Tous avaient entendu les explosions survenues en hauteur une rue plus loin et maintenant toutes les radios bruissaient de l'annonce de nombreuses victimes parmi la police au quatrième étage de l'hôtel. Les transmissions se superposaient, le flot d'informations saturait le PC mais quelques secondes à peine après cette première annonce tragique, le claquement de rafales d'armes automatiques résonna au bout de la rue.

Une fois encore, les radios hurlèrent : « Nous sommes sous le feu dans le hall ! Un homme à terre ! Un tireur en action !

— Putain de merde, mais enfin c'est quoi ce bordel, là-bas ? » demanda Russell.

Un spécialiste des transmissions auprès de la police de Chicago lui résuma la situation. « On me signale de multiples explosions et une fusillade au quatrième étage. Présence d'hostiles dans de nombreuses chambres. Et de multiples tireurs dans le hall, avec gilet pare-balles et fusils d'assaut. Tous les éléments présents au quatrième ont été évacués mais il y a des morts et des blessés.

— Combien de civils dans l'hôtel ?

— La direction indique qu'il y a cent soixante-treize chambres avec un taux d'occupation de quatre-vingts pour cent. Avec une moyenne de deux occupants par chambre, ça nous fait neuf cent soixante personnes mais aucun moyen de savoir combien étaient présentes au moment de l'attaque et combien étaient aux bars et restaurants ou dans les salles de conférence.

— Dieu du ciel. » Ce n'était pas censé se passer comme ça. Lui et toute son équipe sortaient tout juste, six semaines plus tôt, d'un exercice en situation réelle simulant une attaque terroriste et l'opération s'était déroulée sans la moindre anicroche, de sorte que Russell avait été convaincu de ses capacités, avec l'aide de la police locale, à mener à bien cette arrestation.

Mais quelque part, elle avait viré au chaos total à l'intérieur de l'hôtel.

Un autre spécialiste des communications, installé tout au bout de la remorque, couvrit de sa voix le brouhaha régnant au sein du PC mobile. « Directeur Russell ? J'ai un appel en provenance de la chambre 514, ils demandent à vous parler nommément ! »

Pensant que l'unique possibilité était qu'il s'agît d'un commandant du SWAT resté à l'étage, il répondit immédiatement.

« Russell ?

— Bonsoir, agent spécial responsable Thomas Russell. » L'interlocuteur avait un accent moyen-oriental aux intonations britanniques.

« Qui est à l'appareil ?

— Je suis vexé que vous ne reconnaissiez pas ma voix. Je suis certain que vos drones ont trouvé moyen d'écouter mes conversations téléphoniques quand j'étais en Syrie. N'est-ce pas ainsi que vos militaires ont découvert mon camp, l'an dernier ? »

Russell saisit le bras de son second, un lieutenant-colonel de l'armée. L'homme traversait juste à cet instant le camion et le directeur l'intercepta si rudement qu'il le força à tourner les talons.

Russell posa le doigt sur le micro de son combiné et murmura : « Al-Matari. »

Le lieutenant-colonel fila aussitôt demander aux techniciens des communications d'enregistrer l'appel.

« Quel est le statut des agents de police là-haut ? demanda alors Russell.

— Ici, nous en avons six en vie. Tous sous notre contrôle. J'ai des moudjahidines aux autres étages en train de rassembler les civils. Retirez toutes vos forces du bâtiment et nous reparlerons. Si je n'ai pas confirmation que vous l'avez fait d'ici à trois minutes, j'abattrai personnellement un otage chaque minute jusqu'à ce que vous obéissiez.

— Que voulez-vous ?

— Que vous suiviez mes instructions. Puis… nous négocierons. » On raccrocha.

Russell se tourna vers son second, revenu entre-temps. « Évacuez-moi tous vos hommes et qu'ils récupèrent au passage tous les civils qu'ils pourront trouver. Ils ont trois minutes. On va appeler l'Unité de récupération d'otages du FBI, se replier et voir ce qu'on peut faire pour désamorcer tout ça. Positionnez le plus possible d'agents du SWAT local à l'extérieur au cas où ils auraient à retourner dans l'hôtel si les tirs reprennent. »

Il fallut plusieurs minutes à Dominic Caruso pour retrouver l'agent spécial Jeffcoat à l'intérieur du cordon de police sur East Delaware, à quinze mètres de l'un des PC mobiles. L'agent du FBI était au téléphone, un pistolet Benelli sur le torse par-dessus son gilet pare-balles.

Dès qu'il eut raccroché, il leva les yeux vers Caruso. « Pas maintenant.

— Merde, qu'est-ce qui se passe là-haut ?

— C'était un piège. On a une prise d'otages mais on a reçu un appel de l'intérieur, donc ils nous parlent, c'est déjà ça. On est en train de se replier pour essayer d'obtenir la libération de quelques personnes. »

Dom n'aimait pas du tout ça. « Non. Il faut les frapper maintenant sans attendre !

— Vous êtes cinglé. Ils détiennent une demi-douzaine d'agents du SWAT là-haut au quatrième, plus Dieu sait combien de civils. On ignore combien de terroristes sont présents dans le bâtiment ou de quelle sorte d'armes ils disposent. On doit d'abord se ressaisir et attendre les spécialistes des prises d'otage. »

Dom n'arrivait pas à croire ce qu'il entendait. « Venus de Washington ?

— Ils peuvent être ici en trois heures. D'ici là, on négocie.

— Écoutez, l'implora Dom. Al-Matari ne fait pas ce que vous imaginez. C'est une stratégie habituelle des terroristes djihadistes partout sur la planète. Ça s'appelle "négocier pour se renforcer". Ces discussions sont une tactique dilatoire. Ils sont là-bas en train d'amorcer leurs bombes, de disposer leurs pièges, bref de préparer le nouveau chapitre de leur manifeste. Ils attendent que toutes les caméras du pays viennent se braquer sur Chicago et alors ils exécuteront ce qu'ils avaient réellement prévu d'exécuter depuis le début. »

L'agent spécial adjoint Russell avait observé la discussion depuis l'arrière du PC mobile numéro un et il sortit en bousculant les nombreux membres de l'antiterrorisme présents sur place. « Que se passe-t-il ? Qui êtes-vous ?

— Agent spécial Caruso, du district fédéral.

— D'accord. Vous êtes le gars que Murray voulait qu'on tienne au courant de la situation. Y a-t-il quelque chose que vous savez et que vous me cacheriez ?

— Vous traitez cette crise comme une prise d'otages. Vous essayez donc de calmer la situation et de discuter. C'est l'opposé que vous devez faire maintenant. Plus vite vous neutraliserez ces tireurs, moins vous perdrez de vies innocentes. »

Russell réagit en mettant en question l'autorité de son interlocuteur. « Je sais que vous êtes le neveu du président mais ça ne vous donne pas autorité pour commander mon dispositif.

— J'essaie juste d'aider. Écoutez. Ce PC mobile est trop près du Drake. Pour autant que je sache, Al-Matari possède une bombe sale et…

— Washington a-t-il des informations disant qu'il a une bombe sale, parce que si c'est le cas, alors je peux vous dire qu'on ne m'a pas prévenu. Merde.

— Certes non, monsieur. Mais… »

Russell le coupa. « Je n'ai pas le temps de justifier toutes mes décisions devant un agent d'un autre service. Alors, vous restez là et vous la fermez ou alors vous filez de l'autre côté du cordon. »

Dom s'éloigna pour retrouver Adara dans la foule qui s'amassait sur Michigan Avenue.

Elle avait manifestement assisté à l'altercation. « Est-ce que ça s'est passé aussi mal que ça en donnait l'impression vu d'ici ? »

Dom avait un visage grave. « Je crois que cette histoire de prise d'otages est une ruse. Leurs exigences, quelles qu'elles soient, ne servent qu'à gagner du temps. Ils veulent avoir le plus de témoins possibles pour leur offrir un maximum de publicité quand ils massacreront tous les otages.

— Alors qu'est-ce qu'on fait ?

— On ne reste pas assis à attendre. On entre, répondit Dom.

— Ont-ils une idée quelconque du nombre de terroristes présents sur place ? »

Dom hocha la tête. « Non. C'est une situation merdique qui ne va qu'empirer tant qu'ils traînent avant de décider quoi que ce soit. Si quelqu'un parvient à entrer dans l'hôtel, commence à s'en prendre aux hommes d'Al-Matari et que les tirs reprennent, alors les autres équipes des SWAT n'auront pas d'autre choix que d'intervenir.

— Alors qu'est-ce qu'on fait à poireauter et discuter ? Allons-y ! »

Dom hésitait et Adara était sur le point d'exploser car elle pensait qu'il allait lui ordonner de rester à l'écart.

Mais avant qu'elle ait pu ouvrir la bouche, il répondit : « J'aurai besoin de toi à mes côtés.

— Je sais. Je viens de demander à Clark qu'il m'envoie les plans du bâtiment sur mon téléphone. On peut accéder à l'hôtel par ce qui ressemble à un vieux réseau d'égouts désaffecté – il est relié à un immeuble situé sur le côté est de Lake Shore. »

Dom partit aussitôt au petit trot dans cette direction tout en sortant de son sac à dos une petite lampe torche. Adara l'avait déjà rejoint. « Temps de se mouiller. »

62

Luca Gabor sentait une odeur d'air frais et humide. Il n'avait pas la moindre fichue idée de l'endroit où il se trouvait ou de ce qui pouvait bien se passer mais il s'abstint de demander. La confusion née au moment où on l'avait extrait de sa cellule à quatre heures du matin se mua en terreur quand il se retrouva les yeux bandés, menotté, et fourré à l'arrière d'une fourgonnette garée devant la prison, une terreur qui l'avait bien vite conduit à ne plus dire un mot.

Et de toute façon, les occupants du véhicule étaient pour leur part restés parfaitement silencieux.

Ils avaient roulé vingt minutes avant de le transférer dans un autre véhicule. Il eut l'impression d'être remis à un nouveau groupe d'individus mais ceux-ci n'étaient pas plus bavards que les précédents et ils le trimbalèrent encore une vingtaine de minutes.

Puis le véhicule s'arrêta, on le fit descendre, et c'est alors qu'il sentit pour la première fois l'odeur de la nature.

On le força à s'agenouiller et il se sentit basculer vers l'avant. Il poussa un cri de surprise quand quelqu'un le retint par-derrière pour le maintenir agenouillé.

On lui retira alors le bandeau qui lui recouvrait les yeux, on le libéra et il plissa les yeux pour en chasser la transpiration suscitée par la peur. Il faisait nuit mais il pouvait deviner une présence dans les bois car les phares d'un véhicule dans son dos illuminaient la scène.

Une épaisse rangée d'arbres se dressait à vingt mètres de là, mais juste devant lui, à trente centimètres à peine, on avait creusé la terre pour former une fosse de deux mètres de long sur un mètre cinquante de large.

Luca regarda dans le trou.

Il n'était guère profond, pas plus de trente centimètres. Le corps d'un homme en chemise blanche et cravate y gisait étendu sur le dos. Malgré l'ombre épaisse, Gabor vit la blessure par balle au front du cadavre.

Il s'écria en roumain : « *Merde ! Merde !* Qu'est-ce qui se passe ? Qu'est-ce que je fiche ici ? »

Juste dans son dos, il entendit alors une voix. « Comment est ton anglais, Luca ? J'ai entendu dire qu'il était bon, au temps où tu travaillais pour le renseignement roumain.

— Je... je parle anglais. Que se passe-t-il ? Qui êtes-vous ? Que voulez-vous ? Je n'ai rien fait à qui que ce soit ! »

L'individu derrière lui se rapprocha encore. Tout contre son oreille. La voix était intimidante par son ton et sa proximité. « J'ai également entendu dire que t'étais un dur. Mais je trouve que tu geins pas mal pour un dur...

— Je... je veux retourner à Jilava. Ramenez-moi. Tout de suite ! »

En guise de réponse, Luca Gabor reçut un coup de botte dans les reins. Il tomba tête la première dans la fosse, recouvrant en partie le cadavre. Ses mains ligotées dans le dos l'empêchaient de s'en dégager aisément.

Le faisceau d'une torche se braqua sur le corps à côté de lui. La lumière lui fit cligner les yeux mais il regarda le cadavre tassé à côté de lui dans cette tombe étroite. Leurs visages étaient à trente centimètres l'un de l'autre.

« Tu connais ce type ?

— Non ! Non, je le jure ! Je ne l'ai jamais vu.

— Il s'appelle… *s'appelait* Dragomir Vasilescu. »

Luca Gabor regarda de nouveau, cligna de nouveau. « Le directeur d'ARTD. Je connais le nom. Je ne le connaissais pas personnellement. Mais… je jure, je jure que je n'ai rien à voir avec quoi que ce soit qu'il aurait pu…

— Alexandru Dalca t'a rendu visite. »

Gabor se mit à hocher vigoureusement la tête mais il entendit alors coulisser la glissière d'armement d'un pistolet semi-automatique.

« Avant de me répondre, connard, écoute-moi bien. Ce brave vieux Drago ne voulait pas non plus me causer. Et tu vois où ça l'a mené. »

Luca changea rapidement de chanson. Il n'allait pas risquer sa peau pour défendre cet enculé d'Alexandru Dalca. « Oui, c'est vrai. Il voulait que je contacte quelqu'un pour lui. Pour l'aider à quitter le pays. J'ignore ses raisons. Je n'ai pas demandé. Je ne voulais surtout pas savoir.

— Moi je sais pourquoi il voulait fuir, dit la voix derrière la torche. J'étais la raison de sa fuite. Il n'est pas si con, après tout. Ce que je ne sais pas, c'est ce qu'il t'a demandé. Tu me le dis maintenant ou bien tu finis pour l'éternité à côté de ce vieux Drago ou jusqu'à ce qu'un chien passe dans le coin, flaire ton cadavre puant et te déterre. »

Luca repensa aux trois millions de dollars que sa fille venait de recevoir dans l'après-midi. Il pouvait livrer le secret de Dalca mais il ne pouvait pas perdre tout cet argent. « Je ne l'ai pas aidé. J'ai refusé. »

Venant de sa droite, il sentit une motte de terre lui tomber dessus. Une seconde plus tard, il entendit le bruit d'une pelle attaquant un tas de déblai à côté de la fosse et bientôt une autre pelletée de terre humide et grasse s'abattait sur lui. Cette fois sur le dos.

On l'enterrait vivant.

« Je vais vous le dire ! hurla-t-il. Je vais tout vous dire ! »

Dix minutes plus tard, Midas et Jack sortaient Luca de son trou, lui remettaient le bandeau sur les yeux et s'apprêtaient à le ramener dans le fourgon. Tous deux notèrent que Luca Gabor s'était fait dessus à un moment donné et ils n'avaient pas franchement envie de le conduire où que ce soit mais enfin, une promesse est une promesse. Ils le ramèneraient aux agents du renseignement roumain qui les attendaient sur un parking près de Sintești pour le reconduire dans sa prison de Jilava. Ils ne seraient sans doute pas ravis de constater que le prisonnier bien propre qu'ils leur avaient confié une heure auparavant leur était restitué couvert de boue et de merde, mais les Américains avaient obtenu les informations qu'ils désiraient et ils leur présenteraient leurs excuses pour le dérangement et la saleté.

Mary Pat avait remué ciel et terre pour que ça se produise. Dès l'instant où Clark l'avait appelée après la fusillade avec les Chinois, elle avait contacté ses homologues du renseignement roumain pour leur demander de s'intéresser aussitôt à Dalca. Elle prétendit détenir la preuve qu'il était derrière cette fuite de renseignements américains, devenue ces dernières semaines la principale info sur toute la planète, ajoutant qu'elle voulait tout savoir sur cet individu non pas dans quelques heures mais dans quelques minutes.

Elle reçut une réponse téléphonique moins d'une heure plus tard. Le nom de Dalca était apparu dans une base de données indiquant qu'il avait rendu visite à un détenu de Jilava le jour même, un détenu bien connu des agents roumains. Ils dirent à Mary Pat qu'elle pouvait envoyer quelqu'un interroger le prisonnier à sa convenance, peut-être dès le début de la semaine suivante.

Mary Pat promit d'avoir quelqu'un sur place dans les dix minutes après avoir raccroché.

Il était alors deux heures du matin.

Bien conscients de la catastrophe qui risquait de s'abattre sur eux si jamais il s'avérait que les attaques contre les États-Unis avaient le moindre rapport avec un de leurs anciens collègues et surtout s'ils ne rendaient pas ce dernier immédiatement accessible aux Américains, les agents du renseignement roumain s'empressèrent de se rendre en personne à Jilava pour aplanir tout obstacle éventuel émanant de l'administration pénitentiaire. On tira du lit sans ménagement des fonctionnaires qui commencèrent par chercher à se débarrasser des agents – certains gardiens en vinrent même à caresser la détente de leur arme, mais le sang-froid prévalut et l'on promit alors de restituer Gabor avant le lever du soleil.

Nul ne demanda aux Américains s'ils avaient un lien quelconque avec la fusillade survenue au pied de l'appartement de Dalca un peu plus tôt dans la soirée ou avec la mort de trois policiers à côté d'une demi-douzaine de mystérieux Asiatiques dans un parc voisin.

La réponse à ces questions était claire mais l'implication des États-Unis dans cet incident international resterait dissimulée par un gouvernement roumain cherchant par-dessus tout à ne pas voir s'ébruiter l'éventuelle implication d'un ou plusieurs de ses ressortissants dans des attentats de Daech sur le sol américain.

Après que Chavez eut obtenu de Luca Gabor les informations qu'il désirait, il reprit le volant du fourgon Renault criblé de balles pour remettre l'intéressé aux agents roumains, abandonnant sur place le corps de Dragomir Vasilescu, un élément de plus pour leur gouvernement à oublier au plus vite et en toute discrétion.

63

Dominic et Adara entrèrent dans la tour Drake, un immeuble d'appartements en copropriété de vingt-neuf étages, voisin de l'hôtel éponyme sur Lake Shore Drive. Il avait suffi à Caruso de brandir ses papiers sous le nez des agents en uniforme qui filtraient l'accès à l'avenue désormais barrée. Il dut les présenter de nouveau à un autre agent posté au pied de l'immeuble et Dom put lire sur ses traits l'inquiétude de se retrouver tout seul, isolé, à garder une porte à deux pas d'une action terroriste toujours en cours.

Le flic n'était visiblement pas ravi mais il faisait son boulot.

Une fois à l'intérieur, les deux agents du Campus prirent un ascenseur pour gagner le sous-sol et, suivant le plan affiché sur le mobile d'Adara, ils rejoignirent un escalier étroit. Ils le descendirent entièrement pour aboutir devant une porte verrouillée. Caruso sortit de son sac un rossignol et l'ouvrit en moins d'une minute ; tous deux dégainèrent alors leur pistolet avant de pénétrer dans un corridor obscur bordé de tuyaux rouillés. Dom alluma sa torche tactique et fit glisser en position le filtre rouge pour rendre le faisceau moins aisément détectable, même s'il ne semblait pas que quiconque ait emprunté jusqu'ici ce passage.

Ce n'était pas un véritable égout comme le laissait croire le schéma. À sa saleté comme à son odeur, il était manifeste que le corridor en béton avait été récemment inondé, mais pour l'heure il était complètement sec.

Après un coude, ils découvrirent des marches au sommet desquelles se trouvait une autre porte verrouillée. Adara tint la torche pendant que Dom s'agenouillait pour crocheter la serrure.

« Quels autres talents m'as-tu cachés ? murmura Adara.

— Je ne vais guère t'impressionner longtemps encore. Une fois que Clark t'aura fait reprendre l'entraînement, tu seras sans doute plus douée que moi. »

La serrure émit un déclic et Dom leva les yeux vers elle. « Mais jusque-là, je suis toujours aussi cool. »

Il ouvrit la porte avec précaution et jeta un œil.

Ne voyant rien que du noir, il ralluma sa torche rouge.

Et découvrit une réserve garnie de caisses de bouteilles d'alcool, aussi sombre que le corridor derrière lui. Adara et lui la traversèrent jusqu'à une autre porte qu'ils entrouvrirent.

Cette fois, la lumière les aveugla. Ils étaient dans les cuisines du Coq d'Or, célèbre et vénérable restaurant au rez-de-chaussée de l'hôtel, juste sous le hall. En consultant le plan sur son écran, Adara constata que les ascenseurs n'étaient pas loin de la sortie vers le bar mais un escalier réservé au personnel se trouvait également juste à droite, dans la galerie sous le hall.

Ils rejoignirent la salle de restaurant déserte, qu'ils traversèrent l'arme dégainée, et purent constater que les clients l'avaient quittée précipitamment : les glaçons n'avaient pas encore fondu dans les verres sur le bar, et tables, chaises et tabourets avaient été renversés. Il ne semblait pas y avoir eu de victimes mais il était clair que l'ambiance avait dû être chaotique pour les clients quand les rafales de mitraillette et les explosions avaient commencé à retentir juste au-dessus de leur tête.

Dom s'engagea avec précaution dans la galerie, regarda sur sa gauche et découvrit la sortie de l'établissement. La police avait dégagé la porte mais il pouvait apercevoir deux unités des SWAT de Chicago tapies derrière leurs boucliers de l'autre côté de la rue et protégées en partie par les blindés qu'on avait déplacés jusqu'ici.

Adara sortit du restaurant derrière Dom et pivota sur sa droite, le pistolet tenu à deux mains devant elle. Elle avisa l'escalier de service et y pénétra, bientôt suivie de Dom. Ils retinrent la porte pour éviter qu'elle claque en se refermant, puis tendirent l'oreille pour détecter du mouvement au-dessus d'eux. Ils entendirent comme un léger piétinement. Ils s'agenouillèrent tandis que Dom braquait son arme vers le haut des marches tout en murmurant à l'oreille de sa compagne : « Il pourrait y avoir des civils pris au piège un peu partout, alors fais gaffe avant de tirer. »

Elle acquiesça, repoussa une mèche de cheveux qui avait réussi à se détacher de sa queue-de-cheval, puis commença à monter la première. Dom la retint par le bras pour la précéder.

Sur le palier du niveau principal, ils trouvèrent trois employées de l'hôtel planquées, accroupies. L'une d'elles éclata en sanglots en voyant apparaître les deux Américains armés d'un pistolet mais elle porta la main à sa bouche pour étouffer un cri. Dom s'approcha rapidement et se remit à genoux, tandis qu'Adara surveillait le haut de l'escalier.

« Vous venez du hall ?

— Oui, on était à l'accueil quand ça a commencé.

— Combien de terroristes ? »

Les trois femmes se dévisagèrent. Finalement, l'une des trois répondit. « On n'a vu personne. En dehors de la police et des clients. Il y a eu des tirs et des explosions. J'ai vu des gens mourir. L'un des agents avec qui je venais juste de parler s'est effondré devant le comptoir, je crois qu'il est mort. »

Elle se mit à pleurer.

Dom montra aux femmes le plan du hall affiché sur le mobile d'Adara en leur demandant de lui indiquer où ils se trouvaient. D'après les employées, un bureau se trouvait de l'autre côté de la porte, juste derrière l'accueil, de sorte que personne dans le hall ne le verrait s'il y entrait.

« OK, parfait, répondit Dom. La voie est libre par cet escalier jusqu'à la sortie principale. L'une d'entre vous a-t-elle un mobile ?

— On les a tous laissés sur le comptoir », répondit une des femmes.

Dom s'inquiétait de voir ces femmes débouler à l'improviste sur East Walton juste en face d'une centaine de flics armés jusqu'aux dents, le fusil pointé sur la porte, mais il n'avait pas le temps de les prévenir ou d'avertir Jeffcoat de leur sortie imminente. Alors il leur conseilla plutôt de gagner l'office du bar, traverser la réserve à liqueurs, puis descendre l'escalier par où ils étaient venus, ajoutant : « Le grand corridor sombre qui le prolonge conduit à l'immeuble voisin ; là-bas vous serez en sécurité. » Il sortit de son sac à dos une torche électrique qu'il tendit à son interlocutrice.

« Vous… vous êtes sûr ? » hésita-t-elle.

Dom acquiesça, puis, serrant l'épaule d'Adara, annonça : « J'ai besoin de voir ce qui se passe dans le hall. Je veux que tu restes ici à continuer de couvrir l'escalier. »

Elle opina. « Sois prudent. »

Dom se glissa dans le bureau, à demi accroupi, pistolet brandi devant lui. La porte donnant sur le hall était ouverte, aussi l'évita-t-il et s'approcha-t-il de biais pour embrasser du regard ce vaste espace.

Il nota plusieurs corps gisant au sol mais en regardant de l'autre côté, vers Palm Court, il distingua deux hommes tenant en respect un groupe de clients avec leur Uzi. Un autre tirait plusieurs valises à roulettes qu'il déposa successivement autour d'eux, avant de sortir de son sac à dos une longueur de câble électrique. Les prisonniers, en majorité plus que quinquagénaires, étaient assis sur des chaises ou à même le sol ; depuis l'autre bout du hall, Dom vit la panique s'inscrire sur leur visage alors que le terroriste se mettait à relier son câble à quelque dispositif logé à l'intérieur d'une des valises.

Dom était maintenant certain que les terroristes préparaient un engin explosif de forte puissance, assez gros en tout cas pour provoquer l'effondrement des étages supérieurs et sans doute tuer tous les occupants de l'immeuble.

En finissant de parcourir du regard le hall, il constata avec surprise qu'il était désert. Même le grand escalier conduisant au rez-de-chaussée et à la sortie ne paraissait pas gardé par des hommes d'Al-Matari.

Dom prit plusieurs photos, zoomant en particulier sur Palm Court et sur les trois valises qu'il pensait remplies d'explosifs avant de battre en retraite dans le bureau. Il s'empressa d'envoyer ces clichés par texto à Jeffcoat avant de l'appeler au téléphone.

L'agent du FBI répondit aussitôt. « Putain, vous êtes dans le hall de l'hôtel ?

— Écoutez-moi attentivement, le coupa Dom. Je compte trois hostiles dans la salle, tenant en respect deux douzaines d'otages. Ils sont en train de coupler une série de valises bourrées d'un explosif quelconque. D'ici à deux minutes, tout le fourbi va sauter à moins qu'ils installent un interrupteur piégé pour nous empêcher de sauver ces malheureux. Le SWAT doit intervenir tout de suite. Je peux les engager depuis ma position, le temps pour vos hommes d'entrer par-devant. C'est ensuite tout droit sur la gauche, une fois qu'ils seront dans la place. Toutes les menaces sont localisées au même endroit mais vous devez agir immédiatement.

— On ne peut pas ! On a des agents du SWAT bloqués au quatrième. Ils sont détenus par Al-Matari et Hembrick.

— Comment le savez-vous ?

— Parce qu'il a appelé pour nous le dire ! On avait envoyé là-haut dix-huit hommes. Cinq seulement sont redescendus avec des agents du FBI, et leurs caméras embarquées montrent au moins sept morts dans les couloirs. Il y a également des morts et des disparus parmi les gars du FBI. »

Dom réfléchit rapidement. « OK. Voilà ce que vous allez faire. J'ai accès à l'escalier de service. Je vais monter au quatrième avec ma collègue, abattre Al-Matari et

Hembrick ou tout autre salopard qui se trouvera là, et vous, de votre côté, vous investirez le hall et mettrez un terme à la menace.

— Je ne suis pas en mesure de faire ce que vous me demandez, Caruso. »

Dom réfléchit encore. « Eh bien, informez Russell de mon plan. Je m'en vais descendre les hostiles au quatrième. Alors soit le SWAT entre par le devant et neutralise ces trois zigues avant qu'ils déclenchent cette bombe, soit ils ne bougent pas.

— Non ! s'écria Jeffcoat. Vous allez rester tranquille et me dégager le…

— Trois minutes, et la fusillade commence.

— Attendez ! »

Caruso raccrocha. Son plan ne l'enthousiasmait pas vraiment mais ne pas agir ces deux prochaines minutes aurait des conséquences bien pires que ce qu'ils s'apprêtaient à tenter, Adara et lui, c'était évident.

64

De retour dans l'escalier de service, Dom nota avec satisfaction que les trois employées étaient parties. Il se mit à grimper, pistolet brandi, Adara à ses côtés. Il lui murmura à l'oreille : « On a moins de trois minutes pour passer à l'action au quatrième. Nombre de tireurs indéterminé. Ils pensent qu'Al-Matari se trouve là-haut avec Hembrick et les otages. »

Adara acquiesça et ils pressèrent le pas.

Parvenus à la porte du quatrième, ils marquèrent un temps. Dom leva une main et, étendant les doigts, il rappela à sa compagne que la chambre avait le numéro 514. Ils ouvrirent et débouchèrent dans le hall, Dom couvrant le côté gauche et Adara le droit. Devant eux se présentait un spectacle de désolation dû au kamikaze et à l'explosion survenue à l'autre bout, au débouché de la cage d'escalier. Des hommes en uniforme vert olive et gilet pare-balles noir gisaient de tous côtés, du sang et des fragments de corps étaient répandus sur la moquette or et bleu, le papier peint au mur était brûlé, arraché, ensanglanté.

Il y avait également des cadavres d'hommes et de femmes en civil, et Dom suspectait que plusieurs, sinon tous, appartenaient au FBI.

Mais il n'y avait pas le moindre mouvement.

Dom prit la tête pour se diriger vers la chambre 514, longeant les cadavres. Chacun avait reçu une balle dans la tête, preuve que quelqu'un s'était assuré de ne laisser derrière lui aucun blessé.

Avant même d'y arriver, il vit que la 514 avait sa porte ouverte. Juste un mètre derrière lui, Adara constata que la 515 également.

Dom entra le premier et vit un Noir, seul, planqué à genoux derrière le lit, tenant une mitraillette. Il ne les avait manifestement pas entendus arriver dans le corridor et leva brusquement son arme, pris par surprise.

Adara se tourna vers la gauche et découvrit deux hommes, tous deux armés, barricadés aux deux angles de la chambre, l'un derrière un bureau, l'autre derrière le lit. Sur leur droite, au sol, plusieurs agents des SWAT gisaient allongés sur le ventre, les mains ligotées dans le dos.

Les deux agents du Campus tirèrent simultanément.

Dom abattit Hembrick d'une balle en plein front avant même que le terroriste ait pu réagir. Puis il pivota pour prêter main-forte à Adara, mettant un genou en terre derrière elle et se penchant vers la droite pour dégager sa ligne de tir.

Adara tira à répétition, atteignant l'homme planqué derrière le bureau à l'épaule et à la hanche. Il lâcha son arme et tomba, et aussitôt la jeune femme se tourna vers le second tireur tapi derrière le lit.

Avant d'avoir pu tirer, elle eut un soubresaut et bascula vers l'arrière, bousculant Dom dans sa chute.

Une balle lui avait traversé la cuisse mais tout en s'effondrant, elle se mit à tirer dans la direction du type toujours barricadé.

Elle atterrit sur la moquette, laissant Dom s'en prendre à son adversaire, mais désormais étendue au ras du sol, elle put constater en regardant sous le lit que le genou, le mollet et le pied de ce dernier lui étaient parfaitement visibles.

Oubliant la douleur qui lui vrillait la cuisse, elle visa et, à près de dix mètres de distance, logea une balle dans la rotule du bonhomme.

Le type disparut derrière le lit, cessa de tirer, se mit à hurler.

Adara constata qu'elle avait vidé les onze balles de son pistolet sur leurs deux cibles.

« Il est blessé ! » s'écria-t-elle.

Dom se releva, se rua vers l'autre bout de la chambre et sauta sur le lit. Puis il vida son magasin dans le dos du blessé.

Il s'empara prestement de l'Uzi que l'homme avait laissé tomber dans sa chute, se retourna et revint précipitamment auprès d'Adara. Elle maintenait sa main sur sa cuisse ensanglantée.

« Ça va ! Sécurise les lieux ! » lui hurla-t-elle, sachant que sa première idée serait de s'occuper d'elle.

Dom entama aussitôt l'inspection des salles de bains et des moindres recoins des deux chambres tout en se faisant un sang d'encre pour Adara et en espérant surtout que tout s'était déroulé conformément au plan au rez-de-chaussée.

À l'arrière d'un des PC mobiles de la force antiterroriste, Thomas Russell écoutait retentir les coups de feu à une rue de là tout en écoutant en même temps les transmissions radio dans les haut-parleurs tout autour de lui.

Il y avait eu dix bonnes secondes de tirs ininterrompus, émanant à la fois des fenêtres brisées du quatrième étage de l'hôtel et de l'unité du SWAT engagée en bas de l'immeuble. Leur fracas se réverbérait sur les hautes façades des immeubles alentour.

Puis les tirs cessèrent et il entendit un message radio.

« Delta Un en fréquence. Toutes les cibles du hall abattues. Explosifs désamorcés. Montons commencer à sécuriser les étages. On aura besoin de flics en uniforme pour participer à l'évacuation des otages. »

À côté de Russell, le commandant de l'unité du SWAT répondit aussitôt : « Bien reçu. Envoyez tous les otages vers l'avant de l'hôtel, les mains en l'air, on va placer des agents en uniforme à la sortie pour les fouiller. Montez au quatrième prêter main-forte aux gars du FBI. Retrouvez nos hommes et confirmez que vous avez le corps d'Al-Matari. »

Tandis que l'ordre était confirmé, le mobile de Russell se mit à vibrer contre sa hanche. Il rejeta l'appel, puis passa encore une minute à écouter les échanges radio de la police à l'intérieur du Drake. La situation semblait désormais sous contrôle et Russell décida de se rendre sur place. Il descendait les marches du PC mobile quand son mobile vibra à nouveau. Cette fois, il prit la communication.

« Ouais ? »

C'était la même voix qu'auparavant à l'intérieur du PC. « Croyiez-vous vraiment que ce serait si facile ? »

Merde. C'était Al-Matari. « Putain, mais où êtes-vous ? Vos hommes sont morts et votre bombe a été désamorcée.

— La bombe était une diversion, sans plus. Je doutais que mes moudjahidines réussissent même à parvenir jusqu'à ce point. »

Russell n'y comprenait rien. Avant qu'il ait pu dire quoi que ce soit, l'agent spécial Jeffcoat le retrouva au pied du poste de commandement. « Le quatrième étage est sécurisé. Al-Matari est introuvable. Je répète : introuvable. »

Russell reprit le téléphone. « Que voulez-vous ? demanda-t-il d'une voix lente.

— Directeur Russell… ce que je veux est simple. Je veux la guerre. Mon camp contre votre camp. Depuis plusieurs semaines, nous avons des escarmouches mais ce soir, c'était la première bataille d'envergure, et vous l'avez perdue.

— Vous avez peut-être réussi à vous échapper mais vous n'avez rien gagné du tout.

— Croyez-vous ? J'ai une question à vous poser. En ce moment même, vers quoi sont braqués tous les objectifs du pays ? Vers quoi se dirige l'attention et où se trouve concentrés plus d'une centaine de soldats et d'espions du gouvernement américain, tous ces mécréants, ennemis du califat ? »

Une vague de terreur inonda soudain Thomas Russell car il venait soudain de comprendre. Ses yeux se levèrent vers les toits alentour.

Il hurla à pleins poumons : « Faites gaffe ! »

Avant que quiconque, Russell inclus, ait pu réagir, un fracas de verre brisé vint couvrir le bruissement continu du PC avancé de l'antiterrorisme. Et avant que quiconque ait pu en identifier la source, les éclairs de tirs de roquettes jaillirent des fenêtres situées au sommet de quatre tours bordant le côté sud d'East Delaware, suivis d'une traînée de fumée... toutes convergeaient sur les deux remorques et le groupe d'agents à proximité.

Alger et Tripoli avaient démonté les fenêtres de leur chambre à l'hôtel Raffaello dès qu'ils avaient reçu confirmation que les PC mobiles allaient se déployer dans les parages. Du haut de leur position au huitième étage au-dessus d'East Delaware, il leur suffisait de tirer leurs roquettes AT4 vers le bas sur la droite.

Moussa Al-Matari en personne et Omar, le chef de la cellule de Detroit, se tenaient dans deux chambres séparées d'un appartement inoccupé au septième étage d'un immeuble résidentiel à l'est du Raffaello. Ils avaient simplement brisé en partie les fenêtres au marteau pour braquer leur lance-roquettes vers le bas mais cette fois sur la gauche, un jeu d'enfant pour les deux hommes même si aucun encore n'avait tiré avec cette arme antichar portable de fabrication américaine.

Al-Matari et les deux Nord-Africains avaient débattu une journée entière du meilleur emplacement où se positionner avec le minimum de mouvements à effectuer avant le déclenchement de l'attaque de ce soir. Ils avaient réservé des chambres dans deux autres hôtels dans un rayon de trois pâtés de maisons et étaient prêts à se déplacer vers un certain nombre d'autres sites, même s'ils savaient que la brigade antiterroriste avait un nombre limité d'options pour installer ses deux postes de commandement mobile, ce qui avait facilité d'autant la tâche d'Al-Matari et de ses hommes.

Tous étaient convenus qu'ils ne se positionneraient pas sur Lake Shore Drive ou Michigan Avenue car ces deux artères étaient trop congestionnées pour pouvoir être neutralisées sans ajouter au chaos d'une situation déjà chaotique. Ils avaient donc décidé qu'East Delaware serait l'emplacement le plus probable.

Les quatre hommes avaient attendu le plus longtemps possible durant le déroulement de l'opération de l'antiterrorisme au Drake pour avoir le plus grand nombre d'agents présents sur place et le plus grand nombre de forces de police mobilisées à l'intérieur ou au pied de l'immeuble, afin de permettre à Al-Matari et ses hommes de s'échapper plus facilement.

Et leur patience avait été récompensée.

Quand la scène fut prétendument sécurisée au Drake et tandis qu'Al-Matari retenait Russell au téléphone, les quatre terroristes tirèrent simultanément leurs roquettes de quatre-vingt-quatre millimètres droit sur le poste de commandement dans la rue en contrebas.

Aussitôt après les tirs, les hommes jetèrent les tubes sur le sol et s'emparèrent de leurs RPG-7. Ils lâchèrent une seconde salve plus près des voitures de police garées sur le périmètre du PC. Ces explosions étaient de moindre amplitude qu'avec les AT4 mais elles tuèrent un grand nombre de policiers qui sinon se seraient lancés à leur recherche, tout en clouant au sol, terrifiés, les premiers sauveteurs arrivés sur place, ajoutant encore au chaos ambiant.

Vingt secondes après que le directeur Russell eut lancé son bien futile avertissement, trente-sept hauts responsables de la section antiterroriste de Chicago étaient morts ou mourants, parmi eux Russell et Jeffcoat. D'autres officiers supérieurs des sections locales du FBI, de la CIA, de la DIA, de l'ICE et du *Secret Service*[1], sans oublier treize agents de la police de Chicago, comptaient parmi les morts. Plus soixante et onze blessés, y compris policiers et civils dans les immeubles avoisinants, pour la plupart victimes de chutes de débris.

Après les explosions sur East Delaware, il régna une grande confusion durant plusieurs minutes au quatrième étage du Drake, alors que les hommes du SWAT appelaient le PC sur leur radio sans avoir de réponse précise leur indiquant s'ils devaient tenir la place ou redescendre. Les transmissions se brouillaient mutuellement et il semblait qu'une centaine de sirènes hurlaient à l'extérieur.

Dom avait aidé Adara à panser sa jambe blessée. Luttant contre la douleur et la nausée, elle se releva, un bras passé autour du cou de Dom. Ce dernier essaya alors de recontacter Jeffcoat mais son appel fut dévié sur sa messagerie.

Les cinq agents du SWAT survivants se retrouvèrent livrés à eux-mêmes ; ils durent à regret abandonner sur place les corps de leurs frères d'armes pour les besoins de l'enquête et bientôt chacun entreprit de redescendre lentement l'escalier. Dom aida sa compagne tout du long, l'un et l'autre ignoraient toujours ce qui s'était passé à l'extérieur, mais une chose était sûre : il devait la conduire à l'hôpital.

---

1. Rappelons ici qu'en plus d'assurer la protection du président, de son entourage immédiat et des principaux dirigeants du pays, le *Secret Service* a également pour mission de protéger les infrastructures sensibles, sans oublier sa mission historique de police criminelle en matière financière.

D'autres unités des SWAT et de la police étaient en train d'évacuer les autres étages, des civils descendaient des niveaux supérieurs tandis que forces de l'ordre et sauveteurs essayaient de monter, de sorte que cela devint vite la cohue dans la cage d'escalier essentiellement parce que, pour une raison qui leur échappait, il semblait n'y avoir plus personne en haut lieu pour coordonner les opérations.

Les quatre terroristes abandonnèrent dans les chambres leurs lance-roquettes pour redescendre en hâte. Ils étaient en costume-cravate et n'avaient gardé que les Glock dissimulés sous leur veste, sacrifiant la puissance de feu à la discrétion parmi la foule des civils en état de choc errant dans les rues.

Ils n'avaient pas de véhicule à proximité pour s'enfuir. Ils avaient délibérément choisi de s'échapper à pied séparément en direction du sud et de ne prendre des taxis qu'à huit ou dix rues de distance.

Installé dans un taxi vingt minutes après l'attaque, Al-Matari remercia Allah pour sa victoire avant de songer à l'habile Saoudien qui avait conçu le plan d'attaquer l'Amérique en exploitant les données du renseignement pour cibler des gradés de l'armée et des dirigeants des services d'espionnage et d'antiterrorisme. Oui, c'était son mystérieux bienfaiteur qui avait transmis les informations sur Thomas Russell, le responsable de la brigade antiterroriste de Chicago : c'est ainsi que le Yéménite avait pu planifier son attaque et appeler l'homme sur son numéro personnel. Il n'avait plus eu alors qu'à dérouter la ligne filaire de la chambre 514 du Drake à l'aide d'un simple logiciel pour finir de convaincre Russell qu'il s'y trouvait.

Mais le reste de la mission, Al-Matari l'avait planifié tout seul. Sur place, il s'était lui-même documenté sur les procédures de l'unité antiterroriste, avait consulté des vidéos de ses postes de commandement mobiles lors des exercices qu'ils avaient effectués quelques semaines plus tôt, c'était lui enfin qui était à l'origine de la ruse conduisant l'unité terroriste à se déployer et concentrer ses éléments d'élite au même moment en un même lieu, pour mieux les prendre en embuscade.

Il avait encore perdu dix des derniers survivants de l'École de langues au cours de cette glorieuse attaque, et le bilan final des victimes à l'intérieur de l'hôtel Drake n'était pas aussi élevé qu'il l'aurait espéré mais pour le moment, c'était le cadet de ses soucis. Le Bureau de renseignement extérieur de l'État islamique allait lui envoyer de l'étranger cent nouvelles recrues et il en aurait un millier d'autres à sa disposition en comptant les éléments autoradicalisés ici même en Amérique une fois que sa vidéo de l'attaque, filmée au téléphone, aurait été montée et mise en ligne par le Front média islamique mondial.

Et plus important que tout, il serait désormais impossible au président Jack Ryan d'éviter un déploiement militaire massif pour combattre la force imparable qui avait rendu le cœur de l'Amérique soudain si peu sûr et donné à cette nation d'infidèles une telle image d'impuissance.

Al-Matari ne regagna pas la planque de North Winchester, pas plus que les trois autres hommes. Non, ils étaient convenus de se faire conduire tous devant le même bar à Pilsen puis d'y entrer pour en ressortir par la porte de derrière et seulement ensuite, monter dans deux véhicules garés là.

Chaque voiture contenait quatre Uzi avec mille cartouches, plus deux lance-missiles sol-air portables.

À deux heures du matin, ils étaient sortis de la ville. Chicago avait été un succès mais Chicago était désormais derrière eux.

Il était temps maintenant pour les quatre hommes de converger sur la capitale fédérale où les attendaient tant d'autres victimes infidèles.

65

Le président des États-Unis se tenait face à une nuée de reporters, telle une cible dans un stand de tir. On était un dimanche à neuf heures du matin, toutes les chaînes d'information couvraient le direct et les réseaux allaient diffuser en boucle d'un côté de l'écran des images du carnage à Chicago tandis que le président s'exprimerait de l'autre.

Ryan commença par des remarques de circonstance. Il avait depuis longtemps demandé à ses « plumes » de bannir de leur vocabulaire des expressions comme « la peine et l'horreur », mais ayant écrit lui-même l'essentiel de sa déclaration liminaire, il avait pu constater combien il était difficile d'éviter ce genre de tournure.

Après avoir donc exprimé sa peine et son horreur, assortie de la promesse que le gouvernement n'aurait de cesse que de mettre un terme aux attaques d'Abou Moussa Al-Matari sur le sol américain, il invita les journalistes à lui poser des questions.

La correspondante de CBS leva la main. Quand Ryan lui donna la parole, elle attaqua tout de go : « Vu la capacité de l'État islamique à porter le combat en Amérique, envisagez-vous d'envoyer des troupes au sol en Syrie comme en Irak pour lui rendre la pareille ?

— Shelly, comme vous le savez, nous avons déjà des troupes au sol dans ces deux pays. Des unités des forces spéciales y sont à l'œuvre, sans compter le soutien de notre aviation. Nous travaillons avec nos partenaires de la coalition et notre stratégie porte ses fruits. L'empreinte géographique de l'État islamique dans la région se réduit comme peau de chagrin, tout comme les effectifs de ses combattants.

« Mais alors qu'ils perdent du terrain, ils doivent gagner la bataille médiatique. Les gros titres sont plus faciles à obtenir que les victoires sur le champ de bataille. Les agents de l'EI présents actuellement en Amérique sont très peu nombreux mais l'effet de leurs actions est largement sans proportion avec leur force réelle. S'ils ne sont plus considérés comme puissants et dangereux, Daech cessera d'importer chez nous sa chair à canon et son plan ne restera en définitive qu'une bien mauvaise idée.

« Regardez ce que nous avons accompli ces trois dernières années. Nous avons tué et capturé les principaux dirigeants de l'État islamique. Nous avons sur place une force aérienne offensive, et au sol des troupes des forces spéciales, tout comme des agents de la CIA, de la DIA et des autres services de renseignement. Nous avons incité nos partenaires de l'OTAN à s'impliquer davantage dans la région.

« Nous avons financé plusieurs milices kurdes, apporté un soutien matériel aux forces de sécurité irakiennes, en les formant et en leur procurant des équipements de communication dernier cri.

« Nous sommes en train de gagner la guerre terrestre contre l'État islamique sans avoir eu besoin de poster une brigade de marines à Bagdad ou de les envoyer à l'ouest dans les territoires qu'ils tiennent. Cette stratégie a donné de meilleurs résultats que tout autre plan, et ce succès est la raison même pour laquelle ils viennent nous attaquer ici.

« L'attentat d'hier soir fait partie du piège qu'ils cherchent à nous tendre, visant à nous pousser à envoyer nos troupes en nombre sur leur propre terrain. Mais nous n'allons pas tomber dans leur piège. »

Shelly conclut logiquement : « Donc, encore une fois, pas d'appel à intensifier nos opérations militaires au Moyen-Orient ? »

Ryan la regarda plusieurs secondes avant de répondre. « Shelly, vous et votre réseau avez littéralement démonté toutes les mesures militaires que j'ai pu prendre depuis que je suis président. Vous étiez déjà contre toutes les initiatives de la CIA qui ont été révélées alors que je dirigeais cette agence. Et vous voilà soudain partisane d'une offensive terrestre massive au Moyen-Orient. »

Shelly ne répondit rien.

« Non… nous ne leur offrirons pas la guerre terrestre qu'ils attendent. Nous les combattrons par la résistance et la résilience. »

La question suivante vint d'une journaliste de CNN, une femme qui, il le savait, le détestait, tout comme elle détestait ses idées. Elle s'était fait un nom en signant des éditoriaux incendiaires plus ou moins subtilement déguisés en faits bruts et ses opinions étaient à l'opposé des vues de Ryan. « Que dites-vous à ceux qui suggèrent qu'ils nous haïssent tout simplement à cause de ce que nous leur faisons subir ? Que c'est la véritable nature de nos attaques contre eux qui les a finalement poussés à venir ici pour se défendre ? Comme vous le savez, ils ont choisi avec grand soin des cibles militaires ou des services de renseignement. Des cibles que, vous en conviendrez, l'Amérique considère elle-même comme parfaitement légitimes en temps de guerre. Que répondez-vous à ceux qui disent tout simplement que si nous les laissions tranquilles, alors ils en feraient de même avec nous ?

— Juliet, répondit Ryan, vous travaillez pour CNN, vous avez passé des années comme correspondante à l'étranger, est-ce que je me trompe ?

— De nombreuses années, monsieur le président, passées pour l'essentiel au Moyen-Orient, raison pour laquelle mon expérience de la région me suggère que…

— Je vous demande pardon. Vous m'avez demandé de répondre à "ceux qui disent". Êtes-vous maintenant en train de dire que c'est *vous* qui nous suggérez de laisser en paix Daech pour mieux pouvoir jouir de notre tranquillité ? »

Sans se laisser démonter, Juliet Robbins hocha vigoureusement la tête et répondit aussitôt : « Je vous pose la question, monsieur le président. Vous êtes bien conscient de ces critiques, n'est-ce pas ?

— Bien sûr que oui. » Il entendait ronronner les caméras tandis qu'il organisait ses pensées. « Au cours de tous vos voyages à travers le monde, Juliet, avez-vous déjà rencontré un groupe d'individus qui soient totalement pacifistes ?

— Oui, monsieur le président. Les bouddhistes, par exemple, et sans vouloir vous offenser, jamais, que je sache, l'État islamique n'a fait sauter des hôtels ou posé des bombes dans les rues du Népal. » Ryan décelait le ton de supériorité dans sa réponse et il la vit relever légèrement le menton. Si elle avait tenu le micro, il était convaincu qu'elle l'aurait laissé tomber avant de tourner les talons et quitter la salle.

Ryan hocha la tête. « En l'occurrence, vous avez parfaitement raison, mais cela a plus à voir avec l'isolement géographique du Népal et l'absence des caméras des chaînes d'info en continu.

— C'est votre opinion, monsieur le président. La mienne, et celle de nombreux universitaires et spécialistes bien informés, est que si les bouddhistes ne sont pas attaqués comme nous le sommes, c'est parce que contrairement à nous, ils ne se mêlent pas des affaires des autres. »

Ryan sourit. « Avez-vous entendu parler des Yazidis ? »

Cette fois, Juliet Robbins plissa les yeux. Ryan la vit réfléchir à toute vitesse tandis que son visage changeait d'expression. « Évidemment, et je ne suis pas…

— Vous avez parlé, Juliet. Vous avez parlé abondamment pour élaborer votre question, affirmer votre autorité et faire savoir votre opinion. Maintenant, vous allez me permettre de vous répondre. Oui, les Yazidis sont fort semblables aux bouddhistes, en effet, par le fait qu'ils n'ont guère, voire pas du tout, de véritable défense matérielle contre le monde extérieur, n'est-ce pas ? Une communauté passive. Je me demande pourquoi vous n'avez pas songé à les évoquer dans cette discussion sur l'État islamique. Après tout, vous êtes une experte, vous n'avez pas manqué de le souligner, de la région d'où ils proviennent. Êtes-vous également experte sur le Népal ?

— Non, monsieur le président, mais votre question…

— La vôtre, Juliet, la vôtre, était : “Pourquoi ne laisse-t-on pas tranquille l’État islamique pour qu’il nous traite mieux ?” Eh bien, je m’en vais vous répondre en vous parlant des Yazidis. Ils vivent dans les monts Sinjar, dans une zone tenue par les Kurdes et ce, depuis des siècles, sans jamais avoir dérangé personne. Même quand l’État islamique a investi la région il y a quatre ans, les Yazidis ont continué dans leur majorité de rester dans leurs montagnes, alors même qu’ils n’étaient quasiment pas armés, quasiment pas protégés.

« Et puis l’EI a décidé d’envahir leurs montagnes pour les en déloger. Les Yazidis ont été massacrés, brûlés vifs, soumis à des meurtres rituels, vendus comme esclaves. Or cela n’a fait qu’accroître le flot d’adhésions à Daech. Des recrues sont venues les rejoindre du monde entier en voyant ce qu’ils faisaient subir aux Yazidis comme à tant d’autres. Aussi le groupe que vous imaginez se comporter avec mansuétude, pourvu qu’on fasse de même avec lui, n’est de toute évidence qu’une secte d’assassins. Ni plus ni moins. »

Juliet Robbins ouvrit la bouche mais Ryan lui coupa la parole.

« Aussi aurai-je deux questions à vous poser, Juliet, comme à tous ceux qui partagent son long préambule prônant l’idée de tendre l’autre joue et d’ainsi laisser simplement cette engeance prospérer en nombre comme en envergure. Pensez-vous que les États-Unis d’Amérique, avec ses amis et alliés au Moyen-Orient, et ses nombreux intérêts vitaux dans la région, devraient simplement déposer les armes et devenir aussi pacifistes que les Yazidis ? Et si oui, pourquoi pensez-vous que l’État islamique nous traiterait mieux ?

« Je ne suis pas là pour dénigrer quelque religion que ce soit. Je suis là pour m'efforcer de protéger l'Amérique et ses alliés, et si la perversion d'une religion en particulier met en danger les hommes, les femmes, les enfants et les idéaux que j'ai juré de protéger, alors j'utiliserai tous les outils mis à ma disposition en tant que président des États-Unis pour vaincre les responsables comme les idées qui les nourrissent et leur permettent de perpétuer leur cause maléfique.

« Je ne crois pas, comme vous semblez le penser à l'évidence, aux vertus de la conciliation. Je partage l'opinion de Churchill qui disait qu'un conciliateur est quelqu'un qui nourrit un crocodile dans l'espoir qu'il soit mangé le dernier.

« Si vous voulez dire que nous devrions être aussi doux que des bouddhistes pour être payés en retour de la mansuétude de ceux qui ont massacré des milliers de Yazidis parfaitement inoffensifs, alors votre crédibilité en la matière peut être mise en doute. J'irai chercher des conseils ailleurs. Je suis désolé, Juliet, vous avez une vision du monde qui est sans doute pleine de bonnes intentions et certainement exacte en bien des domaines mais pour celui-ci… Je vais plutôt repenser aux Yazidis que j'ai pu rencontrer et surtout à tous les Yazidis que je n'ai pas eu l'occasion de connaître, et à partir de là, décider si le pacifisme est bien une réponse raisonnable à la terreur. »

Alors que Juliet Robbins essayait de composer une réplique adéquate, Ryan avait déjà reporté ailleurs son regard. « Une autre question ? »

Après la conférence de presse, Ryan regagna le bureau Ovale où il trouva Arnie Van Damm qui l'attendait.

Ryan dit simplement : « Je sais, Arnie. J'ai été trop dur avec Robbins.

— Laisse tomber, Jack. Je suis content que tu l'aies envoyée balader.

— Je suis ravi que tu sois content mais si je te perds toi, mon ange gardien, je serai dans de beaux draps.

— Nous sommes tous les deux sur la brèche depuis bien trop longtemps. J'avais envie de démissionner sur-le-champ, m'emparer de ton micro et dire à Juliet qu'elle pouvait prendre l'avion pour Raqqa et tendre elle-même l'autre joue là-bas. »

Jack Ryan esquissa un sourire, son premier depuis bien des jours. « Tu es irremplaçable mais j'avoue que ça aurait valu le coup d'être aux premières loges pour voir ça.

— Toi et moi, on est comme deux vieux bons-hommes en train de radoter sur ce qu'ils aimeraient faire si au moins on leur en offrait l'occasion.

— T'as raison, admit Ryan. Mieux vaut occuper notre temps à ce qu'on peut réellement faire de concret pour améliorer la situation. »

66

Assis dans la Jeep tout en bout de piste sur l'aéroport de Craiova, Alex Dalca regarda se poser le Gulfstream. Il était surpris de voir que les Albanais possédaient un si bel appareil et cela lui fit espérer que les conditions de son séjour temporaire en Macédoine ne soient pas si mauvaises.

On était en milieu d'après-midi mais l'aéroport n'était guère actif. Depuis une heure qu'il était là, il n'avait vu qu'un seul vol commercial sur un appareil à hélices et deux avions-cargos plus petits en provenance d'autres pays européens.

Il se fit la réflexion que ce luxueux jet d'affaires devait être considérablement plus raffiné que la moyenne des appareils fréquentant cet aérodrome perdu dans la cambrousse.

Il descendit de voiture, mit son sac à l'épaule et se dirigea vers le passage entre les deux hangars pour gagner directement la piste, conformément aux instructions données le matin même par son contact albanais. À la lumière de l'attaque de la veille par les Chinois, il avait dû annuler sa rencontre avec Luca Gabor à la prison et appeler sa fille à la place ; il avait craint que Gabor lui réclame un versement supplémentaire pour ce changement de plan. Mais apparemment, l'homme semblait satisfait de le soulager de trois millions et il s'était contenté de passer à sa fille le numéro de téléphone à contacter.

D'après ce qu'il avait pu apprendre par téléphone de l'Albanais, tout correspondait à ce qu'avait promis Gabor. Ils géraient en sous-main un casino à Skopje et étaient convenus d'utiliser Dalca pour collecter des informations sur leurs clients, soit au moment où ils étaient sur place en train de jouer, soit avant qu'ils ne descendent à l'hôtel. Les Albanais comptaient exploiter ces informations pour évaluer la fortune de leurs clients, repérer leurs objets de valeur, connaître leurs vices, bref tout ce qui était susceptible d'accroître les chances de la banque.

Dalca se figura qu'aucun client ne devait ressortir de ce casino les poches pleines et si c'était le cas, ces clients couraient bien plus de risques de tomber dans un guet-apens et se faire détrousser que ne le laissaient paraître les statistiques de la criminalité dans la capitale.

Les Albanais étaient des clients sérieux, c'était manifeste d'après la teneur du coup de fil, et Alexandru Dalca allait être leur dernière arme secrète. Il s'imaginait que la tâche serait aisée et qu'il serait rétribué à sa juste valeur. Et cerise sur le gâteau, il serait en sécurité car il y avait facilement une bonne cinquantaine de vigiles armés présents en permanence à l'intérieur de l'établissement.

Comme promis, l'avion fit demi-tour au bout de la piste pour revenir rouler dans sa direction. Trois minutes plus tard, il s'immobilisait et l'escalier d'accès se déploya. Un petit homme râblé, la quarantaine, cheveux poivre et sel, apparut à la porte et lui fit signe d'approcher.

L'homme tenait une bouteille de champagne et deux flûtes.

Dalca sourit. « Sympa. » Il se sentait de plus en plus à l'aise.

Alexandru Dalca monta à bord du G550 de Hendley Associates, arborant un petit sourire satisfait et, dès son entrée dans la cabine, il tendit le bras pour serrer la main de l'homme qu'il présumait être l'Albanais.

D'une voix lente et claire, il demanda : « Bonjour. Parlez-vous anglais ? »

Ding Chavez prit sa main et la retint fermement. « À peu près aussi bien que n'importe quel autre Chicano des quartiers est de L.A., *ese*.

— Je vous demande pardon ? »

Dalca se retourna et découvrit alors les trois autres personnages présents dans la cabine. L'un était plus âgé, de carrure imposante, mais il était assis au fond. Les deux autres installés dans les fauteuils club étaient barbus, athlétiques, d'un âge proche du sien et armés de pistolets.

« Attendez. Qui êtes-vous ? »

Chavez reposa champagne et verres à l'office avant de se retourner pour forcer Dalca à s'agenouiller, puis s'étendre à plat ventre dans l'allée entre ses deux camarades armés.

Derrière lui, Country sortit du poste de pilotage. « La cargaison est embarquée ?

— Embarquée, confirma Chavez. Temps de sortir les poubelles. »

Ding tendit à Jack le sac à dos et ce dernier se mit aussitôt à fouiller dedans. Dès qu'il en eut extrait le disque dur, il le brandit sous le nez de leur prisonnier éberlué, toujours immobilisé au sol par le genou de Chavez posé sur sa nuque.

« Qu'est-ce que c'est? » demanda Jack.

Du ton le plus insolent possible, Dalca rétorqua : « À votre avis?

— Je dirais un truc propre à te faire tuer, à moins que ce ne soit ta langue trop bien pendue. »

Jack adressa un signe de tête à Country qui referma aussitôt l'écoutille avant de regagner le cockpit.

Chavez fouilla rapidement l'individu, lui ligota les mains dans le dos, puis lui mit un bandeau sur les yeux. Il le poussa alors dans un siège avant de s'asseoir en face de lui. « La bonne nouvelle, c'est qu'on n'est pas des Chinois. La mauvaise, c'est que tu n'as pas baisé les Chinois comme tu as baisé les Américains.

— J'ignore de quoi vous parlez.

— Je peux t'aider. Le gouvernement des États-Unis a eu une aimable conversation avec l'ambassadeur de Macédoine qui a fait immobiliser au sol le vol censé venir te prendre. Pour couronner le tout, deux des occupants de l'appareil incriminé – et soit dit en passant, il semblerait qu'il était loin d'être aussi confortable que celui-ci – avaient sur leur tête des mandats d'arrêt longs comme le bras, bref, tes potes albanais se retrouvent à peu près, quoique pas tout à fait, aussi baisés que toi. »

Le Gulfstream décolla et mit lentement cap à l'ouest. Le vol jusqu'à Washington allait prendre huit heures, ce qui signifiait que les hommes du Campus avaient ce délai pour soutirer jusqu'à la dernière bribe d'information de leur prisonnier abasourdi mais toujours aussi arrogant.

Les hommes laissèrent Dalca ligoté dans son fauteuil pour tenir conciliabule à l'arrière de la cabine et discuter de la meilleure stratégie pour le faire parler.

Ils tenaient leur homme et ils auraient dû tous être ravis désormais mais ils avaient eu connaissance de l'attentat de Chicago juste quelques heures plus tôt, aussi l'humeur n'était-elle pas au beau fixe. Dom en personne avait appelé l'avion alors qu'ils décollaient de Bucarest pour leur annoncer qu'Adara avait reçu une balle mais que d'après les médecins, elle devrait se rétablir complètement.

Tous quatre essayèrent de mettre de côté la tragédie de Chicago pour se concentrer sur l'interrogatoire de celui qui en était en grande partie responsable.

Du pouce, Midas désigna Dalca derrière lui. « Tout ça, c'est la faute à ce connard et il a réussi à se tirer tout seul. Son plan d'évasion se résumait à une échelle de corde, un vélo et deux ou trois Albanais en Macédoine qu'il ne connaissait même pas. Bonjour la sécurité personnelle. Pas de gardes du corps, pas de gorilles bien payés pour le protéger. Pas de lien non plus avec une organisation étatique – ou pas étatique, du reste. D'accord, il a passé ce deal avec les Albanais, mais il a réussi à monter ce coup en vingt-quatre heures à peine.

— Qu'est-ce que t'en penses ? demanda Chavez.

— J'en sais rien, chef. Peut-être qu'une pièce du puzzle nous échappe. Comme si tout cela était plus vaste qu'on ne l'imagine. »

Chavez se tourna vers Jack. « Et toi, qu'en penses-tu ?

— J'en pense que ce gars s'est mis à nager dans des eaux un peu trop profondes pour lui. Il n'imaginait pas qu'on puisse remonter sa piste, alors il a décidé de piocher dans la caisse.

— La question qui vient alors, intervint Midas, c'est : comment l'amène-t-on à parler?

— Il se contrefiche manifestement du sort des autres, observa Chavez. Voyons voir s'il tient à sa petite personne. »

Jack repartit vers l'avant s'asseoir devant Dalca. Ding et Midas vinrent se poster à proximité tandis que Gavin, resté à l'arrière, essayait d'accéder à l'ordinateur portable du Roumain. Le disque dur était posé à côté de lui, déjà connecté à un ordinateur vierge que l'informaticien avait apporté tout exprès.

Jack commença. « Le moment est venu de nous raconter tout ce que tu sais.

— Je veux un martini », répondit le Roumain.

Jack cligna des yeux, surpris. « Et moi, je veux te loger une balle dans la tronche. »

Les coins de la bouche du prisonnier se relevèrent jusqu'à disparaître dans un large sourire dissimulé sous le bandeau lui masquant les yeux. « Mais vous ne pouvez pas, n'est-ce pas? »

Jack ne répondit rien.

Dalca insista : « Très dry, avec un zeste. »

Jack songea à tous ceux qui étaient morts par la faute de cet homme. En tout premier venait Jennifer Kincaid, une femme qu'il n'avait jamais rencontrée mais dont l'époux s'était assis dans ce même fauteuil qu'occupait maintenant Dalca.

« Je t'en servirais, moi, du zeste. » Et Jack boxa le Roumain.

Chavez regarda Midas qui était assis le plus près de Jack et ce dernier lui saisit le bras avant qu'il ne frappe de nouveau.

« On se calme, Sugar Ray. Respire. Ce cancrelat ne va nulle part. »

Dalca cracha du sang sur sa chemise. « Vous avez besoin de moi. Je suis le seul à savoir quels dossiers j'ai envoyés, et à qui. »

D'un signe de tête, Jack signala à Midas qu'il s'était repris. Il inspira un grand coup et répondit : « On sait à qui tu les as transmis. À Moussa Al-Matari. Et on sait pour qui tu travaillais. Les Chinois. Tu ne nous es pas aussi indispensable que tu l'imagines. Même sans toi, les Chinois restent toujours en capacité de compromettre des fonctionnaires américains, tout comme toi, vu qu'ils détiennent des copies des fichiers. »

Interdit, Dalca resta plusieurs secondes silencieux. « Je suis le seul à détenir les fichiers. ARTD y a eu accès accidentellement, en piratant une société de sécurité indienne sous contrat avec la firme américaine qu'avait engagée le Bureau de gestion des personnels pour évaluer les risques d'infiltration de son réseau. Les Indiens avaient les données mais elles étaient simplement stockées sur un serveur, anonymes, inexploitées. Quand on a compris la valeur de ce qu'on détenait, on a par mesure de sécurité transféré ces données sur un serveur totalement isolé, puis on a entrepris de les examiner. »

Jack était abasourdi. « Tu nous dis que les Chinois n'ont pas ces fichiers ? »

Dalca confirma d'un signe de tête. « Pas le moindre.

— Mon cul. Tu mens parce que tu penses que ça améliore tes capacités de négociation. »

Dalca hocha vigoureusement la tête. « Ils ne voulaient pas y toucher. On ne travaille même pas directement avec eux. On a été engagés par une société-écran, le Seychelles Group. »

Jack consigna le nom dans un carnet, en vue de s'informer sur cette firme une fois l'interrogatoire terminé.

Puis il reprit. « Je veux une liste de toutes les personnes ciblées. Toutes. »

Dalca haussa les épaules avec emphase. Finalement, il lâcha : « Je parlerai. Mais pas pour rien. Je veux quelque chose en échange. »

Du fond de l'appareil, Gavin appela Chavez. « Ça va me prendre des jours, si ce n'est des semaines pour accéder aux données chiffrées sur son ordi. S'il nous donnait son mot de passe, ça pourrait sauver pas mal de vies dans l'intervalle. »

Jack ne pouvait entendre la conversation à l'arrière mais il devina aux gesticulations de Gavin que l'informaticien était tenu en échec par la machine du Roumain. Il serra de nouveau le poing et le levait déjà mais Midas posa calmement la main sur son épaule.

Chavez revint et se pencha à l'oreille du prisonnier. « Très bien, Alex. On est prêts à entendre tes conditions. »

À ces mots, Jack se leva pour gagner l'office. Il avait besoin d'un sérieux remontant.

67

Le coup de fil arrangé par Mary Pat Foley serait adressé sur le numéro personnel du président Jack Ryan. Il l'attendait mais sans connaître la teneur de la discussion, d'où sa nervosité alors qu'il patientait dans son bureau au premier étage de ses appartements personnels à la Maison-Blanche.

La sonnerie retentit et il décrocha aussitôt. « Clark ?

— Oui, monsieur le président, désolé de vous déranger.

— Mary Pat m'a juste dit que cet appel ne concernait pas Jack Junior.

— C'est exact, monsieur. Jack va bien. Pardon si ce coup de fil vous a inquiété pour rien. »

Ryan poussa un soupir de soulagement. « Pas de problème.

— En ce moment même, l'appareil du Campus survole l'Europe occidentale avec à son bord un prisonnier du nom d'Alexandru Dalca. C'est cet employé de la société de piratage informatique roumaine qui s'est procuré les dossiers sur le serveur du Bureau de gestion des personnels. Dalca avait mission de repérer des espions américains pour le compte des Chinois mais il a décidé de se mettre à son compte et de démasquer des cibles au sein de l'armée et de la fonction publique, avant de revendre ces fichiers à divers pays et organisations, dont tout particulièrement l'État islamique.

— Incroyable. Où sont ces fichiers maintenant ?

— À bord de l'avion. Dalca dit qu'il n'en existe aucune autre copie mais nous n'avons aucun moyen de savoir s'il nous dit la vérité. »

Ryan se massa les paupières. Tout cela était bel et bon mais il avait eu un mois incroyablement pénible qui n'allait pas s'achever simplement par la capture de cet homme. « Excellent boulot, John, répondit-il.

— Merci, mais je n'appelais pas pour recevoir une tape dans le dos. J'ai besoin de votre aide. »

Ryan fronça les sourcils car il redoutait déjà ce qu'il pressentait. « Quoi que tu fasses, ne prononce pas le mot "amnistie". »

Clark soupira au bout du fil. « Dalca va nous aider mais il veut une amnistie présidentielle et vingt-cinq millions de dollars.

— Oh, pour l'amour du ciel.

— Oui, monsieur le président. C'est à vous de décider, bien sûr, mais il nous garantit qu'il révélera les noms de toutes les autres personnes placées dans leur collimateur, aux États-Unis comme à l'étranger. Il a semble-t-il revendu ses infos à la découpe à plusieurs acteurs. »

Ryan contempla la moquette entre ses pieds. Soudoyer cet homme et le laisser en liberté lui donnait envie de vomir. Mais plus il y réfléchissait, plus il prenait l'exacte mesure de la situation dans laquelle il se trouvait.

Clark insistait. « Je suis désolé, monsieur le président, mais le temps nous est vraiment compté.

— Il veut me parler au téléphone ?

— Par vidéoconférence. Il insiste.

— Seigneur. Mais pour qui se prend-il ?

— C'est un sacré numéro, je vous l'accorde, monsieur le président. Ni éthique ni conscience. Juste un type avide d'argent et prêt à piétiner quiconque se trouvera sur son chemin.

— Un sociopathe.

— Je crois qu'on peut le dire, admit Clark. Quoi qu'il en soit, Mary Pat a dit qu'elle pouvait organiser une vidéoconférence d'ici à quelques minutes au PC de crise avec son adjoint. Vous n'avez qu'un mot à dire.

— Je lui parlerai, répondit Ryan. Merci, John.

— Bien, monsieur.

— Tu sais, quand j'ai monté le Campus, je craignais de voir un tel atout tomber entre de mauvaises mains. Je le crains toujours. J'ai mis à sa tête le meilleur homme auquel je pouvais penser en la personne de Gerry Hendley, mais malgré tout… on ne sait jamais. Ai-je besoin de te dire combien je suis ravi que tu en fasses également partie ? L'organisation est entre de bonnes mains.

— Je vous remercie du compliment. La génération sous mes ordres est également excellente, monsieur. Je pense que l'organisation va demeurer utile encore un bon moment. »

Ryan lâcha alors une question qu'il avait hésité à poser. « Jack est-il à bord ? »

Un temps d'arrêt. « Oui, monsieur le président. Il a eu un rôle déterminant dans la découverte de Dalca, et plus encore dans sa capture et la récupération des fichiers. »

Ryan hésita quelques secondes, le temps d'absorber la nouvelle et de maîtriser ses émotions. « Il est meilleur que moi dans la partie, pas vrai ?

— Meilleur ? Non, monsieur le président. Comme vous, il est très bon sur tout le spectre du renseignement, mais vous-même avez eu pas mal de faits saillants au cours de votre carrière. »

Le président eut un petit sourire. « À mon avantage, le fait de ne pas avoir eu à me soucier d'être reconnu dans la rue à cause de mon père.

— Ça le rend dingue parfois, vous avez tout à fait raison. Si son père avait été simple flic à Baltimore, comme l'était son grand-père, il aurait la liberté de mouvement dont vous avez joui.

— Je sais que tu es pressé par le temps, coupa Ryan. Je descends illico rejoindre le PC de crise. »

Le fauteuil d'Alexandru Dalca avait été tourné légèrement pour lui permettre de voir le moniteur fixé à la paroi de la cabine. Chavez se positionna derrière lui tandis que Jack, Gavin et Midas allaient s'installer sur le divan tout au fond, hors du champ de la caméra fixée au-dessus de l'écran. De cette façon, le président ne verrait que Dalca et Chavez, tandis que le Roumain n'aurait devant les yeux que le moniteur, un mètre à peine devant lui.

Chavez ôta le bandeau qui lui couvrait les yeux. Tous deux ne contemplèrent d'abord qu'un écran vide jusqu'à ce que Gavin opère quelques réglages sur la télécommande qu'il tenait dans sa main.

Le visage du président apparut alors soudainement. Il était assis au bout de la table de conférence du PC de crise, en costume et cravate ; personne d'autre n'était visible.

Il rajusta ses lunettes en fixant l'écran devant lui. « Vous êtes Dalca ?

— Oui, c'est exact », dit l'intéressé. Il n'avait pas du tout l'air impressionné de s'adresser au leader du monde libre. « Comme je l'ai indiqué aux hommes qui m'ont enlevé, en échange de ma liberté et d'une somme raisonnable, je donnerai tous les mots de passe d'accès à mon ordinateur et leur montrerai qui a fait l'objet d'un ciblage par les diverses parties à qui j'ai revendu les fichiers.

— Ma foi… je dois reconnaître que vous êtes plutôt du genre à aller droit au but, pas vrai ?

— Je jouerai franc-jeu avec l'Amérique uniquement si l'Amérique en fait de même à mon égard. Le temps presse. J'imagine que les terroristes sont en train de préparer leur prochaine attaque au moment même où nous parlons.

— Êtes-vous au courant pour Chicago ? demanda le président.

— Oui. C'était à la radio ce matin. Thomas Russell était l'un de mes dossiers de ciblage. Ça vous prouve bien les dégâts que peut occasionner une simple petite fuite d'identité. Il y en a encore des dizaines dans la nature et moi seul suis capable de les voir se muer en dizaines de nouveaux Chicago. »

Ryan hocha lentement la tête. « Qui est le responsable à bord de cet avion ? » demanda-t-il finalement.

Ryan savait bien sûr que Chavez devait être le chef de ce groupe en l'absence de Clark. Mais pour sauver les apparences, il devait faire comme s'il ne connaissait personnellement aucun des agents présents à bord.

Dans le dos de Dalca, on entendit la voix de Ding Chavez : « Normalement, c'est moi, monsieur le président.

— Très bien, fit Ryan. En tant que votre commandant en chef, je vous donne un ordre direct concernant M. Dalca, auquel vous et vos subordonnés serez tenus d'obéir.

— Bien entendu, monsieur. »

Dalca esquissait déjà un sourire.

« Vous êtes en ce moment en train de survoler l'Atlantique ?

— C'est exact, monsieur le président.

— Bien. Je veux que vous ouvriez une écoutille et que vous balanciez Dalca dans le vide. Est-ce clair ? »

Il y eut un silence glacial de plusieurs secondes dans la cabine du Gulfstream. Dalca fut le premier à le rompre.

« *Quoi ?* Non ! Vous avez besoin de moi.

— Je n'emploierais pas le mot *besoin*. Vos informations seraient profitables, certes, mais nous pouvons nous en passer. Je ne négocie pas avec des terroristes. »

Chavez poussa un bouton pour appeler le cockpit. « Capitaine ? »

La capitaine Helen Reid répondit immédiatement dans les haut-parleurs. « Puis-je vous aider ?

— Nous avons besoin de descendre en dessous de dix mille pieds. Nous allons ouvrir la trappe de chargement arrière. »

Il n'y eut qu'une brève pause. « Compris. Je vous signalerai quand nous serons dépressurisés.

— Non ! » hurla Dalca.

Presque aussitôt, l'appareil entama sa descente.

Le président Ryan reprit la parole. « Vous n'avez pas eu de problème avec la mort quand il s'est agi de faciliter celle d'autres personnes. C'est marrant que vous soyez soudain blanc comme un linge. »

Dalca se mit à bredouiller. « Je… je vais vous faire une proposition. »

Ryan haussa les épaules, comme si peu lui importait. « Vous m'avez déjà fait une offre. Ma contre-proposition est votre mort immédiate. Les négociations sont terminées. Adieu. » Ryan détourna les yeux comme pour signaler que l'entretien vidéo était terminé.

Dalca se remit à hurler. « Attendez ! Je vous donnerai tout et en plus, je vais vous aider à capturer Al-Matari. »

Ryan fixa de nouveau la caméra. « Comment ?

— Je… je ne sais pas. Je travaillerai avec ces hommes. On trouvera bien une solution. Je suis en communication avec un membre de Daech. Peut-être Al-Matari, peut-être un de ses informateurs. Je vous aiderai. Ne me tuez pas. Laissez-moi simplement partir quand tout sera terminé.

— Vous avez évoqué la somme de vingt-cinq millions, observa Ryan. Je ne crois pas que le contribuable américain sera prêt à payer le fils de pute responsable du massacre de tant de nos valeureux concitoyens.

— Oubliez l'argent ! Je vous aiderai de tout mon possible. Donnez juste l'ordre à ces hommes de me laisser repartir des États-Unis, une fois que nous en aurons terminé. »

Ryan contempla l'écran un long moment. Puis enfin, il lâcha : « Entendu.

— Merci, monsieur le président, intervint Chavez.

— Et, les gars, si jamais il vous crée des ennuis, vous n'hésitez pas à revenir à mon plan initial. Et si ses efforts pour vous aider se révèlent infructueux, pareil. Vous avez mon aval pour une élimination extrajudiciaire. Nul ne discutera vos motifs si Dalca devait disparaître.

— Compris, monsieur. S'il ne se montre pas parfaitement docile, il sera bon pour un plongeon de haut vol suivi d'un marathon à la nage. »

Le président Ryan acquiesça avant de couper la transmission.

À l'arrière de l'avion, Jack Ryan Junior souriait jusqu'aux oreilles.

Peu après, Chavez rappela le cockpit et le Gulfstream se remit en palier avant de regagner son altitude de croisière.

On banda de nouveau les yeux de Dalca et le Roumain récita les mots de passe d'accès à son ordinateur. Une fois la machine débloquée, Gavin entra successivement les autres mots de passe nécessaires pour accéder aux fichiers de ciblage transmis.

Jack passa une heure à les éplucher mais pas avant que Chavez eût contacté Clark pour lui donner les noms et la localisation des cibles. Clark contacterait Dan Murray pour récupérer tous les sujets encore en péril, quand bien même l'opération allait prendre des heures, voire une journée entière.

Quand Chavez eut terminé son appel, Jack annonça qu'il voulait discuter avec tout le monde à l'arrière de la cabine, loin des oreilles de Dalca.

Il commença. « Il y a quarante noms sur cette liste, la plupart situés dans la zone du district fédéral, ce qui m'amène à penser qu'Al-Matari a déjà placé ses hommes là-bas et qu'ils se préparent à agir.

— Ça paraît logique, commenta Chavez.

— Donc… j'ai une idée qui donnera le temps au gouvernement de mettre tous ces gens à l'abri tout en nous laissant une marge suffisante pour éliminer Al-Matari. Ça va être coton mais je pense que le risque en vaut la peine.

— Écoutons voir, dit Gavin.

— On va utiliser le contact qu'utilise Dalca pour transmettre ses informations à l'État islamique. On prépare un dossier de ciblage bidon pour offrir à Al-Matari une cible tellement parfaite qu'il ne pourra pas ne pas sauter dessus. On lui laisse un délai serré qui l'oblige à positionner ses hommes, disons, maintenant, aujourd'hui même, s'il veut profiter de l'occasion. De cette façon, il ne pourra procéder qu'à un minimum de préparatifs et ça l'obligera en même temps à retirer des tueurs de ses autres objectifs. »

Chavez pencha la tête de côté. « Bonne idée. Mais tu vas devoir lui fournir une cible dont tu sais avec certitude qu'il lâcherait tout pour la tuer… qui vas-tu utiliser comme appât ? »

Jack sourit. « Le fils du président des États-Unis. Le dossier de ciblage lui offrira toutes les preuves nécessaires pour constater que Jack Ryan Junior ne bénéficie pas d'une protection par le Service secret et qu'il est seul dans le chalet de ses parents dans les montagnes Bleues. Je recourrai à tous les éléments que Dalca utilise dans ses autres dossiers pour lui prouver que je ne séjournerai pas là-haut plus d'une journée ou deux, maximum. Ça les obligera à tout laisser tomber pour venir s'en prendre à moi. »

Gavin le dévisagea. « T'es cinglé ?

— On le soupçonne de s'être trouvé à Chicago hier soir, ajouta Jack, de sorte qu'il pourrait ne pas se pointer là-bas en personne mais si on peut capturer vivant l'un de ses séides, ça nous donnera un moyen d'accéder à lui.

— Et que se passe-t-il si Al-Matari débarque à ton chalet avec une cinquantaine de bonshommes ? intervint Midas.

— On sait qu'il n'en a pas cinquante. En outre, le chalet est situé dans une zone reculée au fond des bois, pas évident d'y amener un bus entier de terroristes islamistes sans attirer l'attention, et Al-Matari en sera conscient. »

Chavez était hésitant. « Je ne sais pas, Jack. Jouer toi-même le leurre, c'est un brin risqué.

— Ou cinglé, coupa Gavin.

— C'est notre meilleur atout. » Ryan avait confiance en son plan.

Jack fournit à Chavez les coordonnées précises du chalet, puis ce dernier gagna le cockpit avec ces renseignements pour en discuter avec Helen et Country.

Il en revint quelques minutes plus tard, passant devant un Dalca aux yeux toujours bandés. « Désolé, Jack. Ça ne marchera pas. D'après l'endroit que tu nous indiques, on n'a nulle part où se poser à moins de quatre-vingts kilomètres. En ajoutant le temps de vol pour regagner Washington, ça fait plus d'une journée pour nous rendre sur place. Si l'on veut être sûr qu'Al-Matari y envoie ses hommes au plus vite, on va avoir besoin d'un autre site, ou d'une autre cible. »

C'est ce que Jack avait redouté. « Le site et la cible sont parfaits. Et il y a bien un moyen de s'y rendre rapidement. On a des parachutes à bord. »

Chavez hocha la tête. « Des voilures de chute libre. Et tu n'as pas la qualification.

— Je peux y arriver. »

Midas intervint. « J'ai la qualification chute libre. J'irai. »

Jack hocha la tête. « Désolé, Midas. Al-Matari enverra ses sbires après le fils du président. Il faut que je sois sur place pour qu'ils aient une identification positive ou ils risquent de ne pas bouger et se démasquer. Je ne peux pas envoyer quelqu'un d'autre à ma place. Il faut que j'y aille moi-même.

— Ces parachutes exigent une longue formation, Jack. On ne saute pas simplement comme ça d'un avion à réaction.

— Quel choix nous reste-t-il ? Regardez le rythme des attentats. Quelqu'un encore va mourir. Aujourd'hui. Plusieurs personnes peut-être. Ce sera peut-être un nouveau Chicago ! Il faut absolument qu'on détourne leurs plans. Je survivrai au saut. Je ne me poserai peut-être pas avec grâce, il se peut que je tournoie un peu et finisse suspendu à un arbre, mais ce sera toujours mieux que de se poser à des heures de là parce qu'on n'a pas des heures à perdre. »

Chavez réfléchit à la question quelques minutes encore, puis il retourna vers l'avant de la cabine pour appeler Clark. Les deux hommes s'entretinrent quelques minutes de plus. Quand enfin il revint, il annonça : « On a le feu vert.

— *Yesss !* s'exclama Jack.

— Clark va rassembler de l'équipement et se mettre en route, ajouta Ding. Il sera présent sur place lui aussi, hors de vue et armé d'un fusil à longue portée. Il se chargera de nous repérer les cibles si jamais les agents d'Al-Matari décident de frapper.

— *Nous* ? releva Jack.

— Je saute avec toi pour te garder en vie pendant la descente. Dom et Adara sont encore à Chicago. Elle se rétablit à l'hôpital et il reste à ses côtés en même temps qu'il aide ce qui reste de la brigade antiterroriste à ramasser les morceaux, bref, ils ne seront pas de la partie. Nous serons seuls, toi et moi, dans le chalet. »

Midas hocha la tête avec un petit sourire. « Je m'en doutais. C'est à la putain de bleusaille de rester jouer les nounous pour l'autre connard aux yeux bandés.

— Désolé, Midas. La tâche de garde-chiourme est indigne de monsieur mais on ne peut pas le laisser rallier Washington en la seule compagnie de Gavin. »

Gavin fit la tête mais s'abstint de répondre. Il était manifeste qu'il n'avait pas franchement envie de se retrouver seul en cabine avec ce cinglé de Roumain.

« OK, dit Jack. Je vais voir avec Dalca comment goupiller le dossier pour attirer au chalet Al-Matari et on l'enverra aussitôt après. On n'a pas des masses de temps devant nous. Mais si on ne fait rien, quelqu'un va se faire tuer aujourd'hui à Washington. »

Chavez regarda sa montre. « On a encore six heures de vol. Quelqu'un va se faire tuer même si tout se passe comme on l'a prévu. »

68

Sami Ben Rachid entendit le téléphone sonner plusieurs fois avant qu'enfin Al-Matari se décide à répondre.

« Oui ?

— Félicitations, mon frère. Chicago a été un coup vraiment marquant. Un chef-d'œuvre. »

Al-Matari ne partageait pas la jubilation de Ben Rachid. « Le président s'est exprimé aujourd'hui depuis la Maison-Blanche. Il refuse toujours d'envoyer des renforts de troupes au Moyen-Orient. Même après hier soir. Est-il donc bête à ce point ?

— Patience. Ça viendra. Et je pense avoir trouvé moyen d'accélérer encore le mouvement.

— Comment ?

— Je vais envoyer un nouveau dossier. Celui-là, c'est le meilleur de tous. Un vrai coup de poignard dans le cœur du président. Il ne fait aucun doute qu'après ça, nous tiendrons enfin notre guerre. Il enverra ses armées dans le bourbier, tes dirigeants lanceront un appel aux armes, les fidèles convergeront du monde entier et le califat s'étendra sur tout le pays. »

Abou Moussa Al-Matari ne gobait pas le langage fleuri du Saoudien. Il se contenta de répondre sèchement « Je lirai ce que vous m'envoyez », avant de raccrocher.

Un quart d'heure plus tard, il rappela. Son attitude avait changé du tout au tout. « C'est authentique ? C'est du concret ?

— Bien sûr que c'est du concret, mon frère, répondit Ben Rachid. C'est la vérité. Le fils de Jack Ryan est tout seul dans les bois, tel un agneau promis au sacrifice.

— Incroyable.

— Mais ne tarde pas. Comme l'indique la fiche, il ne sera sur place que moins d'une journée. Dès demain matin, il doit regagner Washington. Vous devez agir tout de suite. »

Al-Matari ne discutait pas des détails opérationnels avec le Saoudien et ce n'était pas maintenant qu'il allait commencer. « Je vais voir ce qu'on peut faire », se contenta-t-il de répondre.

Mais à cet instant, Moussa Al-Matari était déjà en voiture avec Alger, suivis dans un autre véhicule par Omar et Tripoli. Ils se trouvaient au beau milieu de la Pennsylvanie et un coup d'œil au GPS lui permit de constater qu'ils pouvaient en moins de quatre heures être sur zone.

Il avait deux autres agents déjà sur place à Washington, prêts à lancer une attaque moins d'une heure plus tard et quatre autres qui convergeaient sur la capitale en provenance d'autres régions. Il pouvait leur demander de se retrouver tous à proximité du chalet dans les montagnes Bleues pour passer à l'attaque ensemble.

Si les informations reçues étaient correctes – et toutes celles fournies jusqu'ici par le Saoudien avaient toujours été fiables –, lui et ses neuf comparses n'auraient aucun problème à assassiner le fils du président.

Il donna l'ordre au véhicule derrière lui puis transmit les coordonnées du chalet à la cellule d'Atlanta.

Tous allaient fondre sur Jack Ryan Junior.

Maquillage discret, tenue civile et brushing, Carrie Ann Davenport n'avait pas vraiment la dégaine de capitaine d'un hélicoptère d'attaque, et au soleil de cette fête en plein air, personne n'aurait pu imaginer qu'à peine quelques jours plus tôt, elle combattait sur le front en Irak.

Un verre de tonic-rondelle de citron vert à la main, elle grignotait des amuse-gueule tout en devisant lors de cette réception que donnait son ancien commandant dans sa maison de College Park, Maryland. Même si la température en cette fin d'après-midi était torride pour la plupart des gens du coin, Carrie Ann pour sa part la trouvait agréable. Elle était en jupe et corsage sans manches, à des lieues du harnachement – casque de pilote, battle-dress, gilet pare-balles, bottes et gants – sous lequel elle rissolait dans la touffeur de l'Irak.

Elle devait se concentrer sur l'instant présent et non sur le fait que tout juste une semaine plus tard elle serait de nouveau dans les airs, remettant le cap sur la zone de guerre.

Autour d'elle, la majorité des invités étaient des pilotes d'Apache et de Chinook, encore ou non en activité. Elle avait servi avec bon nombre d'entre eux lors de ses déploiements ou bien s'était entraînée avec eux au pays. Deux officiers supérieurs travaillaient au Pentagone, comme son ancien chef d'escadrille, devenu aujourd'hui lieutenant-colonel et affecté à la planification stratégique.

Carrie Ann appartenait au 2e bataillon du 150e régiment d'aviation (reconnaissance / attaque) de la 12e brigade d'aviation de combat. Elle était postée sur la base de l'armée de terre à la Katterbach Kaserne en Allemagne, ce qui signifiait qu'elle se retrouvait ici l'unique représentante de son unité. Mais elle se liait facilement et passait un très bon moment à discuter avec un groupe de civils : en l'occurrence une demi-douzaine d'étudiants des beaux-arts à l'université du Maryland, présents cet après-midi dans la résidence du lieutenant-colonel parce qu'ils louaient la maison voisine et que son ex-commandant les avait invités à partager le cocktail.

Au début, pas un seul des étudiants ne la crut quand elle leur annonça qu'elle était officier dans l'armée. C'est qu'elle leur ressemblait tellement. Quand ils lui demandèrent de le prouver en leur présentant ses papiers, elle glissa plutôt la main dans son corsage pour exhiber sa plaque d'identité avant de leur tournoyer autour, déclenchant les rires de toute la compagnie.

Un beau gars d'à peu près son âge qui se présenta comme étudiant en maîtrise d'histoire se proposa pour aller lui chercher une autre vodka-tonic, supposant par erreur qu'elle buvait de l'alcool, mais elle déclina la proposition. Elle aurait volontiers poursuivi la conversation avec lui, en l'absence de tous ses copains, mais à la place, elle se dirigea seule vers la table de pique-nique garnie de bière, d'alcools et de cocktails pour se préparer un autre tonic-rondelle.

Carrie aimait se retrouver, du moins à titre temporaire, dans une autre peau que celle de pilote-mitrailleur du Pyro 1-1. Elle adorait l'armée mais ne détestait pas faire de temps en temps un pas de côté et se remémorer sa vie passée, son autre identité. Tout cela changerait la semaine suivante quand elle remettrait sa tenue de combat, garnirait son paquetage et quitterait le domicile de ses parents à Cleveland pour gagner l'aéroport et rejoindre l'Allemagne. Elle resterait moins d'une journée à Katterbach avant de retourner sur la zone de combat même si elle ne savait pas encore où au juste on l'enverrait.

Elle but une gorgée de tonic, seule, tout en contemplant de loin le bel étudiant en maîtrise, avec l'espoir secret d'attirer son attention et dans le même temps, il lui vint à l'esprit qu'au cours des dernières semaines, l'Amérique elle-même était quelque part devenue une zone de combat. Ces mêmes monstres de l'État islamique qu'elle combattait là-bas étaient désormais ici – le massacre de Chicago la veille au soir était bien naturellement le principal sujet de conversation du cocktail – et chaque jour aux infos, on apprenait qu'un nouveau soldat, un nouvel agent de renseignement était devenu leur cible quelque part dans le pays.

Cela la rendait furieuse et lui donnait envie de retourner au plus vite sur le terrain et peut-être avoir un effet sur la guerre en train de se dérouler ici même en métropole.

Elle jeta de nouveau un coup d'œil à l'étudiant qui était maintenant en train de la lorgner ; il sourit alors et déjà se dirigeait vers elle, abandonnant ses amis. Carrie Ann se sentit rougir – en espérant que le léger hâle sur son front dissimulerait cette réaction et tout en regrettant soudain amèrement de ne pas s'être plutôt servi un double gin-tonic pour se calmer les nerfs.

Alors qu'il approchait, son visage se mit à changer. Comme s'il se désintéressait soudain de sa personne avant qu'elle réalise presque aussitôt qu'il fixait en réalité quelque chose dans son dos. Elle sourit devant son expression et se retourna pour regarder ce qui piquait sa curiosité.

Et ce faisant, son visage exprima aussitôt la même perplexité.

Une Afro-Américaine et un Arabe, tous deux âgés d'une vingtaine d'années, remontaient l'allée passant derrière la maison pour venir se joindre à la réception. Ils n'étaient pas les seuls Noirs ou Arabes présents mais ces deux-là étaient vêtus de coupe-vent noirs sous lesquels ils dissimulaient manifestement quelque chose, et tout en avançant, ils se séparèrent, la femme pour se diriger vers la clôture longeant le parking sur la droite, et l'homme pour rejoindre l'arrière de la maison.

Leur expression déterminée, leur tenue, leur attitude. Instantanément, Carrie Ann sentit le danger.

L'Arabe était parvenu à moins de dix mètres de la jeune femme quand il passa les deux mains derrière sa nuque avant de les projeter en avant. Elle reconnut aussitôt les grenades alors qu'il les lançait vers la dizaine d'invités situés dans son dos. La femme dans l'allée imita son compagnon et l'une de ses grenades se dirigea droit vers le bar et la table de pique-nique devant laquelle Carrie se tenait.

Carrie Ann Davenport se retourna, fit deux pas vers l'étudiant ébahi et le projeta par-dessus la table, renversant au passage bouteilles, canettes, bacs à glace et piles de gobelets en plastique. Tous deux roulèrent de l'autre côté, et ils venaient juste d'atterrir, le jeune homme sur elle, quand les quatre grenades explosèrent.

Cris, hurlements des blessés et des invités paniqués, mêlés aux « *Allahu Akbar* », puis Carrie Ann entendit la fusillade. De sous la table de pique-nique, elle vit les deux terroristes avancer, pistolet en main, et tirer sur les invités qui fuyaient, affolés.

Carrie Ann se dégagea de sous le poids de l'étudiant, tira sur sa jupe et son corsage blanc pour glisser la main dans son dos. Elle sortit un minuscule Smith & Wesson Bodyguard .380, se cala sur le dessus de la table et visa l'homme en train de se diriger vers elle. Elle allait presser la détente quand elle pensa qu'il pouvait porter un gilet pare-balles sous son gros anorak, aussi activa-t-elle son laser de pointage et visa son front avec le point lumineux tremblotant.

L'Arabe était en train de tirer sur un des invités en fuite derrière lui, puis il remarqua soudain sa présence, à genoux derrière la table, juste à quelques mètres devant lui.

La balle du capitaine de l'armée Carrie Ann Davenport lui transperça l'œil gauche et l'homme s'effondra en se tordant de douleur. Elle se leva et lui logea une autre balle dans la nuque, le tuant sur le coup.

Un projectile claqua près de son oreille gauche. Levant les yeux, elle vit la femme noire la viser, juste avant de s'écarter en titubant vers la droite de l'allée et s'effondrer sur le côté. Elle venait d'être abattue par un invité auquel Carrie Ann avait été présentée peu auparavant, un adjudant pilote de Chinook. Il tenait un Beretta

M9, l'un de ces pistolets distribués pas plus tard que la semaine précédente, sur ordre du président, aux personnels militaires en poste en métropole pour leur permettre de se protéger des terroristes.

Carrie Ann reporta son regard sur la femme gisant dans l'allée et vit qu'elle avait lâché son pistolet ; elle vit aussi le petit boîtier dans sa main droite, relié à un câble qui disparaissait dans la manche de son blouson.

Carrie Ann pivota et plongea au sol, plaquant une fois encore le bel étudiant en train de se remettre à genoux. Alors qu'elle le recouvrait de son corps, une énorme détonation retentit dans son dos, plus assourdissante encore que l'explosion simultanée des quatre grenades, et des éclats criblèrent la cour. Elle sentit ses poumons se vider sous l'effet du souffle, les débris lui taillader les jambes, ses oreilles assourdies carillonner.

Le silence se prolongea quelques instants, puis, couvrant le carillon, elle perçut de nouveau cris et hurlements.

Carrie Ann baissa les yeux sur le jeune homme – elle ignorait toujours son nom – et constata qu'il était vivant mais H.S., hébété, désorienté.

Il la regarda, cligna des yeux. « Ça… ça va ?

— Oui. »

Elle se remit à genoux, sentit le sang sur ses jambes, puis se releva en prenant appui sur la table de pique-nique. Il y avait une bonne vingtaine de morts et de blessés autour d'elle et elle se dirigea en titubant au cœur du carnage dans l'espoir de porter assistance dans sa modeste mesure.

Quelque part, au milieu de toute cette horreur, elle savait déjà que le meilleur moyen pour elle d'y parvenir était de remonter dans son hélicoptère d'attaque et d'exercer une juste vengeance pour ce qui venait de se produire ici.

69

Les larmes ruisselaient sur le visage du docteur Olivia Ryan, fille aînée du président des États-Unis, et elle s'efforçait de ne pas renifler, car elle jugeait cela incongru vu les circonstances. La main plaquée sur sa bouche masquait mal son état de choc et sa surprise.

Puis elle hocha rapidement la tête, plissa les paupières pour chasser de nouvelles larmes.

Durant plusieurs secondes, elle fut incapable de détacher ses yeux du petit écrin devant elle, avant enfin de regarder droit dans les yeux son petit ami, agenouillé devant elle.

« Oui, dit-elle. Bien sûr que oui ! »

Davi se releva et ils échangèrent un long baiser, se promirent un amour éternel, puis elle glissa la bague à son doigt. Serrés l'un contre l'autre, ils se retournèrent pour contempler les collines des montagnes Bleues qui composaient une vue parfaite derrière le grand chalet en rondins : le soleil couchant derrière les sommets illuminait le ciel d'un éclat orangé et baignait les collines verdoyantes d'une douce lumière.

Olivia serra très fort la main de son fiancé. « C'est parfait, murmura-t-elle. Tout… est… parfait. »

Ils contemplaient encore cette vue incroyable à travers des larmes de joie, quand soudain ils tournèrent brusquement la tête à la vue d'un parachutiste qui traversait l'air du soir, moins de cinquante mètres derrière le chalet.

Le parachutiste atterrit sans douceur dans l'herbe de la pâture et fit plusieurs roulades avant que la voilure rectangulaire s'affale sur lui. Il se releva à genoux tout en essayant de contrôler les suspentes de la voilure déjà en train de se regonfler, suspentes qui se tendaient et commençaient à le traîner.

Olivia murmura : « Ça fait… partie… de ta demande en mariage ?

— Euh…, bredouilla Davi. Je ne sais vraiment pas de quoi il s'agit. »

Un second parachutiste apparut dans le ciel et vint se poser avec adresse sur la voilure de l'homme toujours en train de se débattre, la plaquant au sol et empêchant ce dernier de glisser jusqu'au pied de la colline en contrebas du chalet. Puis, se débarrassant de son harnais, il se précipita pour aider son compagnon à se débarrasser de son propre harnachement ; tous deux remarquèrent alors le couple qui se tenait près de la balancelle sous le porche à l'arrière du chalet.

Davi les regarda. « C'est quoi, cette histoire ? »

Comme un seul homme, les deux parachutistes au pied de la colline sortirent des mitraillettes des paquetages harnachés à leur corps.

« Oh, mon Dieu ! s'écria Olivia. Rentrons vite ! Verrouille la porte ! »

Jack Ryan Junior reconnut sa sœur en train de détaler et son sang se figea. Tandis que Chavez s'employait à ramasser leurs parachutes, il lança : « Elle n'est pas censée être ici.

— Mets-les dans une voiture, qu'ils démarrent et qu'ils filent dans les cinq minutes ! »

Jack se précipita vers le balcon à l'arrière du chalet et tambourina à la porte. « Sally ? Sally ? C'est moi ! Jack ! Ouvre-moi ! »

La porte s'ouvrit lentement, révélant, les yeux écarquillés et l'air ébahi, le docteur Davi Kartal.

Le petit ami de sa sœur.

« J… Jack ? »

Olivia apparut alors sur le seuil derrière son ami et vit son frère, harnaché et l'arme à la main. « Bon sang, qu'est-ce qui se passe ? »

Jack se retourna pour contempler les arbres dans la lumière déclinante. « Putain, mais qu'est-ce que tu fiches ici ?

— Ma foi, je ne braque pas mon frangin, moi !

— Pardon… Sur le coup, je ne t'ai pas reconnue. » Il reprit son inspection des alentours. « Où est l'équipe ? Les hommes du service de protection présidentielle ?

— On les a laissés à Washington. On s'est fait chier à les convaincre mais on avait envie d'être seuls. » Il y avait une note de frustration dans la voix d'Olivia mais il était clair qu'elle était surprise de voir tomber du ciel son frère accompagné d'un autre homme. « *Sérieusement* ? Tu sais sauter en parachute ? Depuis combien de temps ?

— J'apprends. Écoute, il faut qu'on… »

Olivia leva son doigt bagué. « Davi vient juste de me demander en mariage. On profitait de l'instant et voilà que tu débarques à l'improviste. »

Jack serra rapidement l'épaule du jeune homme. « Bienvenue dans la famille.

— Ouais. Merci. » Davi semblait avoir besoin de s'asseoir. Quant à Olivia, elle paraissait simplement excédée. Elle ignorait ce que Jack faisait dans la vie, à part qu'il travaillait dans le renseignement commercial et suffisamment près du gouvernement pour qu'elle n'ait pas envie de chercher plus loin. Étant une femme de tête, si elle avait vraiment voulu en savoir plus, elle l'aurait harcelé de questions – lui, mais aussi ses père et mère, pour faire bonne mesure –, sauf qu'elle n'avait jamais insisté. Elle y voyait pour son frangin simplement un moyen de se montrer, à sa modeste mesure, le digne héritier de son père, ce qu'elle pouvait comprendre.

Avant que sa sœur ait pu lui demander une troisième fois la raison de sa présence ici, il poursuivit : « Il faut que je vous éloigne d'ici tous les deux. Je ne sais pas de combien de temps nous disposons. Je ne peux pas vraiment vous expliquer mais il va se produire quelque chose de grave et j'ai besoin que vous montiez en voiture et filiez au plus vite. Allez dans un hôtel et… »

Davi l'interrompit. « Ma Nissan est tombée en panne en montant ici. Elle est en réparation dans la vallée, à Etlan. C'est le garagiste qui nous a conduits. »

Jack se rendit compte qu'il n'avait effectivement pas vu de véhicule à proximité du chalet durant sa descente mais il était alors trop soucieux de ne pas se briser les jambes à la réception pour y avoir vraiment prêté attention sur le coup. « Merde », lâcha-t-il.

Olivia l'agrippa par la bretelle de son harnais garni de munitions. « Tu vas me dire une fois pour toutes ce qui se passe !

— Il n'y a pas d'autre façon de l'expliquer, alors voilà : les attentats de l'État islamique en Amérique. »

Olivia inclina la tête. « Oui. Et alors ?

— Eh bien… je pense sérieusement que certains de ces terroristes sont sur le point d'arriver. Maintenant.

— Tu veux dire, ici, au chalet ? s'exclama Olivia, visiblement interloquée. Pourquoi diable viendraient-ils… »

Jack haussa les épaules, embarrassé. « Parce que je les y ai conviés. Disons que c'est une longue histoire… »

À cet instant précis, la radio de Jack pépia. Il n'avait pas mis son écouteur et n'avait pas répondu lorsque son téléphone s'était mis à vibrer à l'intérieur du sac plaqué sur son torse, aussi Clark avait-il rétabli à distance le haut-parleur de la radio UHF fixée sur sa poitrine et ce fut sa voix qui retentit : « Jack, je suis en position pour vous couvrir. Comment me reçois-tu ? »

Olivia regarda le talkie-walkie. « Est-ce Oncle John ? Il est avec toi ? »

Jack saisit le boîtier et pressa la palette du micro. « Je vous reçois cinq sur cinq.

— Pourquoi n'es-tu pas à l'écoute ?

— Euh… on a comme qui dirait… une complication. Ma grande sœur est ici. »

Toujours debout derrière Davi, Olivia pinça les lèvres et, d'un signe de tête, indiqua ce dernier. Jack vit l'expression qu'il ne connaissait que trop bien.

« Oh… et avec son copain… je veux dire, son fiancé. »

Clark ne broncha pas. « Eh bien, il faudra qu'on fête ça un de ces quatre. Pour l'heure, il faut que tu me les évacues, et fissa. J'ai aperçu du mouvement sur la route. Trois véhicules.

— *Trois* ? » Jack avait espéré qu'en laissant clairement entendre qu'il se trouverait seul, Al-Matari n'enverrait qu'un ou deux de ses hommes. Mais avec trois véhicules, ils étaient manifestement plus nombreux.

« Une estimation des effectifs impliqués ?

— Négatif. Ils sont trop loin. Mais ils ont quitté la route et ne sont plus visibles. Je pense qu'ils sont descendus de voiture et vont terminer leur approche à pied à travers bois. N'entrez pas dans les bois, il faut vous planquer.

— Compris. Je vais voir comment faire. »

Chavez apparut alors à la porte. « Jack, le bâtiment a trois entrées et quantité de fenêtres au rez-de-chaussée. Disons une douzaine de points d'accès en tout. Il va falloir qu'on se barricade au premier et qu'on les affronte dans le goulet d'étranglement de l'escalier. »

Puis, voyant Olivia : « Eh, gamine. Ça fait un bail ! » Puis il regarda Davi. « Vous êtes du service de protection ? »

Olivia répondit à sa place. « C'est mon fiancé. Davi.

— Ah. Félicitations. Désolé de gâcher votre journée, Jack ne m'avait pas dit que ça devait être une réunion de famille.

— Je n'en savais rien, répondit Jack. Elle a laissé son détachement de protection à Washington.

— Pas de veine. Sûr qu'on n'aurait pas craché sur deux ou trois flingues de plus. »

Jack poussa tout le monde vers l'escalier. Davi prit la main de sa fiancée.

« Dis-moi que ce n'est pas comme ça tous les jours.

— Je te jure que non, répondit Olivia.

— Davi, est-ce que tu t'y connais en armes ? » demanda Jack.

Le jeune docteur bredouilla : « Ma foi… euh… j'ai fait mes deux ans de service obligatoire en Turquie. Il y a quinze ans. J'étais toubib mais ils nous avaient donné un début de formation au tir.

— Au pistolet ?

— Ouais, un peu. Et au fusil.

— Bon, je ne vais pas te donner mon DMG, donc tu prends mon Glock 19. » Et il le tendit à Davi.

« Il est chargé ?

— Oui, et le cran de sûreté est ôté, alors tu évites de caresser la détente tant que tu n'es pas prêt à tirer. »

Sally et Davi filèrent vers la salle de bains. Jack essaya de convaincre sa sœur d'entrer dans la baignoire pour se protéger mais elle refusa.

« Sal… c'est une baignoire en fonte émaillée. C'est l'endroit le plus sûr de tout ce foutu chalet. Tu vas t'y mettre.

— Je ne vais pas m'installer dans une putain de baignoire !

— Papa et maman vont me tuer si jamais il t'arrive quoi que ce soit.

— Eh bien, ça n'a pas vraiment d'importance, vu que je vais te tuer pour avoir gâché la demande en mariage de Davi. »

Jack soupira et regarda l'intéressé. « Mec, je suis démuni avec elle. C'est à toi de jouer. Je veux que tu verrouilles derrière moi, que vous entriez tous les deux dans la baignoire et que tu pointes ce flingue vers la porte. Sauf si tu nous entends, Clark, Ding ou moi t'appeler par ton nom, tu ne mouftes pas et tu tires sur quiconque défonce la porte ou tire à travers. »

Davi acquiesça ; Jack vit qu'il était prêt à jouer le jeu. Il espérait juste qu'il serait en mesure de contrôler sa tête de mule de frangine.

Et là-dessus, Jack ressortit et dévala l'escalier.

Abou Moussa Al-Matari se gara assez loin des coordonnées GPS programmées sur son téléphone pour être certain de ne pas arriver au chalet avant qu'il ne fasse nuit noire. Avec ses hommes, ils étaient huit en tout : un membre de la cellule d'Atlanta, deux de celle de Santa Clara, Omar avec un camarade de Detroit et enfin ses deux agents de longue date au sein de Daech, Alger et Tripoli.

Le chef de la cellule d'Atlanta et l'un des membres de son équipe avaient été tués juste quelques heures plus tôt à Washington. Mais même avec deux attaquants de moins, il demeurait confiant.

Tous étaient armés d'Uzi ou d'AK, sans compter les grenades, à l'exception de Tripoli qui avait un lance-roquettes RPG-7 en plus du Glock glissé au creux des reins.

Avant d'entrer dans les bois, ils allumèrent leurs talkies-walkies et mirent leurs écouteurs. Ils se divisèrent en quatre groupes de deux ; Al-Matari prit Omar avec lui.

Les bois étaient épais, composés pour l'essentiel de chênes et de pins, mais tous les hommes étaient munis d'un téléphone qui affichait la distance et la position de leur objectif. La vue satellitaire montrait qu'à l'avant comme à l'arrière du chalet, le terrain était découvert, formé de larges prairies herbeuses ; en revanche, sur les flancs nord et sud, la lisière des bois n'était qu'à vingt-cinq mètres du vaste bâtiment d'un seul étage.

Al-Matari et Omar, accompagnés de l'homme d'Atlanta et du second de Detroit, se dirigèrent vers le nord. Alger prit avec lui un Pakistanais de Santa Clara pour s'approcher par le sud-ouest afin d'embrasser l'ensemble du site. Tripoli et l'autre membre de Santa Clara déboucheraient du couvert par le sud.

Alger et Jamal, un étudiant en ingénierie du Caltech âgé de vingt ans, se mirent à progresser à quatre pattes, plein ouest le long d'une crête, dans la pénombre grandissante. Alger avait pris la tête car il avait une expérience du combat infiniment supérieure à celle du jeune étudiant qui n'en avait quasiment aucune, hormis les trois attentats à la bombe et à la grenade réussis au cours de la semaine écoulée et ses trois semaines de formation à l'École de langues.

Au bout de vingt minutes de progression, ils aperçurent le devant de la propriété, située encore à deux cents mètres, de l'autre côté d'une route gravillonnée. Alger savait qu'Al-Matari et la deuxième équipe venant par le nord devaient encore se trouver à plusieurs minutes de leur position et que celle arrivant par le sud-ouest était si loin sous le couvert épais que les hommes n'apercevraient l'objectif qu'une fois quasiment arrivés dessus.

Il décida donc de s'installer ici sur la colline pour diriger le reste de ses hommes vers la cible tout en leur procurant des tirs de couverture si nécessaire. En examinant avec soin aux jumelles le bâtiment, il nota des lumières à l'intérieur mais aussi un autre détail. « Je n'aperçois aucun véhicule. Comment peut-on venir ici sans être motorisé ? »

À cet instant précis, la porte de devant s'ouvrit et un homme sortit, une bière à la main. Il se mit à longer le perron en bois tout en contemplant distraitement les collines boisées vers l'ouest.

Alger porta le talkie-walkie à sa bouche. « Oui. C'est bien lui. Je le vois. Le fils du président. En train de siroter une bière sur le perron. Il n'est pas du tout méfiant. »

Al-Matari répondit aussitôt. « Peux-tu le descendre de là où tu te trouves ?

— C'est jouable. Je… j'ai une AK et je pourrais le toucher. Mais je n'ai pas de viseur. Si je le manque, il courra se réfugier à l'intérieur et ça nous deviendra plus difficile de le prendre par surprise.

— Alors attends. » Si l'Américain s'asseyait dehors avec sa bière, ils ne devraient pas avoir de problème à se rapprocher. « Vois-tu quelqu'un d'autre ?

— Pas un chat. Il n'y a même pas de voiture dans l'allée.

— Que toutes les autres équipes commencent à converger. »

70

John Clark aurait vraiment voulu pouvoir comprendre les voix entendues dans l'écouteur glissé à son oreille droite. Le scanner parcourait les fréquences UHF actives à proximité et il s'était verrouillé sur le charabia des échanges entre les terroristes. Au cours de ces dernières semaines, on avait retrouvé de banals talkies-walkies sur les cadavres de plusieurs d'entre eux, aussi Clark s'était-il muni du même genre d'appareil pour intercepter leurs communications. Comme certains des morts étaient américains, il espérait avoir une bonne chance de les entendre dialoguer par radio en anglais.

Mais pas ce groupe. Ils parlaient à toute vitesse en divers dialectes d'arabe et Clark ne captait pas un traître mot de ce qu'ils se racontaient.

Malgré tout, il effleura le bouton micro sur le fil de son écouteur pour contacter ses hommes via son mobile chiffré ; la transmission étant numérique, elle était bien sûr indétectable par les talkies-walkies des terroristes. Tout en parlant, il continuait de surveiller les alentours à travers la lunette de visée de son fusil Remington 700. Il chuchotait, ne sachant pas si les terroristes étaient ou non dans les parages. « À tous. Attention ! Je capte du trafic radio en arabe aux environs. Dans un rayon de cinq cents mètres.

Peut-être bien moins. Je ne détecte pour l'instant que deux voix et jusqu'ici je n'ai encore repéré personne. »

Il regarda Jack Ryan qui continuait à siroter sa bière, installé dans la balancelle sur le perron, alors que s'effaçaient les dernières lueurs du jour. « C'est bon comme ça, Jack. Retourne à l'intérieur, tu fais une cible trop facile. »

Jack se leva et d'un pas tranquille, regagna l'intérieur du chalet en fermant la porte derrière lui.

Clark parcourut les alentours à travers sa lunette grossissant huit fois. La lumière était faible mais il ne voulait pas ôter l'œil du viseur pour regarder l'écran de son détecteur infrarouge portatif, de peur que se présente une cible qu'il faudrait éliminer aussitôt. Jusqu'à présent, il n'avait détecté aucune menace mais il savait que l'ennemi était tout proche.

Il avait pris position sur un éperon rocheux à demi masqué par les arbres, à quatre cents mètres de la façade du chalet. En contrebas de sa position se déroulait une pente abrupte couverte de broussailles. La position n'était pas idéale car il n'avait pas d'abri en dehors de l'avancée de l'éperon juste devant lui mais c'était le seul endroit lui permettant d'embrasser l'ensemble du site tout en ayant une distance de sécurité suffisante pour utiliser son fusil à lunette. S'il était repéré durant un échange, il deviendrait une cible facile, devant se lever pour abandonner sa position et monter un peu plus haut sur la colline.

Il espérait juste être suffisamment à l'abri des arbres pour qu'aucun de ces terroristes ne le repère – voire ne lui marche dessus – vu qu'il n'avait pas la moindre idée de l'endroit où ces derniers se trouvaient maintenant.

CHALET DE RYAN

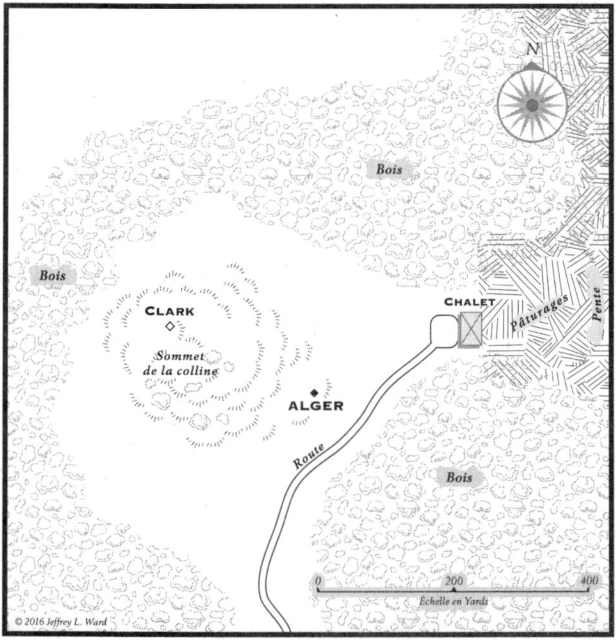

Il entendit la voix de Jack dans son oreillette. « Tu vois quelque chose, John ?

— Toujours rien. Mais s'ils sont dans les bois, je ne les apercevrai qu'au moment où ils seront quasiment sur vous. »

Puis il entendit Jack appeler : « Ding ? »

Chavez s'était posté dans l'étroit et long espace sous la faîtière, terminé par de petites fenêtres à chaque extrémité, nord et sud. Il ne pouvait surveiller qu'un côté ou l'autre et pour l'instant, il était tourné côté sud. « RAS, à part un chevreuil en train de paître. S'il se met à paniquer, ce sera la preuve que l'ennemi approche. »

Chavez pivota pour rejoindre le pignon nord du chalet et regarder par la fenêtre. Il lui fallut trente secondes pour la gagner en rampant. « Pas de chevreuil côté nord. Je ne sais pas si ça veut dire qu'il n'y en a pas ou qu'ils ont… attends une seconde. »

Il aperçut du mouvement plus loin sous les arbres, quelque chose qui filait à travers le sous-bois. « John, vise les bois, côté nord. »

Au bout de quelques secondes, la voix de Clark se fit entendre. « Rien. Rien non plus en infrarouge mais les fourrés sont épais. Je scanne maintenant le flanc sud. »

Chavez continua de surveiller le nord par la fenêtre durant quelques minutes encore et finalement, il distingua dans l'obscurité deux silhouettes en train de se diriger vers la maison. « J'ai deux zigues. Avançant de concert, dix mètres à l'intérieur de la lisière des bois, côté nord. Tous deux armés. Je les engage dès qu'ils sortent à découvert.

— Compris », répondit Jack. Chavez savait que ce dernier était au sommet de l'escalier, au premier étage, embrassant la salle principale et la porte d'entrée. Pour l'heure, en tout cas, Jack était totalement livré à lui-même si jamais quelqu'un réussissait à s'introduire dans le bâtiment.

« Une fois que Ding ouvre le feu, annonça Clark, ça va défourailler de partout, alors tenez-vous prêts. »

Chavez accusa réception et alors qu'il ôtait le cran de sûreté de son SIG Sauer MPX neuf millimètres à silencieux, il vit les deux silhouettes se redresser et sortir de sous les arbres pour courir vers le chalet. Ils en étaient à vingt-cinq mètres, légèrement sur la gauche, quand Ding annonça : « J'engage les hostiles, côté nord. »

Brisant l'un des petits panneaux de verre laminé de la fenêtre avec l'extrémité du silencieux, il se mit à tirer coup sur coup. Les flammes jaillissant du canon l'illuminèrent en trahissant sa position, et au moment où les deux hommes tombaient à terre et roulaient dans l'herbe, le bois de la fenêtre sur sa gauche vola en éclats.

Chavez plongea sur la droite pour se plaquer contre le plancher du grenier alors que la fenêtre finissait d'exploser, le couvrant d'une averse de verre brisé qu'accompagnait le fracas d'une rafale de kalachnikov. Il y avait dans les bois un autre tireur qu'il n'avait pas repéré, et il le laissait s'en donner à cœur joie.

Il cria pour couvrir la fusillade. « Deux hommes à terre mais ils m'ont repéré et je me replie ! Nombre indéterminé d'hostiles dans le bois. Attention, le flanc nord est ouvert à l'ennemi ! »

Chavez pivota et à quatre pattes dans l'étroit passage obscur, essaya de regagner au plus vite le côté sud dans l'espoir d'y repérer d'autres cibles.

Abou Moussa Al-Matari rechargea son AK-103 après avoir vidé un magasin entier sur un tireur posté derrière une fenêtre sous le toit du chalet. Il ne s'était pas attendu à ce que le fils du président eût une arme ou une escouade pour le protéger mais c'était désormais manifeste pour l'une voire les deux hypothèses. Il avait vu sur sa droite deux de ses hommes tomber en terrain découvert près de la maison et il maudit le renseignement saoudien et la piètre qualité de ses informations. La fiche avait suggéré que ce serait un jeu d'enfant. Al-Matari songea à battre en retraite mais Omar et lui n'étaient désormais plus qu'à une vingtaine de mètres du bâtiment et il avait encore quatre autres moudjahidines autour de la propriété. Il se releva et fonça, suivi d'Omar avec son Uzi.

Ils avaient parcouru la moitié du terrain sur le côté de la maison quand il entendit derrière lui un grognement sonore. Sans cesser de courir, il regarda par-dessus son épaule et vit Omar tituber et s'effondrer, le front entièrement arraché. Le corps eut un dernier soubresaut avant de s'immobiliser dans l'herbe, l'Uzi glissant pour s'arrêter juste à côté.

Al-Matari se jeta contre la paroi en rondins du chalet, regarda à gauche et à droite, en se demandant ce qui pouvait bien se passer. Il s'agenouilla puis se retourna pour examiner le corps d'Omar. Vu la direction de sa chute, il était clair qu'il avait été atteint par un tireur situé en façade ; aussi, redoublant de précaution, contourna-t-il sans bruit le bâtiment pour repasser derrière.

Clark amena en chambre une nouvelle cartouche de son magasin de cinq. Puis il recentra le réticule de sa lunette de visée vers l'endroit où l'homme était tombé, cherchant à repérer d'autres ennemis alentour. Il pressa le bouton du micro. « Cible neutralisée, côté nord. Un hostile a pu rejoindre le chalet de ce côté. Je ne l'ai pas en visu. Je répète, un fuyard s'est glissé côté nord du bâtiment. »

Soudain, le crépitement d'une rafale le surprit, en contrebas sur sa droite. Il se tourna vivement dans cette direction et, s'avançant au-dessus de l'éperon rocheux, il aperçut les éclairs d'un tir d'arme automatique vers le sud, au pied de la colline sur laquelle il se tenait, quelque deux cents mètres en contrebas. Alors que les tirs se poursuivaient, il entendit dans son oreillette la voix de Jack.

« Sous le feu venant de l'ouest ! Les balles pulvérisent les fenêtres du rez-de-chaussée juste en dessous de moi. John ? »

Prestement, John réorienta sa lunette de visée sur les éclairs et tira une cartouche de .308 en direction des tirs.

Les éclairs cessèrent aussitôt.

À flanc de colline, Alger se trouvait à trois mètres du Pakistanais du Caltech âgé de vingt ans quand l'homme se redressa pour ouvrir le feu sur les fenêtres du chalet et soudain, avant même qu'il ait vidé son premier magasin, Alger vit une balle de fusil d'assaut lui transpercer le haut du dos.

L'homme s'effondra, mort, dans l'herbe, et son cadavre glissa à plat ventre sur plusieurs mètres dans l'obscurité.

Alger pivota pour scruter aux jumelles le haut de la colline mais il faisait trop noir pour distinguer quelqu'un là-haut avant qu'il ne se remette à tirer.

Il prévint par radio le reste du groupe. « Tireur au sommet de la colline à l'ouest. À quatre cents mètres du chalet. Tripoli, est-ce que tu le vois ? »

Tripoli était le seul agresseur encore dans les bois. Il se trouvait côté sud tandis que son partenaire, un jeune Pakistanais nommé Parvez, venu étudier la médecine en Californie, avait atteint le chalet qu'il contournait maintenant pour rejoindre la façade du bâtiment. Dès que le jeune homme eut appris par radio la présence d'un tireur en hauteur et orienté vers lui, il se jeta au sol, trop terrifié pour bouger.

Tripoli braqua son RPG-7 vers la colline, visant directement le sommet, et patienta. Il lâcha l'avant du tube et reprit sa radio. « Alger, si tu peux trouver une position abritée, je veux que tu tires vers le haut de la butte pour me donner une cible. »

Après quelques secondes, des éclairs de tirs apparurent sur la pente, suivis bientôt des échos staccato d'une rafale de AK. Alger continuait de tirer mais Tripoli garda sans broncher le sommet de l'éminence dans le cran de mire de son imposant lance-grenades.

Finalement, apparut juste sous la crête l'éclair d'un tir de fusil et aussitôt Tripoli pressa la détente du RPG-7. Sitôt après avoir tiré, il jeta l'arme loin derrière lui pour se ruer le plus vite possible vers le chalet, les mains vides.

Il ne voulait surtout pas se trouver à proximité de la source de l'incroyable éclair généré par son RPG-7 au cas où quelqu'un l'aurait repéré.

Chavez venait d'arriver devant la fenêtre du pignon arrière quand un RPG tira dans les arbres en contrebas, illuminant toute la scène. Il vit le sillage de la grenade propulsée par fusée s'élever vers la colline sur sa droite mais sans pouvoir, depuis sa position, en localiser l'impact. Il vit ensuite l'homme fuir en courant la position de tir, les mains vides, mais avant que Ding ait pu glisser son fusil à travers la fenêtre pour tirer, l'homme avait disparu en contrebas. Chavez brisa la fenêtre et passant son arme au-dehors, tira directement vers le bas, au jugé.

Il entendit un cri et crut avoir touché quelqu'un mais son magasin était déjà vide.

Il s'agenouilla sous la fenêtre pour recharger.

John Clark vit l'éclair du lance-grenades au loin dans les arbres et le point lumineux tournoyant se diriger droit vers lui. Il comprit aussitôt qu'il s'était fait piéger. Les tirs en contrebas sur la pente étaient juste destinés à le faire riposter pour révéler sa position et il avait fait très exactement ce qu'avaient prévu les combattants de l'État islamique.

Le tir du lance-grenades était précis. Même à cette distance, John n'eut aucun mal à conclure que le projectile allait tomber pile sur sa position.

Il n'était que trop conscient de l'incroyable impact qui allait suivre : il n'avait dès lors plus d'autre choix que de se couvrir la tête, ouvrir la bouche pour minimiser les effets de l'onde de choc et encaisser le coup.

À moins de se jeter par-dessus l'éperon rocheux. C'était le seul moyen de fuir le danger au plus vite.

John se précipita en rampant, renversant au passage le fusil posé sur son bipied et bascula par-dessus le rebord. Il eut une pensée pour Sandy et Patsy, sa femme et sa fille, en regrettant amèrement de ne pas les avoir appelées aujourd'hui pour leur dire qu'il les aimait.

Jack Ryan Junior était resté totalement en dehors du coup depuis une bonne minute. Juste tapi en haut de l'escalier, il surveillait la porte d'entrée et la grande pièce sur sa droite, écoutant par radio ses deux compatriotes défendre leur vie. Il entendit une explosion à l'ouest.

La voix de Chavez vibra dans son oreillette. « Ryan, tu as au moins un fuyard planqué sous le pignon sud, plus l'autre gars côté nord. Ils sont toujours à l'extérieur du chalet et je ne les ai pas en visu. J'entends également des tirs et des explosions vers l'ouest. Clark, tu peux voir le tireur de ce côté-là ? »

Pas de réponse. « John ? »

Jack intervint. « Ding, je suis bien placé. Va aider Clark. »

Pas de réponse de Chavez.

Avant que Jack ait pu reparler, la porte du chalet commença à se fendiller, transpercée par une rafale de mitraillette. Quelques secondes plus tard, un objet de la taille d'une balle de base-ball vola par la fenêtre pour aller s'écraser contre l'écran plat fixé au mur opposé. Jack recula de quelques pas sur le palier, juste avant que la grenade ne détone en contrebas sur sa droite. L'engin détruisit ce qui restait de la grande salle mais au moins échappa-t-il au souffle de l'explosion.

Il venait de reculer encore d'un pas pour élargir son champ visuel quand la porte du rez-de-chaussée s'ouvrit, livrant passage à deux hommes qui se déployèrent dans des directions opposées, l'un armé d'une mitraillette, l'autre d'un pistolet.

Jack visa sur la droite le porteur de la mitraillette et tira mais il manqua sa cible et ses balles allèrent s'enfoncer dans les rondins de la paroi derrière lui. Les tirs ennemis se concentrèrent aussitôt vers la salle, preuve qu'ils ne l'avaient pas repéré en haut de l'escalier.

Merde, se dit Jack. *Fallait que je leur tire dessus à l'aveuglette. Maintenant ils savent où je suis.*

Alors qu'il envisageait de quitter carrément l'escalier pour se replier dans le couloir de l'étage, une seconde grenade vola par la porte d'entrée, lancée droit vers le sommet de la cage d'escalier où il était tapi. Un tir parfait qui ne lui laissait pas le temps de battre en retraite derrière l'angle du couloir ou de plonger dans l'escalier. Alors il se releva pour repousser d'un coup de pied la grenade, la renvoyant tournoyer au bas des marches.

La grenade rebondit sur le plancher du rez-de-chaussée pour détoner pile sur le seuil de la porte. Jack entendit un hurlement d'agonie malgré ses oreilles qui carillonnaient.

Mais un deuxième homme venait d'apparaître qui se mit à tirer vers lui au pistolet. Sa main gauche pendait inerte contre son flanc. Jack riposta, encore allongé sur le dos près du sommet des marches, tirant vers le blessé entre ses jambes écartées. Il l'atteignit à la poitrine et l'homme tomba à genoux, lâcha son arme et tâtonna de sa main valide pour atteindre le détonateur qui pendait au bout d'un câble sortant de sa manche droite.

Jack pressa de nouveau la détente mais son arme était vide. Il abaissa la main pour récupérer son pistolet puis se souvint qu'il l'avait passé à Davi qui se trouvait à présent à l'autre bout du couloir, planqué dans la baignoire avec sa sœur.

« *Bordel* », lâcha Jack – d'aussi près, il allait à coup sûr se faire déchiqueter par la ceinture d'explosifs.

Ding Chavez apparut dans le couloir juste au-dessus de lui et il tira sur le blessé au pied de l'escalier, puis tira encore et encore quand il se rendit compte que l'homme avait un détonateur dans la main.

Le terroriste s'effondra, Ding saisit Jack par la manche de son gilet pour le tirer derrière l'angle du mur.

Deux secondes après, la ceinture d'explosifs détonait.

« T'es touché ? entendit-il s'écrier Chavez.

— Non », répondit Jack, criant lui aussi pour couvrir le sifflement de ses oreilles. Avant de demander aussitôt : « Où est Clark ? », tout en commençant à recharger son SIG.

« Il n'est plus en fréquence. Quelque part dans la nature. J'ai bien essayé de sortir sur le toit mais j'ai essuyé des tirs venant de l'ouest, répondit Chavez. Je crois qu'il a été touché par un tir de RPG.

— *Seigneur !* Il faut qu'on le retrouve. »

Dès que Jack eut rechargé, il se remit à couvrir la porte d'entrée depuis l'angle du couloir et Ding en profita pour recharger à son tour. « On n'avait pas envisagé autant de tireurs. As-tu vu Al-Matari ?

— Non.

— J'ai abattu plusieurs types côté nord. Il pourrait faire partie du lot. »

Tous deux tendirent l'oreille. Le silence était retombé. Chavez annonça : « Je vais chercher Clark. Occupe-toi de ta sœur. »

Ding se releva et fila au bas des marches pour partir à la recherche de Clark. Jack se redressa à son tour et il n'avait parcouru que quelques mètres dans le couloir quand il entendit une série de cris en provenance de la chambre principale.

D'abord, les cris de sa sœur.

Suivis aussitôt de deux coups de feu.

Jack se précipita à toute vitesse vers le bout du couloir.

71

Chavez se rua dehors, son SIG à l'épaule, et se retrouva face à face avec une silhouette sombre qui remontait très vite l'allée dans sa direction. L'homme leva une arme, surpris, même s'il était manifeste qu'il s'était attendu à tout sauf à voir un des défenseurs du chalet sortir ainsi précipitamment.

Chavez fut le plus rapide et il logea deux balles dans la poitrine du terroriste. Il fonça sur lui alors qu'il s'effondrait, écarta sa kalachnikov d'un coup de pied, puis s'agenouillant, le retourna sur le dos.

L'homme était tout juste encore en vie et Ding avait besoin d'au moins un survivant, mais dès qu'il eut compris, en le tâtant, qu'il portait une ceinture d'explosifs, Ding se releva prestement et lui logea une balle dans la tête. Puis il s'élança vers la colline sur laquelle s'était posté Clark, désireux de retrouver son ami au plus vite.

Au désespoir d'arriver trop tard pour sauver sa sœur, Jack courut comme un dératé vers la chambre. Mais quand il arriva devant, ce fut pour découvrir un homme à l'entrée de la salle de bains en train de pivoter, le bras tendu, pour braquer un pistolet dans sa direction. Jack fit une roulade avant, un coup retentit, puis il se redressa, accroupi en position de combat et braqua le point rouge du viseur de son MPX au milieu du visage du tireur.

Davi se tenait dans l'embrasure, Sally l'étreignant par-derrière et regardant par-dessus son épaule. « Non ! » s'écria-t-elle.

Aussitôt, Davi et Jack rabaissèrent simultanément leurs armes.

« Mon Dieu ! s'exclama Davi. Je suis désolé, Jack ! » Il jeta par terre le pistolet, conscient d'avoir failli abattre son futur beau-frère.

Jack se releva. « Je t'avais dit de rester dans la salle de bains ! Qu'est-ce que tu fous à venir tirer dans la chambre ? »

Sally leva une main tremblante et tendit un doigt vers l'angle de la pièce, près de la porte-fenêtre coulissante du balcon donnant vers l'est. Là, un homme en blouson et pantalon noir gisait sur le flanc, un pistolet à quelques centimètres de ses doigts. Rasé de près, la quarantaine, il plissa les yeux, le regard vide, révélant à Jack qu'il était encore vivant, mais à peine.

Jack s'approcha de lui, s'agenouilla, mit en sécurité le pistolet. Puis il tâta le blouson de l'individu pour voir s'il portait en dessous une ceinture d'explosifs.

« Non, lança Jack. Bien sûr que tu ne portes pas de ceinture d'explosifs. Les chefs de ta bande de connards chargent les autres de se sacrifier, pas vrai ? »

Abou Moussa Al-Matari plissa de nouveau les paupières ; puis il leva les yeux vers Jack. Du sang coulait de sa bouche.

Jack le fouilla rapidement mais dans le même temps, il lança : « Sally, j'ai besoin de l'avoir vivant. »

Protestation de Davi. « Il est venu par le balcon, il a essayé de nous tuer.

— Je sais, répondit Jack. Félicitations. Tu viens d'abattre le premier adjoint au responsable des affaires américaines pour le renseignement extérieur de l'État islamique. » Il se releva, puis se retourna vers Al-Matari. « J'adorerais le voir crever mais il sait des choses qu'on a besoin d'apprendre. »

Olivia s'approcha pour lui porter les premiers soins et au même moment, Chavez se manifesta dans l'oreillette de Jack. « J'ai trouvé Clark. Il est vivant et conscient mais en piteux état.

— Compris. La zone est-elle dégagée ?

— M'en a tout l'air.

— OK, dit Jack. Je t'envoie un toubib. » Il se tourna vers Davi et sortit de son harnais de poitrine la trousse de secours qu'il ouvrit avant de la lâcher sur le lit. « Davi, j'ai besoin que tu ailles aider mon ami là-bas dehors. Sally, je te confie ce connard. »

Les deux médecins s'empressèrent de récupérer pansements, compresses, garrots et autres articles indispensables. Davi sortit précipitamment de la chambre.

Olivia s'adressa alors à son frère. « Lève-le et mets-le sur le lit. Qu'il soit plus à l'aise.

— C'est un terroriste, il n'a pas besoin de confort.

— Pour l'instant, c'est mon patient, rectifia-t-elle. Fais ce que je te dis. »

Jack avait envie de lui dire que ça ne changeait pas le fait que le bonhomme était un terroriste mais il ne discuta pas, saisit Al-Matari à bras-le-corps pour le déposer sans ménagement sur le lit.

« Une balle lui a traversé le poumon ! protesta Olivia. Fais attention !

— On a juste besoin de l'avoir vivant, Sal. Pas satisfait. » Jack sortit de son harnais une paire d'attaches en plastique et relia l'homme par les poignets aux montants du lit. « Ça, c'est pour lui éviter de te tordre le cou pendant que tu lui sauves la vie. »

Olivia déchira sa chemise, tâta son dos à la recherche d'une blessure de sortie. Il y en avait une : sa main revint ensanglantée. Tout en s'appliquant à nettoyer les blessures pour les refermer, elle leva les yeux vers son frère. « Qui es-tu vraiment, Jack ?

— On en discutera plus tard, quand ce type ne sera plus là. »

Al-Matari toussa. « Oui… qui es-tu vraiment, Jack ? »

Jack s'agenouilla au-dessus de lui. « Je suis le bout de ta route. Tu ne seras ni héros ni martyr aujourd'hui, Moussa.

— Tu ne réussiras jamais à me faire parler.

— Moi ? Moi, je ne te demande rien. Honnêtement, je me contrefiche de ce que tu peux bien savoir. Mais d'autres s'y intéressent et ils vont t'amener quelque part et tellement te doper la cervelle que tu ne seras plus capable de mentir. »

Chavez avait trouvé Clark gisant en tas au pied de la colline, trente mètres sous l'éperon. Il avait dégringolé rudement sur la caillasse de la pente, juste avant l'impact de la roquette, si bien que s'il avait évité le choc de la détonation, il s'était pris l'avalanche de terre et de roche. Chavez tenait une torche braquée sur lui, l'admonestant chaque fois qu'il essayait de se rasseoir ou de se redresser, tandis que Davi l'examinait pour repérer d'éventuelles blessures sérieuses. Il conclut assez vite que l'homme d'âge mûr couvert de poussière souffrait sans doute d'une commotion, avec une ou deux côtes cassées et d'un poignet luxé voire fracturé. Mais miraculeusement, les dommages s'arrêtaient là.

Les deux valides aidèrent le blessé à descendre vers le chalet et, dans l'intervalle, Jack avait appelé directement Mary Pat Foley pour lui annoncer qu'un Abou Moussa Al-Matari blessé mais vivant pouvait être récupéré dans un chalet situé dans les montagnes Bleues, et que les seuls frais de livraison pour le gouvernement américain seraient le rapatriement de cinq personnes vers le district fédéral.

Quarante minutes plus tard, deux hélicoptères UH-60 Black Hawk de l'unité d'aviation tactique du FBI se posaient derrière le chalet. À bord, une équipe médicale prête à maintenir en vie Al-Matari et à soulager un John Clark qui avait de plus en plus de mal à respirer à cause de ses côtes brisées.

Le premier appareil redécolla sitôt qu'il fut chargé mais le second resta provisoirement sur place. Il avait déposé une douzaine de membres du HRT, l'unité de récupération d'otages du FBI. Les hommes passèrent toute la nuit et une partie de la matinée suivante à ratisser la zone avec leurs appareils de vision nocturne, à la recherche d'autres terroristes, mais tout ce qu'ils trouvèrent, ce fut sept cadavres et trois véhicules, dont deux transportaient plusieurs rouleaux de moquette dans des caisses à l'arrière. Ils trouvèrent également des armes et des munitions, mais quand les hommes du HRT eurent sorti les rouleaux, ce fut pour découvrir avec surprise, logés à l'intérieur, quatre missiles sol-air Igla-7, chacun capable d'abattre un jumbo-jet.

72

La capitaine Carrie Ann Davenport était de retour sur le théâtre des opérations depuis un bon mois maintenant mais elle gardait toujours à l'esprit la garden-party de College Park. Les morts et les blessés. Dont l'homme qu'elle avait tué avec le pistolet que lui avait donné son père, insistant pour qu'elle le porte sur elle en permanence parce que le président des États-Unis, Jack Ryan, avait décrété que c'était un droit pour tous les membres des forces armées.

Son père avait eu raison à ce sujet et il n'allait sûrement pas manquer de le lui seriner désormais, mais elle serait bien la dernière à s'en plaindre.

Il s'était produit un autre événement le jour de l'attentat. Le bel étudiant en maîtrise d'histoire l'avait invitée à prendre un café avec lui ce même soir. Tous deux avaient été ébranlés par les événements et l'un et l'autre éprouvaient le besoin d'avoir quelqu'un à qui se confier.

Depuis cette soirée, ils avaient correspondu par mail presque tous les jours, et ils avaient même dialogué une fois sur Skype, ce qui était un rien pénible pour elle, vu qu'elle était postée dans une base opérationnelle avancée au sud de la Turquie, à la frontière syrienne, et avait donc du mal à se présenter sous son meilleur jour.

Matt ne parut pas s'en formaliser, notant sur le ton de la plaisanterie que, pour quelque raison, il trouvait plutôt excitant son ample uniforme à camouflage désert, ce qui la fit rire comme jamais elle n'avait ri depuis de longues semaines.

Alors qu'elle s'asseyait pour prendre part au briefing préparatoire à la mission de ce soir, elle avait toujours en tête Matt, mais cela ne dura pas. Dès que le commandant se mit à expliquer le déroulement de la soirée, elle se concentra aussitôt pleinement sur la tâche à venir.

De nouveaux renseignements leur étaient parvenus indiquant la position géographique de la division relations publiques de l'État islamique, le *Global Islamic Media Front*. Le GIMF était à l'origine de quasiment cent pour cent des documents de propagande élaborés diffusés aujourd'hui par l'EI à destination des États-Unis ; il disposait de chaînes de télévision dédiées, de stations de radio, de sites Internet et d'une présence sur les divers réseaux sociaux. Cela signifiait qu'il était directement responsable du surgissement un peu partout sur la planète de combattants littéralement radicalisés à distance, de jeunes hommes et femmes mécontents qui prêtaient allégeance à la direction de l'État islamique puis allaient commettre des atrocités. Depuis l'attentat de College Park un peu plus d'un mois auparavant, les attentats d'Al-Matari sur le sol américain avaient considérablement diminué, même si des attaques sporadiques avaient encore lieu en Amérique et en Europe. Beaucoup d'observateurs suggéraient que la poursuite des attaques terroristes était l'œuvre d'imitateurs, toutefois les États-Unis n'avaient livré aucune indication sur la capture ou l'élimination du chef terroriste.

Malgré tout, faire taire le GIMF, détruire ses équipements et son infrastructure, serait la clé de la réduction de l'attrait pour cette organisation sur le plan international. Et tuer ses membres liquiderait le savoir-faire technique qui avait conduit au succès de l'expansion mondiale de l'État islamique.

La frappe prévue ce soir-là au cœur de la Syrie occupée par Daech allait impliquer quatre Hornet F/A-18C de la marine américaine décollant de l'USS *Harry S. Truman* en Méditerranée, six A-10 Thunderbolt de l'armée de terre décollant du sud de la Turquie, sans compter au sol un nombre non précisé d'unités des forces spéciales basées près de la ville de Ratla, juste au sud de Raqqa. Ces forces terrestres devaient surveiller la route nationale 4 qui était l'artère principale à la sortie de Raqqa car elles avaient été informées de la marque et du modèle exacts des véhicules utilisés par la direction du GIMF, un élément de renseignement d'une précision remarquable.

Carrie Ann ne pouvait s'empêcher de se demander si ce foisonnement d'informations était le signe que l'Amérique avait mis la main sur ce salopard d'Abou Moussa Al-Matari et qu'il s'était mis à table.

Cette simple possibilité la réjouissait au plus haut point.

Les unités des forces spéciales seraient extraites par des hélicoptère du 60e régiment d'aviation des Opérations spéciales, mais les deux hélicos de combat AH-64E du régiment de Carrie Ann devaient venir en soutien de l'attaque de ce soir, en couverture des éventuelles évacuations sanitaires au cas où l'un des appareils serait abattu.

Sa tâche serait dangereuse, certes, mais elle jugeait improbable que Troy et elle eussent plus à faire que décrire des cercles avec un autre Apache au-dessus du désert syrien tout en observant de très loin le feu d'artifice se déroulant à cinquante kilomètres de là.

Dommage, se dit la jeune femme.

Ce soir, elle était d'humeur à tuer l'un de ces fils de pute.

À vingt-deux heures précises, après une ultime vérification de la tension de son harnais, la capitaine Davenport, installée dans le cockpit avant, inspecta les trois écrans et les deux cent quarante boutons, leviers et commutateurs disposés sous ses yeux. De concert avec l'adjudant-chef Troy Oakley assis derrière elle, elle avait passé les trois derniers quarts d'heure à effectuer leur préparation pré-vol et leur appareil était désormais prêt à décoller dès qu'il en aurait reçu le signal.

Oakley s'adressa à elle par l'Interphone : « Prête, capitaine ? » Oakley était son aîné de vingt et un ans mais Carrie Ann restait néanmoins toujours son supérieur.

« Allons-y, Oak. »

Ils commencèrent à rouler sur la courte piste et de sa main gauche, Oakley relâcha le pas collectif. Puis il appuya délicatement sur la pédale gauche pour compenser le couple du rotor principal en augmentant la puissance de celui de queue.

Tout en remontant le collectif pour donner plus de puissance au rotor principal, il appuya un peu plus du pied gauche sur la pédale. Dès qu'il poussa vers l'avant la commande cyclique située entre ses genoux, les pales changèrent d'inclinaison et le gros hélicoptère d'attaque se mit à accélérer sur la piste. À présent, le pilote jouait des deux pédales pour maintenir droit le nez de l'appareil tandis qu'il prenait de la vitesse.

Assise à l'avant, Carrie Ann assistait à la manœuvre, les mains sur les genoux. Elle avait en double devant elle tous les contrôles lui permettant de piloter Pyro 1-1 ; en fait, elle réalisait elle-même une bonne partie du pilotage. De même, Oakley avait la possibilité de lancer missiles et roquettes ou tirer au canon depuis son siège en surplomb à l'arrière.

Elle ne le laissait toutefois presque jamais tirer et si jamais ils avaient ce soir la chance de tomber sur une cible lors de cette mission, ce ne serait pas différent. Carrie Ann aimait Oakley comme un grand frère, elle aurait tout fait pour lui, mais c'était elle, et personne d'autre, qui maniait les armes à bord du Pyro 1-1.

Une fois le collectif à sa puissance maximale et la vitesse à quarante-cinq nœuds, Oakley tira légèrement sur le cyclique et les huit tonnes de l'appareil s'élevèrent dans les airs. Juste derrière eux, Pyro 1-2 décolla à son tour quelques secondes plus tard.

Ils restèrent à basse altitude, quittant la base en mettant le cap à l'est pour tromper un éventuel espion de Daech posté aux alentours avec mission de signaler par téléphone les vols d'hélicos vers la Syrie, et dix minutes plus tard, ils entamèrent leur ascension après avoir viré au sud pour aller rejoindre leur position d'attente à cinquante kilomètres au nord de Raqqa.

Quatre-vingt-dix minutes après avoir décollé, Davenport et Oakley survolaient le désert dans l'obscurité totale, accompagnés de Pyro 1-2 et de Cargo 1-1, un Chinook CH-47D, tous deux suivant le même plan de vol mais à des altitudes différentes. Carrie Ann pouvait de temps en temps apercevoir les autres appareils sur son moniteur de vol aux instruments mais pour l'essentiel, elle gardait les yeux rivés au sud-ouest où se déroulait le feu d'artifice de l'opération en cours.

Elle ne pouvait entendre le trafic radio de la marine mais elle avait accès à celui des A-10 qui complétaient l'attaque sur Raqqa en tirant leurs Hellfire, et il semblait que la mission se déroulait comme prévu.

Tous les appareils américains utilisaient exclusivement des Hellfire qui provoquaient des dégâts relativement limités comparés aux grosses bombes JDAM[1] et autres munitions que pouvaient emporter les F-18 et les A-10. Mais leur objectif était situé en plein centre de Raqqa et les dégâts collatéraux devaient être limités le plus possible, ce qui exigeait pour chaque appareil plusieurs passes pour repérer les bâtiments, au contraire d'une passe unique avec deux Hornet pour aplatir toute la zone avec des bombes d'une tonne.

L'ennemi tirait avec un grand nombre de canons antiaériens EU-23 dont les balles traçantes zébraient le ciel, mais jusqu'ici les avions de la marine et de l'armée n'avaient subi aucune perte.

Même l'annonce par un pilote d'A-10 qu'un missile Stinger avait accroché son appareil s'était soldée par un non-événement car l'arme avait apparemment perdu son

---

1. JDAM ou *Joint Direct Attack Munition* : kit d'amélioration de bombes classiques à gravité (*dumb bomb* ou « bombe idiote »), leur offrant une meilleure précision grâce à l'ajout d'un guidage par centrale d'inertie et GPS. Ce kit produit par Boeing équipe une variété de bombes, initialement non guidées, allant de 116 à 906 kilos.

verrouillage, sans doute bloqué par l'obstacle de collines ou d'immeubles.

Trois quarts d'heure après le début de l'attaque, tous les appareils avaient évacué la zone. Les vols Pyro et Cargo avaient reçu ordre de se repositionner plus au sud tandis que les Black Hawk du 160e venaient pour récupérer au sol les unités des forces spéciales ; les trois appareils mirent donc le cap sur une autre position au-dessus du désert où ils reprendraient leur circuit d'attente.

Carrie Ann regarda deux Black Hawk filer en dessous d'elle au ras des dunes, cap au sud pour récupérer les hommes de la force Delta ou des SEAL.

Quelques secondes plus tard, alors que disparaissaient les Black Hawk, le contrôleur de combat lui annonça dans son casque qu'il la connectait sur la fréquence du JTAC au sol à Ratla. Cela la surprit car le *Joint Terminal Attack Controller*, en tant qu'officier chargé de la coordination de l'ensemble des forces aériennes en position avancée sur le terrain, était embarqué au sein des forces spéciales au sol et il était en l'occurrence chargé de la direction de tir à la fois de l'aviation et de l'artillerie. Il avait pu jouer un rôle lors de la phase d'attaque de la soirée, même si elle en doutait, vu l'éloignement de Ratla du théâtre des opérations. Mais elle ne pouvait imaginer pourquoi il désirait spécifiquement s'adresser au vol Pyro, d'autant plus que les hélicos d'extraction étaient déjà en route.

Peu après, une autre voix crépita dans son casque. « Pyro 1-1, Létal en fréquence. Comment me recevez-vous ?

— Pyro 1-1. Cinq sur cinq. Je vous écoute, Létal.

— Je suis un JTAC embarqué avec les FS. » Il lui lut ses coordonnées de position qu'elle entra dans son ordinateur de bord. « Je n'ai plus de forces aériennes sur zone mais une multitude de cibles vient d'apparaître dans mon secteur. Un convoi de huit véhicules, confirmation de fuyards quittant la position visée. » Il lut leurs coordonnées qu'elle entra scrupuleusement pour découvrir sur la carte en temps réel que lesdits véhicules se trouvaient sur la nationale 4 et se dirigeaient vers l'est, entre les villes de Ratla et Raqqa, juste au sud de l'Euphrate. Le JTAC lui demanda : « Êtes-vous disponible pour poursuivre immédiatement ces cibles ? À vous. »

Troy qui pouvait entendre leur dialogue confirma qu'il leur restait trente-cinq minutes de temps de vol.

Cargo n'était armé que de deux mitrailleurs latéraux, aussi Pyro 1-2 allait-il devoir escorter le Chinook pour le retour en Turquie. Ce qui laissait Troy et Carrie Ann seuls pour mettre le cap au sud, au cœur du territoire de Daech, et attaquer le convoi.

Elle n'hésita pas. « Affirmatif, Létal. Nous sommes un Apache avec huit Hellfire, soixante-douze roquettes et neuf cents obus de canon double affût. Nous sommes en route. Estimation d'arrivée onze minutes.

— Bien reçu. Je vous recontacterai alors. Nous suspendons notre extraction jusqu'à ce que vous m'ayez bousillé ces types. »

Carrie Ann sentit son cœur accélérer sous le blindage du gilet pare-balles. Troy se manifesta aussitôt, très pro, et lui donna son plan de vol pour rejoindre la nationale par l'est afin de balayer le convoi sur toute sa longueur pour une efficacité maximale.

Treize minutes plus tard, ils viraient sec à l'est à une altitude de seulement mille pieds, et Carrie Ann sélectionna un Hellfire. Quand le convoi sortit d'un village, se dirigeant toujours vers l'est juste au sud de l'Euphrate, elle annonça : « Tir Hellfire » en ciblant le pick-up de tête. Le plan était de le détruire, puis d'envoyer des vagues successives d'Hydra sur le reste du convoi.

Le Hellfire atteignit le pick-up qu'il pulvérisa, aveuglant dans le même temps pendant quelques secondes l'écran du détecteur infrarouge avant que le pilote Troy Oakley accélère à la vitesse maximale. Via le système de visée placé devant l'œil droit de Davenport, Oakley voyait la mire rouge superposée à son propre dispositif de pointage qui lui indiquait avec précision ce que visait sa camarade assise à l'avant. Il put ainsi parfaitement aligner ses roquettes avec la cible désignée.

« Feu ! » répéta-t-elle d'une voix sèche, tendue. Une douzaine d'Hydra jaillirent en succession rapide et filèrent au-dessus de la route en contrebas pour se diriger vers leur cible, deux kilomètres plus à l'ouest.

Avant même que la première roquette n'ait touché au but, Carrie Ann s'exclama : « Canon ! » et bascula aussitôt sur son propre canon. Celui-là, elle pouvait le pointer d'un simple mouvement de tête, et aussitôt, elle lâcha salve sur salve vers le convoi.

Son écran infrarouge lui montra de multiples explosions s'égrener le long de la caravane, puis le feu du canon la traversa, déchiquetant les tôles minces des véhicules. Elle voyait des hommes fuir en courant vers les champs bordant l'Euphrate et ils allaient devoir opérer un demi-tour pour effectuer une nouvelle passe s'ils voulaient éliminer les agents de Daech disséminés au sol.

Oakley commençait à s'aligner pour une passe cette fois en partant de l'ouest quand ses détecteurs d'alarme se mirent à hurler dans le cockpit, signalant un verrouillage radar sur leur appareil.

Oakley hurla : « SAM ! » dès qu'il eut compris qu'un missile sol-air tiré à l'épaule fondait sur eux.

Les contre-mesures automatiques de l'Apache se mirent à éjecter des leurres tandis qu'Oakley plongeait brutalement pour gagner de la vitesse tout en entamant une vrille pour dérouter le missile en approche. Carrie Ann se retint aux poignées en voyant un champ cultivé envahir son pare-brise et grossir de plus en plus. Elle ferma les yeux, convaincue qu'ils allaient se viander dans la poussière mais Oakley effectua une ressource et se remit en palier, plaquant Carrie Ann au dossier de son siège, l'estomac retourné.

Le SAM les croisa mais ils filaient maintenant quinze mètres à peine au-dessus de la route ; ils arrivaient à moins de deux cents mètres des éventuels survivants du carnage provoqué par le Hellfire, le canon et les roquettes. Carrie Ann vit les balles traçantes tirées par des mitrailleuses lourdes danser juste au-dessus d'elle, de gauche à droite, au ras de son cockpit, et puis elle entendit un crépitement rapide sous ses pieds.

Dans l'Interphone, elle entendit Oakley l'appeler d'une voix rauque. « Carrie ! À toi l'appareil ! »

À l'avant, Carrie Ann fut surprise par l'appel de Troy mais elle quitta aussitôt des yeux les écrans de ses armes pour regarder par le pare-brise. Dans le même temps, elle saisit la commande de cyclique dans sa main droite et celle du pas collectif dans la gauche.

« À moi l'appareil ! » répéta-t-elle. Elle allait demander à Oakley pourquoi il lui confiait les commandes quand il reprit la parole. Sa voix était plus faible, ce coup-ci.

« Je suis touché.

— Où ?

— Une balle a… traversé… la bulle. Elle a dû ricocher mais elle m'a chopé au niveau du cou. Je saigne comme un veau.

— *Bon Dieu*, souffla-t-elle. On rentre au bercail.

— Négatif. Poursuis l'attaque ! »

La capitaine Davenport ignora son pilote et mit cap au nord, quittant la route nationale pour survoler l'Euphrate, tandis que de nouvelles rafales de balles traçantes la fouettaient, venant de toutes les directions.

« Poursuis l'attaque ! répéta-t-il.

— Quand on sera rentrés, on pourra regarder ensemble les caméras des canons. On a éliminé ces huit véhicules et soixante-quinze pour cent du personnel. C'est une bonne nuit de travail. »

Pas de réponse d'Oakley.

« Oak ? Accroche-toi, Oak, ça va ?

— Bien reçu », souffla-t-il, mais elle sentait bien qu'il était au bord de l'évanouissement.

Et puis, en baissant les yeux vers son écran, elle vit que la pression d'huile dégringolait.

Dix minutes plus tard, la capitaine Carrie Ann Davenport posait l'Apache blessé au beau milieu du désert, ouvrait la bulle et dégrafait son harnais. Les hélicoptères Black Hawk du 160e qui avaient récupéré les forces spéciales à Ratla étaient à quelques minutes de leur position et se rapprochaient, avec plusieurs secouristes entraînés à bord.

Dans l'intervalle, elle savait qu'elle devait stopper l'hémorragie d'Oakley et le libérer de son harnais pour le préparer à l'évacuation.

Elle rampa pour gagner le siège arrière tout en sortant un chiffon de sa poche d'équipement. La quantité de sang recouvrant le flanc gauche du pilote était impressionnante, bien visible à la lueur orangée diffuse des écrans de contrôle devant lui. Il était inconscient ou mort, elle n'aurait su dire, mais elle voulait le traiter du mieux possible, quoi qu'il en soit. De la main droite, elle plaqua fermement le chiffon contre son cou en espérant interrompre l'hémorragie, tandis que de la droite, elle dégrafait son harnais.

Il y avait quatre mètres entre le siège d'Oakley et le sable, et il était hors de question qu'une copilote, a fortiori une copilote d'un mètre soixante pour cinquante-cinq kilos, réussisse à faire descendre d'une telle hauteur, sans aucune aide, un pilote blessé : Carrie Ann n'essaya même pas. Elle utilisa simplement le contenu de sa trousse médicale pour sectionner ses suspentes, minimiser la perte de sang et le libérer des commandes, câbles et autres équipements encombrants susceptibles de ralentir son transfert à l'hôpital.

Un seul Black Hawk atterrit tandis que le second appareil restait en l'air pour le couvrir et Carrie repassa à l'avant du cockpit pour éteindre complètement l'appareil tandis que trois barbus baraqués s'échinaient à l'arrière pour extraire le blessé inconscient de son siège et le déposer sur le moignon de pylône d'armements avant de le faire glisser vers quatre autres secouristes au sol. Là, on lui posa une minerve avant de le transférer au plus vite vers l'UH-64 déjà prêt à redécoller ; Carrie saisit son fusil, récupéra celui d'Oakley et courut les rejoindre.

Une fois à bord du Black Hawk et tout au long du vol de retour vers la Turquie, elle tint serrée la main d'Oakley, agenouillée à côté de lui, tandis que les secouristes s'affairaient désespérément sur la blessure au cou, ainsi que sur une autre, plus légère, au-dessus du genou gauche.

Un jeune barbu en tenue de combat s'assit juste derrière Carrie Ann et lui donna une tape dans le dos. Elle se retourna pour le regarder. « Nos toubibs sont les meilleurs, lui dit-il. Votre papa va s'en sortir. »

La blague lui fit hocher la tête et elle reportait déjà son attention sur Oakley quand le jeune homme crut bon d'ajouter : « Je suis Létal. » C'était le JTAC qui l'avait guidé sur la cible.

« Davenport, répondit-elle.

— Je dois vous dire, capitaine, que vous avez fait un sacré boulot, là-bas. À lui tout seul, votre hélico a pratiquement éliminé toute chance pour Daech de reconstituer sa machine de propagande après que la marine eut de son côté fini de dégommer leur bâtiment. »

Elle le remercia avant de s'agenouiller de nouveau près d'Oakley. Elle vit qu'il avait rouvert les yeux et qu'il la fixait maintenant. Elle sourit et des larmes coulèrent sur ses joues. « Hé ! »

Il lui rendit son sourire. « Hé !

— Le JSOC vient de dire qu'on a sacrément assuré tous les deux. Ce n'est pas si mal, en fin de compte ? »

Il essaya de hocher la tête, mais la minerve l'en empêchait. Il sourit. « Pas mal du tout, capitaine. »

Une heure plus tard, un A-10 décollait de Turquie avec mission de détruire Pyro 1-1 avec une bombe de deux cent cinquante kilos, histoire de garantir que l'ennemi n'ait rien à se mettre sous la dent pour alimenter sa propagande.

À peu près au même moment où l'Apache explosait dans le désert, l'adjudant-chef Troy Oakley mourait sur une table d'opération à l'hôpital de la base aérienne d'Incirlik.

73

Alexandru Dalca était resté menotté pendant toute la durée de ce vol interminable et il était à peu près sûr qu'on lui avait donné quelque chose pour le faire dormir car lorsqu'il s'éveilla au moment de l'atterrissage, il se sentait complètement H.S. Mais il se força à reprendre ses esprits alors que l'appareil roulait sur la piste pour s'immobiliser enfin sans ménagement.

Un homme vint s'asseoir devant lui ; au cours des dernières semaines, Dalca avait fini par devenir expert à décrypter ce qui se passait de l'autre côté de son bandeau.

La voix était ironique. « OK, mec. Terminus pour toi. Le président a promis que tu serais libéré dès que tu nous aurais donné tout ce qu'on a demandé. Tu as rempli ta part du contrat, alors à notre tour. Tu es libre. »

Le bandeau fut retiré et en clignant plusieurs fois des yeux, il découvrit l'intérieur du même avion que celui qu'il avait emprunté plus d'un mois auparavant, le jour où il avait été exfiltré de Roumanie par le renseignement américain puis amené aux États-Unis. Dans l'intervalle, il avait été détenu dans plusieurs planques, interrogé et questionné en profondeur, bien souvent au cours de marathons de dix-huit heures d'affilée.

Mais à présent – et c'était à mettre à leur crédit –, voilà que les Américains s'acquittaient de leur part du contrat. Il inspecta ses poches et constata qu'il n'avait sur lui que quelques euros, son passeport plus deux ou trois bricoles, et qu'il portait les mêmes habits qu'au moment de son enlèvement, mais peu importait en définitive. Il lui suffisait juste d'accéder à un ordinateur ou une banque, car il avait toujours onze millions de dollars sur des comptes numérotés.

Sans un mot, il se leva de son fauteuil, les jambes flageolantes, traversa la cabine en passant devant le barbu pour gagner l'écoutille ouverte, descendit les marches et se retrouva sur la piste. Il regarda autour de lui. Il ne savait fichtrement pas où il était mais il se dit que ça n'avait guère d'importance. Il était hors des États-Unis. Il était libre.

Les marches remontèrent derrière lui et l'avion se remit à rouler.

Dalca se dirigea vers le terminal à cent mètres de là.

À l'intérieur de l'appareil, Midas regarda Dom Caruso. « À ton avis, combien de temps ça va lui prendre pour découvrir où il a échoué ? »

Sourire de Caruso. « Pas bien longtemps, vieux. Le gars est futé. Une fois qu'il aura pigé où on l'a débarqué, il saura qu'il est foutu. »

La capitaine Helen Reid mit les gaz et l'avion de Hendley Associates redécolla de Hong Kong International, un quart d'heure à peine après s'y être posé.

Alors qu'un Gulfstream 550 décollait d'un aéroport quelques kilomètres à l'ouest, au même moment, un employé de la CIA était installé dans un restaurant cantonais du quartier hongkongais de Tsim Sha Tsui. L'homme assis en face de lui à la petite table était un haut fonctionnaire du ministre chinois de la Sécurité de l'État. C'était un bizarre assemblage mais chaque convive connaissait l'identité de l'autre, il n'y avait donc guère de mystère entre eux.

L'Américain, qui se nommait Spicer, but une gorgée de sa bière chinoise en regardant son vis-à-vis. « Nous désirions vous informer que nous sommes en train de rechercher intensivement un ressortissant roumain du nom d'Alexandru Dalca. »

Ce nom ne disait rien à l'agent du renseignement chinois et sa façon d'incliner la tête avec curiosité le confirma.

Spicer s'empressa d'ajouter : « Nous faisons feu de tout bois. Nous ne l'avons pas encore retrouvé mais croyez-moi, Fang, nous lui mettrons la main au collet. »

Fang avait en réalité déjà reçu l'information d'autres sources et il comprit aussitôt ce qui se passait. « Très bien. Mais… pourquoi me racontez-vous cela ?

— Parce que nous pensons que votre organisation pourrait bien être également à sa recherche. Nous voulons donc prendre soin de ne pas tomber sur lui en même temps que vous par mégarde et provoquer… disons, un incident.

— Je vois, dit Fang, mais il ne voyait toujours pas.

— En revanche, nous sommes prêts à prendre du recul, disons une semaine, le temps de laisser votre organisation le retrouver… si cela vous intéresse. Dans le seul intérêt de la sécurité de nos deux nations. »

Fang hocha la tête pensivement même si, à la vérité, il était bien incapable de deviner où l'autre voulait en venir. Mais peu importait. Il était dans le métier depuis assez longtemps pour comprendre qu'on lui transmettait là une information qu'il était simplement censé répercuter à ses supérieurs. Les Américains avaient leur plan en sous-main et s'il devait hasarder une hypothèse, c'était qu'ils désiraient voir ce type neutralisé sans avoir eux-mêmes à se salir les mains.

Il n'avait aucune idée de la raison pour laquelle son ministère de tutelle pouvait bien s'intéresser à cette histoire mais il sourit à Spicer et répondit : « Je m'en vais transmettre votre intéressante proposition aux responsables de mes services. Je suppose que vous aimerez avoir l'une ou l'autre réponse… officieuse ?

— Pas nécessairement, répondit Spicer. En fait, nous demandons à ne rien savoir de vos actions en la matière. Comme je l'ai dit, nous attendrons une semaine et puis nous reprendrons notre traque avec la pleine force de nos moyens. »

Fang but une gorgée de bière. « Avez-vous la moindre idée de l'endroit où pourrait se trouver l'homme que vous traquez avec une telle énergie ? »

Spicer haussa les épaules. « Je l'ignore mais si je devais me fier à mon intuition, je dirais qu'il est en ce moment même en train de traverser le terminal 1 de l'aéroport international de Hong Kong, vêtu d'une chemise blanche, d'un pantalon kaki et d'un blouson noir. Il doit sans doute être en sueur et en train de chercher frénétiquement un endroit où effectuer un retrait bancaire. Par la suite, il compte passer le moins de temps possible sur place avant de réserver un vol pour quitter le pays. »

Spicer éclusa le reste de sa bière avant de poursuivre. « Tout cela bien sûr n'est que pure spéculation, vous l'aurez compris. »

Fang acquiesça lentement. « C'est cela, oui. »

Spicer sortit du restaurant une minute plus tard, absolument convaincu qu'Alexandru Dalca serait interpellé d'un instant à l'autre. En dehors des États-Unis, aucun pays au monde n'était autant avide d'en découdre avec lui que la Chine. Le risque qu'il révèle aux Américains des détails sur leur campagne pour neutraliser les agents étasuniens implantés en Chine serait catastrophique pour la simple et bonne raison que cette opération avait en définitive été piratée par l'État islamique, conduisant à la mort de nombreux Américains.

Alors oui, la Chine traquait Dalca au même titre que les États-Unis. Mais la Chine n'avait passé aucun marché avec lui et n'avait rien à gagner à lui laisser la vie sauve.

Spicer héla un taxi. L'agent de la CIA se dit que le Roumain serait passé de vie à trépas avant la tombée du jour.

74

Le témoin au-dessus de la caméra passa au rouge à vingt heures précises et le président Jack Ryan, assis au *Resolute desk* dans le bureau Ovale, s'adressa à la nation.

« Bonsoir. Ce soir, je veux vous parler d'événements récents aux importantes répercussions à l'échelon national autant qu'international. Il y a plusieurs semaines, des agents des États-Unis ont capturé, vivant, Abou Moussa Al-Matari, ici même sur notre sol. Maints détails de sa capture puis de son incarcération devront rester secrets pour protéger nos sources et nos méthodes, mais je peux toutefois vous livrer quelques révélations.

« Grâce à plusieurs interrogatoires, grâce aussi au travail acharné de nos militaires, nos services de renseignement, nos diplomates, nous avons découvert des éléments essentiels concernant les attentats terroristes que le soi-disant État islamique a commis sur notre sol comme à l'étranger au cours des semaines écoulées.

« Il y a juste un peu plus de quatre ans, s'est produite au sein de nos services de renseignement une fuite aux proportions gigantesques. Elle impliquait des fichiers du Bureau de gestion des personnels constituant une mine d'informations sur des fonctionnaires du gouvernement américain. Ce piratage n'était pas l'œuvre d'un quelconque service gouvernemental mais d'une société installée en Inde avec laquelle une entreprise américaine disposant d'une habilitation sécuritaire a commis l'erreur de sous-traiter. Les documents ont été copiés par cette société indienne et sont restés stockés sur un de ses serveurs sur place, sans être exploités, plusieurs années durant. Récemment toutefois, cette société s'est fait à son tour pirater par un groupe de hackers roumains. Ils ont récupéré les données, se sont rapidement rendu compte de la valeur de ce qu'ils détenaient et l'un de leurs employés a revendu une partie de ce matériel un peu partout dans le monde à un certain nombre d'acteurs étrangers ayant des visées contre les États-Unis.

« Nous croyons savoir aujourd'hui comment ces informations ont été dérobées et avons pris des mesures pour nous assurer que cela ne se reproduise pas à l'avenir. Nous sommes convaincus d'avoir récupéré l'ensemble des fichiers informatiques et sommes raisonnablement certains qu'il n'en existe aucune autre copie, même si l'on ne pourra jamais en avoir l'absolue certitude.

« La perte de ces documents a constitué, à tout point de vue, un échec flagrant du gouvernement des États-Unis, et j'en suis sincèrement, profondément, désolé.

« Quiconque s'engage dans les forces armées, les services du renseignement ou du maintien de l'ordre au niveau fédéral prête un serment à notre pays qui engage entre autres à "soutenir et défendre la Constitution et la loi des États-Unis d'Amérique contre tout ennemi, qu'il vienne de l'extérieur ou de l'intérieur ; porter à ces derniers une foi et une obéissance entières".

« Des millions d'hommes et de femmes ont servi cette nation avec ce serment, y engageant leur foi, leur obéissance et leur vie, mais tous ces efforts n'ont pas été reconnus par leur gouvernement. Certains, hélas, l'ont récemment payé de leur vie. Nous avons à l'égard de ces hommes et femmes une dette immense que nous ne pourrons jamais rembourser. Je me dois d'en faire plus. Non seulement cela ne devrait plus se reproduire mais je vais effectivement prendre des mesures concrètes pour protéger tous ceux qui sont encore menacés.

« Dès que j'ai été informé en détail de la brèche au sein de l'OPM, ma réaction première a été de revenir à l'emploi de machines à écrire suivi de la destruction de leurs rubans et de la préservation de tous ces documents cruciaux et sensibles dans des coffres protégés par des hommes ayant juré de les garder et équipés pour ce faire, quelle que soit la menace.

« Mais hélas, le monde a évolué et gardes, gâchettes et grilles ne pourront à eux seuls en garantir la sécurité. Nous devons travailler plus, redoubler d'efforts, et je m'y engage d'ici à la fin de mon mandat.

« L'interrogatoire d'Abou Moussa Al-Matari nous a révélé que la source des documents révélant l'identité de nos soldats et agents avait été rencontrée au Kosovo il y a environ neuf mois. Grâce au travail assidu et aux efforts conjugués du directeur de la CIA, Jay Canfield, de la directrice du renseignement national, Mary Pat Foley, et du ministre de la Justice, le général Dan Murray, nous avons identifié cet individu en conjuguant enquêtes sur le terrain, traçage de voyageurs aériens et documents d'immigration. Il s'agit d'un certain Sami Ben Rachid ; ce n'est pas un membre de Daech mais un ressortissant saoudien travaillant au Conseil de coopération des États arabes du Golfe, une organisation destinée à promouvoir les visées politiques et économiques de plusieurs monarchies pétrolières. Notre enquête nous a révélé que l'objectif de cet homme en organisant les attentats en Amérique n'était en rien d'augmenter le pouvoir et l'emprise internationale de l'État islamique. Non, il s'agissait en réalité d'un complot cynique visant à faire monter le prix du pétrole et à pousser les troupes américaines à retourner en force au Moyen-Orient, afin d'y contenir l'Iran, l'ennemi juré de nombre de pays de la région.

« Aujourd'hui, partout dans le monde, quantité de musulmans qui se sentent marginalisés envisagent de se radicaliser, de rejoindre l'État islamique et prendre les armes contre l'Occident. Nombre d'entre eux ont déjà sauté le pas et ils en ont payé le prix fort. Chaque jour ici même en Amérique, nous voyons les répercussions des actions d'Al-Matari incarnées désormais par des imitateurs. Il est important que ceux qui envisagent un tel destin comprennent que tous les autoradicalisés présents sur notre sol qui ont suivi Al-Matari jusqu'à la mort ne l'ont pas fait, comme ils le pensaient, au nom du califat mondial mais bien pour assouvir les intérêts bassement commerciaux d'un Saoudien cynique.

« Je me demande si ceux qui recherchent le martyre l'obtiendront vraiment en tuant et en mourant pour des hommes d'affaires milliardaires. Si vous prenez les armes aujourd'hui pour mener des actions terroristes contre les États-Unis, sachez que vous n'œuvrez pas pour Daech, mais en réalité pour de riches profiteurs du riche golfe Persique. Réfléchissez-y. »

Et Jack Ryan de poursuivre : « La question demeure celle-ci : les actes de ce Ben Rachid ont-ils reçu l'aval de son gouvernement ou bien s'agit-il d'un loup solitaire ? L'Arabie saoudite est-elle un partenaire problématique ou bien carrément un ennemi déclaré ?

« À l'heure qu'il est, nous n'avons pas encore la réponse, les Saoudiens ont nié avec la plus extrême vigueur toute implication, et en tant que président, je me dois de vous le dire quand nous n'avons aucune preuve, tout comme lorsque nous en avons réellement. Nous n'allons pas punir l'Arabie saoudite avec des mesures économiques ou diplomatiques pour les actes de cet homme, à moins que ne se fassent jour de nouvelles informations impliquant le gouvernement saoudien. »

Le président Ryan fixa calmement la caméra durant quelques secondes avant de poursuivre. « L'interrogatoire du terroriste que nous avons capturé nous a permis de récupérer une autre information essentielle : la position géographique exacte et l'identité des principaux acteurs du GIMF, le Front média islamique mondial. Il s'agit de l'organe très élaboré de propagande et de relations publiques qui nourrit pour l'essentiel la saga de l'EI dans le monde entier. Via leurs chaînes de télévision, leurs sites Web et leur réseau de stations de radio, ils ont battu le rappel de milliers d'étrangers pour venir se battre au Moyen-Orient, au Maghreb ou dans d'autres régions où a pu s'implanter l'État islamique, ou bien rester dans leur pays natal et y perpétrer des attentats terroristes.

« Détruire le Front média islamique mondial serait un coup incroyable porté contre l'expansion mondiale de cette secte mortifère connue sous le nom d'État islamique.

« Or, il y a moins de trois heures, c'est précisément ce que nous avons accompli. Des avions et des hélicoptères militaires américains, ainsi que des troupes des forces spéciales au sol, ont pris part à une opération à Raqqa, en Syrie, qui a sérieusement dégradé les capacités du GIMF à mener la guerre via sa propagande.

« Au cours de cette opération, l'adjudant-chef de l'armée de terre Troy David Oakley de Pawtucket, Rhode Island, a connu une mort tragique au combat. Nos cœurs et nos prières vont vers ce courageux héros américain. Son sacrifice ne sera pas oublié par la nation reconnaissante qu'il a servie.

« Rappelez-vous, je vous prie… ceux qui recherchent la liberté et la paix n'ont pas de plus grand ami que les États-Unis d'Amérique. À l'intérieur de nos frontières, nous avons assimilé plus de groupes disparates que n'importe quelle autre nation dans l'histoire de l'humanité. Et à l'étranger, nous avons aidé nos amis, soutenu nos alliés, mené des coalitions contre le mal et ce, sur tous les fronts.

« Mais ceux qui voudraient se livrer au terrorisme ou autres atrocités ne trouveront nulle paix avec nous. Jamais. La capture d'Al-Matari et l'éradication du complot visant à exploiter contre les États-Unis des dossiers confidentiels piratés devraient en apporter la preuve à tous ceux qui de par le monde songeraient à nous nuire. »

Le regard de Ryan se durcit. « Croyez-moi, si votre cause implique de s'en prendre à l'Amérique, nous vous trouverons et vous n'échapperez nulle part à la justice des États-Unis. »

Une fois éteints les projecteurs, Jack Ryan attendit qu'on ait retiré son micro-lavallière pour se lever et contourner le bureau. Il nota alors avec surprise que Mary Pat Foley était entrée dans la pièce. Arnie était présent lui aussi, mais là, cela n'avait rien de surprenant : il était toujours présent, aux aguets, lors d'un événement médiatique d'importance tel qu'une allocution en direct depuis le bureau Ovale. Jack imaginait son chef de cabinet, son conducteur à la main, comme si Ryan était un vieux cabotin et lui le régisseur, prêt à le virer de la scène au moindre faux pas.

Mary Pat se pencha vers le président tandis que l'équipe de tournage commençait à démonter l'équipement. « Je me suis dit que vous aimeriez l'apprendre immédiatement. Stuart Collier, l'agent de la CIA détenu depuis plusieurs mois par les Iraniens, a été libéré et remis aux Suisses. Il est sorti de l'espace aérien iranien. »

Ryan hocha la tête. « À quel prix, en définitive ?

— Le temps le dira, monsieur le président. Nous n'avons rien offert d'autre que des menaces de représailles contre l'Iran. Au bout du compte, je pense qu'ils ont vu notre révélation de l'implication indirecte des Saoudiens dans les attentats de Daech comme un point favorable pour eux et qu'ils ont décidé de nous en récompenser.

— Seigneur, répondit Ryan. C'est bien le Moyen-Orient. Il y a là-bas suffisamment d'ennemis pour qu'on ne puisse blesser quelqu'un qu'on n'apprécie pas sans que ce soit vu comme une aide par quelqu'un qu'on apprécie encore moins. »

Mary Pat s'apprêtait à dire quelque chose mais Ryan posa une main sur son bras. « Mary Pat. C'est formidable que Collier soit libéré. Bon boulot, et je t'en prie, transmets également mes félicitations à Jay. On aura besoin de protéger Collier jusqu'à la fin de ses jours, bien sûr.

— Absolument. Merci. »

Elle quitta le bureau en même temps que l'équipe de télévision, et Jack et Arnie se retrouvèrent seuls. Ils s'assirent.

« Comment notes-tu ma performance ? demanda Ryan.

— Tu étais parfait mais ce n'est pas la raison de ma présence. La nouvelle est officielle : le ministre de la Sécurité intérieure Andy Zilko remettra sa démission dans la matinée. Il ne te demande pas de l'accepter mais il tenait à faire le geste. »

Ryan haussa les épaules. « Il ne sera pas le premier bouc émissaire à payer pour les erreurs commises dans ses services mais cela prouverait sa force de caractère s'il quittait ses fonctions. J'accepterai sa démission. »

Arnie hocha la tête. « Je le lui ferai savoir. Il postulera sans doute au poste de sénateur ou de gouverneur de l'Indiana aux prochaines élections. Je suis sûr qu'il fera appel à toi pour le soutenir. »

Ryan y réfléchit quelques secondes même si la perspective d'une élection, quelle qu'elle soit, était devenue le cadet de ses soucis.

« Je pense, répondit-il finalement, qu'il ferait mieux de chercher plutôt à se recaser dans le privé. Une place où on le tiendrait responsable de ses actes. Pour changer. Et ça l'aiderait à remettre les choses en perspective, au cas où lui prendrait l'envie de briguer à nouveau un poste ministériel. Nous sommes ici pour servir le pays. Pas l'inverse. »

Arnie ne put qu'en rire. « Va falloir qu'on te fasse raccrocher les gants au plus vite, Jack. Avec de tels discours, les gens vont dire que t'es devenu sénile. »

Ryan gloussa. « Bientôt, Arnie. Bientôt. »

Épilogue

Sami Ben Rachid n'arrivait pas à dormir, malgré les draps en coton d'Égypte, malgré l'éclairage tamisé, et même malgré le pyjama de soie.

Il n'y comprenait rien. Même si en temps normal il avait du mal à dormir en avion, ce soir aurait dû être différent puisqu'il volait sur Etihad Airlines, et en classe « Résidence », ce qui se faisait de mieux en matière de luxe dans le transport aérien commercial. Ce n'était pas un simple fauteuil ; c'étaient deux pièces avec salle de bains et douche attenantes, un service de conciergerie personnel et des repas d'exception élaborés par le chef de bord.

Le vol entre Dubaï et Sydney durait quatorze heures et il avait passé les trois premières à apprécier le dîner puis à lire distraitement, mais ensuite il n'avait plus rien eu d'autre à faire que ruminer sur son triste sort.

Ouvertement, du moins, le royaume d'Arabie saoudite le considérait comme un paria ; un individu dangereux, toxique. Si jamais Riyad venait à admettre savoir où il se trouvait, cela poserait un problème avec les Américains, aussi avait-il trouvé un prétexte et utilisé une couverture pour mettre en œuvre un plan de fuite en lieu sûr ; un plan préparé de longue date même s'il n'avait jamais vraiment imaginé devoir y recourir.

Il avait choisi comme destination l'Australie. Une fuite au loin dans l'inconnu, et le dernier endroit où l'on imaginerait le chercher.

Bien sûr, plusieurs membres du renseignement saoudien connaissaient sa destination ; en fait, il agissait avec leur bénédiction. Il avait été plus que ravi d'apprendre par des voies indirectes que le royaume voulait simplement qu'il se fasse discret pendant un certain temps ; quelques années peut-être, avant qu'ils envisagent de collaborer de nouveau avec lui, en le gardant secrètement à portée de main.

Il ignorait encore ce qu'il allait faire en Australie, mais il avait de l'argent pour voir venir et il avait désormais tout le temps devant lui.

Alors pourquoi n'arrivait-il pas à trouver le sommeil ?

Il se redressa sur son lit, ôta le masque qui lui couvrait les yeux, se massa les paupières.

Al-Matari. Voilà pourquoi. Le fils de pute. Quelque part, il avait merdé et fait foirer son plan en Amérique. Le président Jack Ryan avait paralysé l'État islamique en éviscérant sa capacité à réaliser et diffuser d'habiles documents de propagande destinés à attirer de nouvelles recrues et, en liant les riches monarchies pétrolières à l'État islamique, en donnant l'impression – erronée – que tout le putain de califat n'était qu'une vulgaire tentative de diversion dans le cadre de quelque plan machiavélique ourdi par les intérêts pétroliers saoudiens.

Ridicule.

Sami Ben Rachid jeta sur le lit son masque, sortit en coup de vent de la petite chambre, traversa l'espace séjour et sortit de l'espace Résidence dans son pyjama de soie noire.

Sa concierge attitrée apparut aussitôt, c'était une femme superbe, le dominant d'une demi-tête. Elle était prête à lui apporter en-cas ou boissons mais Ben Rachid l'écarta d'un geste et regarda autour de lui.

Il constata avec plaisir que le petit bar était ouvert ; le barman se tenait derrière le comptoir au milieu du salon des premières, avec un seul client accoudé à sa surface en demi-lune.

Ben Rachid s'approcha. « Servez-moi à boire.

— Bien sûr, monsieur. Qu'est-ce qui vous ferait plaisir ? »

Ben Rachid ne buvait pas quand il était à Dubaï ou à Riyad mais il avait déjà consommé de l'alcool, dans ses jeunes années, lorsqu'il était agent clandestin. Il avait décliné le champagne que lui avait proposé sa concierge lors de l'embarquement mais à présent, il avait plus que tout au monde envie de boire parce qu'il ne voulait plus penser à Al-Matari et à l'échec du plan pour sauver l'Arabie saoudite du pourrissement intérieur et des agressions chiites à l'étranger.

Il regarda son voisin au comptoir. Un Occidental en chemise à manches courtes, cheveux blancs clairsemés, la soixantaine bien tassée. Il souriait.

L'homme leva son verre. Et observa, en anglais : « Si vous voulez rester simple mais efficace, il n'y a pas mieux qu'une vodka on the rocks. »

Ben Rachid acquiesça et le barman entreprit aussitôt de préparer sa boisson.

L'Américain tendit la main. « Carl, de Denver, Colorado.

— Mohammed, de Dubaï. »

L'Américain âgé indiqua d'un signe de tête la suite particulière. « Merde, mec. J'ai dépensé une bonne partie de ma pension pour un fauteuil de première au pont supérieur mais vous, vous vous offrez carrément une suite pour la nuit. C'est quoi, votre boulot ?

— Consultant », répondit Ben Rachid. Il n'était pas d'humeur à bavarder, surtout pas avec une vieille pipelette d'Amerloque.

« Ouais ? Je fais un peu de conseil moi aussi. Je me suis dit que je pourrais aller faire un tour en Australie, voir s'il y a des possibilités. »

La vodka-glaçons fut déposée devant le Saoudien, accompagnée d'une assiette de bricoles salées. Il prit le verre, but une gorgée. Ça brûlait et il grimaça.

Sourire de l'Américain. « Laissez fondre la glace une seconde, ça adoucit le choc. »

Ben Rachid acquiesça et il laissa le verre sur le comptoir. Le garçon s'éloigna pour aller accueillir des passagers qui venaient de s'installer non loin de là à l'une des petites tables à cocktail.

« Est-ce aussi chouette qu'ils disent ? La Résidence ? » L'homme désignait de nouveau la porte d'accès à la suite, restée ouverte.

« Oui, tout à fait, confirma Ben Rachid.

— En tout cas, votre concierge est canon. »

Ben Rachid se tourna pour contempler la femme alors qu'elle s'agenouillait dans l'espace salon pour arranger les coussins sur le divan.

« Ouais, observa Carl de Denver. Un peu jeune pour moi mais pour un gars comme vous, pourquoi pas ? »

Le Saoudien la détailla plus longuement. Elle était en effet superbe. Il se demanda s'il trouverait le même genre de femmes en Australie. Il était riche… Peut-être qu'il pourrait concrétiser là-bas ce qu'il n'avait pu réaliser à Dubaï à cause de son travail.

Après avoir passé une bonne minute à contempler lui aussi la concierge pendant qu'elle lui tournait le dos, l'Américain observa : « Je vous parie qu'elle est parfaite à présent. »

Ben Rachid continuait d'admirer les fesses de la concierge. Il se retourna lentement vers l'Américain. « Je vous demande pardon ?

— Votre vodka. Elle devrait être impec maintenant.

— Ah oui. » Ben Rachid éclusa le verre cul sec.

L'Américain sirota le sien. « On remet ça ? Histoire de célébrer nos nouveaux départs. »

Le Saoudien fit un signe de dénégation. « Non, merci. Il faut que je me repose. »

Il tourna les talons pour regagner la Résidence.

« Eh bien, dormez bien », lança dans son dos l'Américain.

Une minute plus tard, Ben Rachid s'allongeait et remettait le masque sur ses yeux. Il essaya de penser à autre chose que l'échec de son opération en Amérique.

Une demi-heure plus tard, il essayait toujours.

Et trente et une minutes plus tard, l'échec de son opération en Amérique était le cadet de ses soucis.

La crise cardiaque fut soudaine, et massive. Il n'arriva même pas à se redresser dans son lit. Il eut juste un soubresaut, un bref halètement, avant de retomber, raide mort, les mains serrées sur la poitrine.

John Clark ressentait encore les effets de ses deux vodkas une demi-heure plus tard mais en regardant sa montre, il douta qu'ils fussent comparables avec ceux que Ben Rachid devait ressentir en ce moment même. Verser à la pipette quelques gouttes de neurotoxine dans la vodka du Saoudien pendant qu'il était occupé à mater la femme avait exigé célérité, habileté et un brin de chance, mais ce n'était rien en comparaison de celle de le voir venir se pointer au bar quand Clark s'était imaginé qu'il dormirait à poings fermés.

Le plan originel consistait à se glisser incognito dans la Résidence pour lui injecter le poison à action rapide tout en lui plaquant une main sur la bouche pendant les quelques secondes où il se débattrait.

Cela n'avait été le choix préférentiel de personne mais c'était toujours mieux que de perdre sa trace à Sydney.

Pour que cela fonctionne, Ding Chavez aurait dû agir pendant que Clark distrayait concierge et barman, une manœuvre qui s'annonçait délicate dans l'espace à la fois tranquille et confiné de la première classe, aussi les deux hommes avaient-ils été ravis que Ben Rachid leur ait facilité la tâche et leur permette ainsi de profiter de l'opulence de la première classe, parfaitement détendus, lors des huit prochaines heures de vol.

Bien sûr, une heure environ avant l'atterrissage, on entendrait un cri perçant jaillir de la Résidence, il y aurait pas mal d'agitation parmi le personnel de bord et sans doute le débarquement serait-il retardé. Mais lors d'un vol pour Sydney, il n'était guère possible de dérouter l'avion, aussi personne à bord n'aurait vraiment motif à se plaindre de l'initiative de Clark.

Excepté Sami Ben Rachid.

Clark détourna les yeux de sa montre, satisfait du travail accompli et, regardant de l'autre côté de la cabine plongée dans la pénombre, il vit que Ding venait de l'imiter. Leurs regards se croisèrent un instant, Clark lui adressa un clin d'œil, Ding lui sourit en retour, et les deux hommes inclinèrent leurs sièges au maximum avant de fermer les yeux.

Du même auteur
aux Éditions Albin Michel

Romans :
À LA POURSUITE D'OCTOBRE ROUGE
TEMPÊTE ROUGE
JEUX DE GUERRE
LE CARDINAL DU KREMLIN
DANGER IMMÉDIAT
LA SOMME DE TOUTES LES PEURS
SANS AUCUN REMORDS
DETTE D'HONNEUR
SUR ORDRE
RAINBOW SIX
L'OURS ET LE DRAGON
RED RABBIT
LES DENTS DU TIGRE
MORT OU VIF
SUR TOUS LES FRONTS

Avec Mark Greaney :
CHEF DE GUERRE TOMES 1 ET 2
COMMANDANT EN CHEF TOMES 1 ET 2
LIGNE DE MIRE
CYBERMENACE

Deux séries de Tom Clancy et Steve Pieczenick :

OP-CENTER 1

OP-CENTER 2 : IMAGE VIRTUELLE

OP-CENTER 3 : JEUX DE POUVOIR

OP-CENTER 4 : ACTES DE GUERRE

OP-CENTER 5 : RAPPORT DE FORCE

OP-CENTER 6 : ÉTAT DE SIÈGE

OP-CENTER 7 : DIVISER POUR RÉGNER

OP-CENTER 8 : LIGNE DE CONTRÔLE

OP-CENTER 9 : MISSION POUR L'HONNEUR

OP-CENTER 10 : CHANTAGE AU NUCLÉAIRE

OP-CENTER 11 : APPEL À LA TRAHISON

NET FORCE 1

NET FORCE 2 : PROGRAMMES FANTÔMES

NET FORCE 3 : ATTAQUES DE NUIT

NET FORCE 4 : POINT DE RUPTURE

NET FORCE 5 : POINT D'IMPACT

NET FORCE 6 : CYBERNATION

NET FORCE 7 : CYBERPIRATES

Une série de Tom Clancy et Martin Greenberg :

POWER GAMES 1 : POLITIKA

POWER GAMES 2 : RUTHLESS.COM

POWER GAMES 3 : RONDE FURTIVE

POWER GAMES 4 : FRAPPE BIOLOGIQUE

POWER GAMES 5 : GUERRE FROIDE

POWER GAMES 6 : SUR LE FIL DU RASOIR

POWER GAMES 7 : L'HEURE DE VÉRITÉ

Documents :

SOUS-MARINS. Visite d'un monde mystérieux : les sous-marins nucléaires

AVIONS DE COMBAT. Visite guidée au cœur de l'U.S. Air Force

LES MARINES. Visite guidée au cœur d'une unité d'élite
LES PORTE-AVIONS. Visite guidée d'un géant des mers

PAPIER CERTIFIÉ

Le Livre de Poche s'engage pour l'environnement en réduisant l'empreinte carbone de ses livres. Celle de cet exemplaire est de :
250 g éq. CO_2
Rendez-vous sur
www.livredepoche-durable.fr

Composition réalisée par Belle Page

Imprimé en octobre 2023 en France par
Maury Imprimeur – 45330 Malesherbes
Dépôt légal 1re publication : novembre 2023
N° d'impression : 273808
Librairie Générale Française
21, rue du Montparnasse – 75298 Paris Cedex 06

61/7536/4